BÜLENT DEMİRCİOĞLU

BEN ANNEMİN SIRLARIYIM

AF549314

DESTEK YAYINLARI: 1718
KİŞİSEL GELİŞİM: 300

BÜLENT DEMİRCİOĞLU / BEN ANNEMİN SIRLARIYIM

Her hakkı saklıdır. Bu eserin aynen ya da özet olarak hiçbir bölümü, yayınevinin yazılı izni alınmadan kullanılamaz.

İmtiyaz Sahibi: Destek Yapım Prodüksiyon Dış Tic. A.Ş.
Genel Yayın Yönetmeni: Ertürk Akşun
Editör: Özlem Esmergül
Son Okuma: Devrim Yalkut
Kapak Tasarım: İlknur Muştu
Sayfa Düzeni: Cansu Poroy

Destek Yayınları: Şubat 2023 (20.000 Adet)
21.-30. Baskı: Mart 2023
31.-40. Baskı: Mayıs 2023
41.-45. Baskı: Temmuz 2023
46.-55. Baskı: Eylül 2023
56.-60. Baskı: Ekim 2023
61.-65. Baskı: Kasım 2023
66.-70. Baskı: Şubat 2024
71.-73. Baskı: Haziran 2024
74-76. Baskı: Ağustos 2024
77-78. Baskı: Eylül 2024
79-80. Baskı: Aralık 2024
81-82. Baskı: Nisan 2025
83-84. Baskı: Ekim 2025
Yayıncı Sertifika No. 43196

ISBN 978-625-441-864-8

© Destek Yayınları
Abdi İpekçi Caddesi No. 31/5 Nişantaşı/İstanbul
Tel. (0) 212 252 22 42 – Faks: (0) 212 252 22 43
www.destekdukkan.com – info@destekyayinlari.com
facebook.com/DestekYayinevi
twitter.com/destekyayinlari
instagram.com/destekyayinlari

Deniz Ofset – Çetin Koçak
Sertifika No. 77699
Maltepe Mahallesi
Hastane Yolu Sokak No. 1/6
Zeytinburnu / İstanbul
Tel. (0) 212 613 30 06

BÜLENT DEMİRCİOĞLU

BEN ANNEMİN SIRLARIYIM

ÇOCUĞUNUZ VE ÇOCUKLUĞUNUZ İYİLEŞMEYİ BEKLİYOR

DESTEK yayınları

Bana baba olmayı öğreten, çocukluk anılarımı tekrar yaşatan, hayatıma anlam katan güzel kızlarım Zeyno ve Tayra'ya sevgiyle...

İÇİNDEKİLER

ÖNSÖZ / 9

I. BÖLÜM:

Çocuğumu İyileştirebilir miyim? / 13

Vazoyu Kim Kırdı? / 24

Çocukluğunuzu İyileştirmek İçin Geç Kalmadınız / 31

Hastalığa Teşekkür Edebilir misiniz? / 36

II. BÖLÜM:

Döngüler / 47

Yaşam Döngüsü Hesaplama / 51

Bağımsızlık Döngüsü Hesaplama / 53

Soyağacı, Ata Sendromu / 55

III. BÖLÜM:

Kamp Ateşi / 59

Omurgadaki Negatif Enerjiyi Boşaltma / 65

Kürtaj Yas Sonlandırma / 68

Yas Sonlandırma / 69

IV. BÖLÜM:

Çocuklarla Çalışmaya Hazırlık / 73

Vira Koça Alanını Açmak / 74

Vira Koça Alanını Kapatmak / 76

Cenaze Ritüeli / 78

V. BÖLÜM:

Anneler Çocuklarını Uykuda İyileştirebilirler / 85

Uykuda Konuşarak Omurga Yükü Nasıl Boşaltılır? / 89

Fotoğrafa Konuşma Mucizesi / 96

VI. BÖLÜM:

Hastalıklarda "Proje/Amaç Dönemi"nin Önemli Anları / 101

Hastalıkların Alfabetik Olarak Travmalarla İlişkisi / 103

Memeyle Vedalaşma ve Bebeğin Altını Açma Çalışması / 250

Memeyle Vedalaşma / 250

Bebeğin Altını Açma Çalışması / 252

Aile Büyüklerinin İsmini Çocuklara Vermeyin / 254

ÖNSÖZ

Sevgili anneler babalar, çocuğunuz hastalandığı zaman çok üzüldüğünüzü biliyorum ama lütfen hemen panik yapmayın. Burada okuyacağınız bir sürü hastalık sandığınızdan çok daha kolay iyileşebilir. Çünkü artık yavaş yavaş modern tıbbın da kabul ettiği gibi hastalık sadece fizik bedenle ilgili değildir, enerji bedeni daha çok ilgilendirir. Aslında bedende gördüğümüz hastalıklar bir sebep değil, sonuçtur. Canlıların bir enerji bedeni vardır ve burası fiziki bedenin dışında yer alır. Hastalık, enerji bedendeki bir defodan kaynaklanır çoğu zaman. Peki enerji bedende defo nasıl oluşur?

Yaşadığımız travmatik olaylar enerji bedenimizi zedeler ve zaman içinde fiziki bedende "hastalık" adını verdiğimiz mesaj oluşur. İlerleyen sayfalarda göreceğiniz üzere aslında bu hastalık canlıyı hayatta tutmak için var olur. Hastalıklar bizi korumak üzere enerji bedenimizde oluşan defolardır.

Peki küçük bir çocuğun doğuştan nasıl bir travması olabilir? Henüz yaşam deneyimi olmayan bir bebek ne ara travma yaşamış olabilir? Onun hastalığının da sebebi travmalar mıdır?

İşte tam bu noktada bebeğinizin travmalarını sizden ne şekilde devraldığını, ona nasıl kodlandığını öğreneceğiz. Hemen panik yapmayın çünkü bu kodları temizleyebiliyoruz.

Bu kitapta bazı ezberleriniz bozulabilir, doğru bildiğiniz yanlışları fark edebilirsiniz. Çocuğunuzun sizin travmalarınızla kodlandığı dönem sizin sadece hamilelik döneminiz değildir, hamilelik öncesini de, doğumdan sonrasını da kapsar. Üstelik çocuk aynı dönemde eşinizin travmalarını da kodlayabilir. Bu durum size şaşırtıcı gelebilir ancak fiziksel bir bedenden bahsetmiyoruz, çocuğunuzun enerji bedeni annesinin ve babasının sperm ve yumurtası ile değil, sperm ve yumurtanın içindeki enerji ile oluşur. Yani döllenme öncesi bir spermin ve yumurtanın kodlarını da çocuk hayatına alır.

Hastalıkların hangi travmalarla ilgili olduğunu anladığınız zaman hem sizin hem de çocuğunuzun daha iyi olacağınızı söyleyebilirim. Size anlatacağım uygulamalarla çocuğunuzun mucizevi iyileşmelerine tanık olabilirsiniz. Çünkü anneler en iyi terapistlerdir. Bu cümlenin vurgu yaptığı yer, onurlandırmadan daha öte bir anlam taşır. Çocuğunuzun bir hastalığı varsa iyileştirmeniz çok mümkün, bu konuda hiçbir şüphem yok. Evet yanlış okumadınız, çocuğunuzu iyileştirmeniz çok mümkün. Bunu başarmak için doktor olmanız veya tıbbi bir bilgiye sahip olmanız gerekmiyor. İlk olarak şunu bilmelisiniz ki çocuğunuzun hastalığı tamamen sizin kodlarınızla ilgilidir. Bu sizin suçunuz değil ancak sizin aktarımızınızdır. Hepimiz anne babamızın aktarımlarını hayatımıza kodladık, tıpkı sizin hastalıklarınızın çoğu ebeveynlerinizin size aktarımı olduğu gibi, çocuğunuzun hastalığı da genellikle sizin aktarımınız olarak çocukta görünür hale gelir. İlk bakışta size anlamsız ve saçma gelse de bu konuda artık on binlerce dosya ve rapor bu gerçeği destekliyor. Bu kitapta anlatacağım iyileşmelerin hepsi gerçek hikâyelerden alıntıdır ve bu çalışmaları yaparken size herhangi bir kimyasal/ilaç/organik karışım önermeyeceğim. Önereceğim en önemli uygulama sadece çocuğunuzla konuşma uygulamasıdır. Bu kadar basit mi? Evet bu kadar basit, çocuğunuzu konuşarak iyileştirebilirsiniz. Tabii ki nasıl ve ne zaman konuşulacağı ve ne kadar aralıklarla hangi tekniklerle konuşulacağı konusunu sırasıyla anlatacağım. Ama bu çalışmalarda bir anne ve annenin cümleleri dışında hiçbir araca ihtiyacımız olmayacak.

Bedende oluşan hastalıkların sizden aktarılan mesajlar olduğunu anladığınız zaman, fiziksel bedende görülen hastalıkların enerji bedenin bir yansıması olduğunu anlayacaksınız. Tam da bu noktada fiziksel bedenle ilgili bir çalışma yapmayacağız, o kısmı doktorlara bırakıyoruz, enerji bedende yapacağınız çalışmanın fiziksel bedeni nasıl iyileştirdiğine şahit olacaksınız.

Özellikle annelerin çocuklarla bağlantı kurma yetisi olduğunu artık biliyoruz. Anneler kendi enerji bedenlerini temizledikten sonra hızla çocuklarının enerji bedenine girebilir ve orayı temizleyebilirler. Bu kitapta çalışma öncesi yapılması gereken hazırlıkları, çalışmaya uyumlanma şekillerini ve çocuğunuza seans yapmayı öğreneceksiniz. Hiçbir bilinçaltı sistemi ile ilgili bilgi gerektirmeyen bu sistemde başarılı olacağınızdan eminim. Bu kitap tamamen çocuğunuzu ve çocukluğunuzu iyileştirmeniz için yazıldı.

Kitapta yer yer zor iyileşen, bu sistemle iyileşme başarısı düşük olan hastalıklardan da bahsettim, iyileşme yüzdesi çok yüksek olan hastalıklardan da. Sizlere ne boş bir umut vaat ediyorum ne de garanti veriyorum, sadece denemenizi rica ediyorum. Mucize sözü vermediğim bu sistemde binlerce kez mucizelere şahit olduk. Çözüm bulamadığımız birkaç hastalığın travmasını da buraya aktardım.

Annelere ve babalara faydalı olması umuduyla...

I. BÖLÜM

Çocuğumu İyileştirebilir miyim?

Çocuğun enerji bedenine girip temizleme yetkisi annelere ve babalara doğa tarafından hediye edilmiştir. Anneler ve babalar bu alanı kendi ebeveynleri ve çocuklarıyla ortak kullanırlar. Ama burada yetki daha çok annelere verilmiştir, çocukların enerji bedenlerinin kapılarını anneler kolaylıkla açabilirler.

Enerji beden dediğimiz şey nedir peki?

Bir insanın enerji bedeni fiziksel bedenin dışında yer alır, yumurta şeklinde şeffaf altın rengi bir görünümdedir. 50 bin yıllık kadim bilgilere sahip şamanlar bu alana "Vira Koça" ismini vermişlerdir.

Etrafımızı saran enerji bedenimiz ana rahminde oluşur ve buradaki enerjiyi doğumdan sonra hayatımıza taşırız. Aslında ana rahminin bize aktarılan enerjisiyle doğarız. Anneler hem kendi anneleriyle hem kendi çocuklarıyla aynı enerji alanını kullandıkları için hem annelerinin hem de çocuklarının enerji alanına hızla girebilirler. Bu alana girmek, bir annenin yetkisi ve gücü dahilindedir, ancak daha önemlisi annenin burayı temizleme yeteneği de vardır. Yani evladınızın enerji alanına girip temizleyerek fiziksel bedenin iyileşmesini sağlayabilirsiniz. Enerji bedene girmek ve orayı temizleyip çocuğunuzun iyileşmesini sağlamak sizin aslında doğal bir yeteneğinizdir. Bu işlemi yapmanın ne kadar kolay olduğunu fark ettiğiniz zaman milyonlarca çocuğun ve ailenin hastalıklarla ne kadar zaman kaybettiğini, çaresiz sanılan hastalıkların çoğunun alternatif bir çözümünün olduğunu, bu bilgilerin etrafınızdaki herkese duyurulmasının önemini kavrayacaksınız. Bu kitap tam da bu amaçla kaleme alındı ve birçok insanın kader sandığı "hastalık" denen deneyimin aslında basit bir mesaj içerdiğini anlatmaktadır.

Çalışmaların nasıl yapılacağı konusunu ayrıntılı olarak göreceğiz, ilk olarak temel başlıklardan başlamak gerekir. Çocuğunuzun enerji alanına girerken önce zihin kapısını açmanız, sonra duygusal koridordan girmeniz, son olarak da omurgasını boşaltmanız gerekir. Ancak hangi hastalığın hangi kodunuzla ilgili olduğunu ve kendi yaşadıklarınızın çocuğunuza aktarım şeklinin ne olduğunu bilmeden bunu yapamazsınız. Bu kitapta siz annelere ve babalara gerçek hikâyelerden yola çıkarak bazı bilgiler sunacağım. Binlerce iyileşme örneklerinden bir tanesi de siz olabilirsiniz, yeter ki "Proje/Amaç dönemi" dediğimiz dönemde ne yaşadığınızı hatırlayın. İlerleyen sayfalarda detaylı şekilde ele alacağım "Proje/Amaç dönemi" ile ilgili size önden küçük bir bilgi vereyim:

Siz hamile kalmadan önceki 1 yıllık süreçte, 9 aylık hamilelik döneminde ve doğumdan sonraki 1 yıllık süreçte, kendinizin ve eşinizin yaşadığı bütün travmalar çocuğunuza kodlanmıştır. Yani çocuğunuzun gen haritası bahsettiğim 33 aylık süreçte şekillendi aslında. Bu dönemde yaşadığınız travmaları sperme ve yumurtaya istemeden yüklediğinizi söyleyebilirim. Bu bilgi ilk başta sizi şaşırtabilir ama elimizdeki verilerle, bu dönemin yükünü çocuktan boşalttığımızda mucizevi iyileşmeler olduğunu binlerce kez gördük. Önceki kitabımda sürecin 30 ay olduğunu, hamilelik öncesi 9 ayı kapsadığını yazmıştım. Ancak son istatistiklerle ve verilerin birleştirilmesiyle bu sürecin 33 ay olduğu daha da netleşti.

Bu travmaların yükünün nasıl boşaltılacağıyla ilgili ayrıntılı bilgiler vereceğim, ancak şunu baştan söyleyeyim ki çocuğunuzun hastalığı sizin suçunuz değil. Kendinizi suçlu ya da kurban gibi hissedeceğiniz bir durum yok, kaldı ki hepimiz annemizin ve babamızın travmalarıyla kodlandık. Bu dönemin önemini anladığınızda ve bu travmaları boşaltmayı başardığınızda mucizevi bir alana gireceksiniz. Daha çok annelerin, daha az babaların sahip olduğu bir gücü size tekrar tekrar hatırlatmak isterim:

Çocuklarınızın enerji alanlarına girip orayı temizleme şansına sahipsiniz bu güç sizde mevcut. 40 bin dosya üzerinde yapılan çalışmada bu sistemin mükemmel bir şekilde çalıştığı kanıtlandı.

Siz kendi çocuğunuza bir çalışma yaptığınızda (teknik olarak nasıl yapacağınızı ayrıntılı olarak anlatacağım) ilginç bir şekilde kendinizde ve kendi ebeveynlerinizde de değişimler olacaktır. Çünkü kuantum alan dikey yönde üst ve alt soylarınızı beraber kapsar. Üç katlı bir evde oturduğunuzu düşünün, üst katta anne ve babanız, orta katta siz ve eşiniz, alt katta ise çocuklarınız oturuyor.

Evin içinde bir temizlik yaptığınızda hem çocuklarınız hem anne ve babanız bu temizlikten nasibini alacaktır. Bir yabancının gelip de üç katlı evinizde siz izin vermeden yaşaması nasıl mümkün değilse, dikey yöndeki bu kuantum alana bir tek siz müdahale edebilirsiniz. Bence doğadaki en büyük mucize bu kuantum alana girme yeteneğinizdir. Bu yeteneğin bütün ebeveynlerde olduğunu söyleyebilirim. Ben size sadece yeteneğinizi hatırlatmak ve kullanışlı hale getirmek üzere bilgi aktarıyorum, size yeni bir şey öğretmeyeceğim.

Aile dizimi çalışmalarında da aslında tam olarak bu alan kullanılmaktadır. Az önce verdiğim örnekteki ev 3 değil, 7 katlı bir binadır, ancak bize burada gerekli olan yer ilk üç katı olacaktır, çünkü en kıymetli kodlar bu 3 katta çözülür.

İlerleyen sayfalarda göreceğiniz üzere bizim üst soylardan (anneanneler, babaanneler, dedeler, büyük anneanne, büyük babaanneler, dedeler vs.) gelen çatışmalarımız ve travmalarımız da vardır. Ancak çözüme gideceğimiz en kıymetli alan, dediğim gibi binanın ilk 3 katıdır.

Aynı ailede yetişen kardeşlerin çok farklı karakterde olması Proje/Amaç dönemiyle ilgilidir. Bu bilgiyi alan anne ve babaların sıkça düştüğü bir yanılgıdan da bahsedeyim:

Proje/Amaç döneminde yaşadığınız travma her seferinde hasta etmez, çünkü her canlının kendi bilinçaltı vardır, dolayısıyla doğan çocuğunuz bu travmayı kodlamamış olabilir. Örneğin Proje/Amaç döneminde bir ayrılık çatışması yaşadığınızı düşünelim... Ama ikiz bebeklerinizin sadece birinde egzama oluştu, diğerinde yok. İki bebek de aynı travmayı kodlamış olsaydı ikisinde de egzama hastalığı oluşurdu değil mi?

Bu soruya cevabım hayır. Çünkü sizin ne yaşadığınız değil, bebeğin beyninin onu nasıl algıladığı önemlidir. Bebeklerden biri yaşadığınız ayrılık çatışmasını içselleştirecek bir bilinçaltına sahiptir belki ama diğeri bu deneyimi içselleştirmemiştir.

Aynı örnek üzerinden gidersek şunu çok rahat söyleyebiliriz:

Her travma yaşadığınızda çocuğunuz hasta olmaz, sadece içselleştirdiği durumlarda sizin kodunuzu alır ve hastalık mesajı ile dünyaya gelir. Yani biz travmalardan yola çıkarak hastalık çözümlemesi yapmıyoruz, hastalıktan yola çıkarak travma çözümlemesi yapıyoruz. Tabii bu arada çok net bildiğiniz travmalarınız varsa, hastalık oluşmamış olsa bile ikinci planda bu travmaları çocuktan boşaltmakta fayda var ki ileride tetiklenip başka hastalıklar çıkmasın. Ama önceliğimiz çocukta tezahür eden hastalıklar olmalıdır ve bu çalışmayı bitirdikten sonra kalan travmaları çalışabilirsiniz.

Önceki kitabımda da vurguladığım gibi, geleneksel ve modern tıbbın çalışmalarından mutlaka faydalanmalıyız ve bunu asla reddedemeyiz. Ancak hiçbir kimyasal kullanılmayan, ilaç verilmeyen, sadece gece konuşmaları ile ve basit ritüellerle uyguladığımız (teknik olarak gece konuşmalarının ve ritüellerin yapılış şeklini anlatacağım) çalışma ile çocuğunuza katiyen zarar veremezsiniz. Faydalı olma ihtimalinizin çok yüksek olduğunu söyleyebilirim.

Yumurtanın ve spermin çocuk doğmadan önce yaşanan travmaları çocuğa nasıl taşıdığına dair bir deneyden bahsetmek istiyorum:

Duygusal bir stresin gelecek nesiller üzerinde nasıl etki ettiğini bize ilk defa Psikolog Marc Frechet öğretmiştir. Fransız klinik psikoloğu Marc Frechet'in keşifleri, burada bahsettiğimiz Proje/Amaç dönemini tanımlamamızı sağladı. Solucanlar ile yapılan bir deney, duygusal bir stresin gelecek nesiller üzerindeki etkisinin mükemmel bir örneğidir. Bu deneyde, solucanlar bir kaba konularak güçlü bir ışığa maruz bırakılmışlardır ve ışığa maruz kalan her solucana iğne batırılmıştır. Bu yüzden, solucan ışığa her maruz kaldığında ona acı hissettirilmiş ve dolayısıyla ışığı tehlikeyle beraber bloklamıştır. "Işığa yaklaşırsam canım yanar!" kodu yüklenmiştir.

Böylece acı çekmemek için solucanlar ışığa çıkmamayı ve gölgede kalmayı öğrenmişlerdir. Buraya kadar her şey anlaşılır ve normal, çünkü hiçbir canlı acı çekmek istemez. Ancak bu deneyin devamında ezber bozan gelişmeler oldu. Kabın içindeki solucanlar takibe alınarak yavrulamaları da sağlandı. Dünyaya yeni gelen yavrular aynı şekilde bir kaba alındılar ve bu kaba da güçlü bir ışık verildi. Hiçbirine iğne batırılmamasına rağmen yavru solucanlar ısrarla ışıktan gölgeye doğru kaçtılar. Henüz tohumu bile atılmamış yavruların kendilerinden çok önce yaşanmış bir travmanın hikâyesini kendi hayatlarına kodlamaları, "Proje/Amaç dönemi" dediğimiz süreçte çok önemli bir bilginin ortaya çıkmasını sağladı:

Bir bebek döllenmeden önceki 1 yıl içinde sperm ve yumurtaya kodlanmış travmaları hayatına kodlayabiliyor. Bu bilgiye ek olarak doğumdan sonraki 1 yıl içinde de anne babasının travmalarını almaya devam ettiği örnekleri de eklenince, 33 aylık dönemin ne kadar önemli olduğu ortaya çıktı. Bugün geleneksel tıp 9 aylık hamilelik sürecinde annenin yaşadığı stresin çocuğu etkilediğini kabul etse de bu deney bize olayın çok daha geniş bir sürece yayıldığını gösterdi. Buna ek olarak zamanla yapılan denemelerde anlaşıldı ki bu süreçte yaşananlar çocuğu her ne kadar hasta etse de bu dönemi temizlemek mümkün. Üstelik bu temizliği en iyi anneler yapabiliyor. Kitabın yazılma amacı da tam olarak burada ortaya çıkıyor. Önemli olan "vazonun kim tarafından nerede kırıldığı", yani çatışmanın kime ait olduğu... Bunu anladığınızda çocuğunuzun bedeninin önündeki bütün engeller kalkacaktır.

Çünkü beden şunu söyler: "Ben iyileşmeye geldim, yeter ki önümden çekil..."

Hastalıkların hepsinin temelinde büyük başlık olarak değersizlik duygusu yatar ve bu hayatta o kadar çok yerde değersiz hissettiriliriz ki bazen farkına bile varmayız. Toplum içinde bir toplantıya katıldığınızda öndeki protokol bile aslında size hakarettir. İçeriye girdiğinizde salonun en başında protokol için hazırlanmış özel koltuklar ve koltukların önünde sehpalar ve ikramlıklar görürsünüz. Protokole dahil olmayanlar, bir yığın gibi arka sıralara yerleştirilmişlerdir.

Başka bir örnek daha verecek olursak, mesela bir hastaneye gidersiniz ve kan verirsiniz, o sırada görevli size "Uzat kolunu, avucunu açıp sık..." diyerek senlibenli konuşur. İşiniz görülsün diye bir şey demeden, söylenenleri yaparsınız. Halbuki orada "Bana sen diyebilme yetkisini nereden aldın, ne zaman senlibenli olduk?" diye de sorabilirsiniz. Kibarca müdahale ettiğiniz her yerde belki toplumun tamamını düzeltmeniz mümkün olmayabilir ama ciddi bir şekilde kendi içinizdeki değersizlik duygusunun birikmesini engellemiş olursunuz hatta boşaltabilirsiniz.

Bazen trafikte karşıya geçerken bir sürücü size yol verir ama öyle bir el işareti yapar ki sanki bir hayvan sürüsüne yol verir gibi eliyle "Geç, geç..." işareti yapar ve siz teşekkür eder geçersiniz. Burada sürücüye dönüp daha güzel bir ifadeyle mümkünse düzgün davranmasını söyleyebilirsiniz veya yoldan geçmeyerek başınızı çevirebilirsiniz. Dediğim gibi toplumu eğitmek belki mümkün olmayabilir fakat mümkün olan bir şey varsa o da şudur:

İçinizde damla damla biriken değersizlik duygusu buralardan boşalmaya başlar. Devletin otobüsüne bindiğinizde bile şoför sizi değersiz hissettirecek bir tavırla karşılıyorsa sistemik olarak bir değersizleştirme politikası vardır ve siz değerli bir elmas parçası olarak dünyaya geldiğinizi anlayana kadar içinizde değersizlikler birikir. Çok sevdikleriniz bile değersiz hissettirebilirler. Bir adamın eşine "Hanım kalk da bana bir kahve yap..." demesi de değersizliktir... Verdiğim örnekler size garip gelmiyorsa hastalığa bakmadan önce bence bu değersizlikleri kabullendiğiniz yerlere bakın. Hayatı paylaştığınız kişi sizden ricayla bir şey istemeyi bilmiyorsa ve siz bunu bir görev olarak kabul ediyorsanız, emir cümlelerini kabul ediyorsanız, bence hastalıkla mücadele etmek yerine içinizdeki değersizlik duygusunun sebebini bulmalısınız. Bir bakın bakalım bu duygu nerede kodlandı, acaba size mi yoksa atalarınıza mı ait? Bütün bunlar hayatın her alanında vardı ve bunlarla ilgili belki de çatışma çıkarmak istemiyor olabilirdiniz. Kimseye "Çatışma çıkarın!" demiyorum fakat bilin ki sizi değersiz kılan her kişi, hastalığınıza bir parça katkı sunmaktadır. Hastalığınızın biriktiği yerler buralarda başlar ve burası siz kendinize değer verene kadar, nefesinize yaşamınıza değer verene kadar dolmaya devam eder. Elimizde hastalıkları iyileştirecek çok güzel kaynaklar var elbette, her hastalığın bir travması olduğunu biliyoruz.

Birçok travma boşaltma yöntemimiz ve ritüellerimiz var ama değersizlik konusunu halletmeden travmaları temizlemeye kalkarsanız, bir gün böbreğinizden, başka gün karaciğerinizden, kemiklerinizden, sonra da cildinizden hastalık mesajı alabilirsiniz. Bizim amacımız hastalığa sebep olan büyük çatışmalardan başlayarak değersizlik duygusu, öfke, korku, gerginlik duygularıyla yüzleşerek tam bir temizlik yapmaktır. Bütün zarar verici duyguların (öfke, korku, gerginlik, arada kalmışlık gibi) temelinde değersizlik duygusu yatar. Kendimize değer vermeyi bencillikle karıştırmamamız lazım. Örneğin evladınız için bir yaşam feda ediyorsanız, bunun temelinde sizin çok iyi bir ebeveyn olduğunuz yatmaz. Kendi değersizlik duygunuzu evladınızda tamir etmeye çalışıyor olabilirsiniz. Uğruna feda olduğunuz kişi ister eşiniz olsun ister çocuğunuz, ister anneniz babanız olsun aslında bir çeşit tefecilik yapmaktasınızdır. Bir koyup beş almak istiyorsunuzdur, yüksek ihtimalle bir şeyler vermeden sevilmeyeceğinizi kodlayarak dünyaya gelmişsinizdir. Sevilme duygusuyla yola çıkmışsınızdır ama sevilmek için bir şey yapmanız gerekmediğini kimse size öğretmemiştir.

Birinin sizi sevmesi için karşınızdakine fedakârlık yapmanız gerektiğini düşünüyor olabilirsiniz ve belki de bunun için ortaya bir hayat koyup karşılığında iki hayat almaya çalışıyorsunuzdur. Ama hiçbir zaman o madalyayı alamayacaksınız. Kaldı ki sevgi böyle bir şey değil, sevgi sizin ışığınızdır, nefesinizdir. Karşı tarafın iki dudağı arasındaki dünya değildir, başkasının ışığıyla aydınlanmak da değildir. Kendi ışığınızla başkasının ışığını bir araya getirmek ve o ışıkları birleştirip daha çok parlamaktır. Kendinizi sevmiyorsanız, kendinizle başa çıkamıyorsanız, yalnızlık size acı veriyorsa *–ki bunlar olabilir çok doğal–* hissettiğiniz sevgi gerçek bir sevgi değildir, bir bağımlılıktır. Bağımlılık içeren bir ilişkiden dünyaya gelen çocukların sağlıklı olmasını bekleyemeyiz ve bu yüzden kendi ilişkimizi sorgulamadan çocuğun dünyasına giremeyiz. Bu konuyla ilgili yapılacak en güzel şey farkındalık çalışmalarıdır. Bir hayatın içinde öfke, korku, gerginlik, idare etme, feda olma, arada sıkışıp kalma duygularıyla muhatapsanız ve böyle bir atmosferde dünyaya çocuk getirmişseniz çocuğunuzun hastalık mesajını kimden aldığını da görmeniz gerekir. Bunun için sizi suçlayamam, kimse sizi suçlayamaz. Çünkü hepimiz bu çatışmalarla dünyaya geldik, hiçbirimiz pırıl pırıl, sapasağlam karakterlerin çocuğu olarak doğmadık. Fakat bize düşen önce kendimizde sonra da çocuğumuzda bu çatışmaları temizlemektir, bunun için hayatımızın farkında olmak zorundayız. Laf olsun diye yapamayız, gerçek bir yüzleşmeye ihtiyacımız var. Belki hayatınız bir süreliğine karışacaktır ama idare ettiğiniz bir evlilikteyseniz, feda olduğunuz bir ebeveynlik ilişkisindeyseniz ve annenize babanıza çok büyük fedakârlıklar yapıyorsanız emin olun toplum sizi alkışlayacaktır ama ben oradaki hastalığın görülmesi gerektiğini size hatırlatmak zorundayım. Bu tutumunuz hem kendinize, hem çocuğunuza, hem de ailenize zarar verecektir.

Yaptığım canlı yayınlarda çokça karşılaştığım bir konudan bahsetmek istiyorum. Örneğin altüst olmuş bir evliliğin içinde, eşi tarafından aldatılan bir kadın çocuğundaki egzamayı sorduğunda, meselenin aslında aldatılmakla ilgisi olduğuna değindim. Kadın "Çocuğumun egzamasını iyileştirelim gerisi önemli değil" diye karşılık verdiğinde aslında ateşe benzin dökmekte olduğunun farkında bile değil... Bir kez daha ne kadar değersiz olduğunu ifade ediyor aslında bu tepkisiyle de... Ben ısrarla bütün seanslarda ana çatışmaya yönelmeye çalışsam da, danışan genellikle temel sorunu görmek istemez çünkü burası çok rahat bir alandır; burada sürpriz yoktur, hayatınızda başınıza gelecekler bellidir, bilinmezlik yoktur. Oysa ortada yok olan bir hayat vardır ve o temel sorun hem anneye, hem çocuğa, hem bütün aileye zarar vermektedir.

Sevginizi sorgulamanız gereken yer burasıdır, bağımlılıkla sevgiyi karıştırmamak gerekiyor. Çünkü aşk sandığınız şeyin kâbusa dönüştüğü yerde bir çocuk dünyaya getirmişsiniz, o çocuk bire bir sizin çatışmalarınızla yaşayacaktır. Bunun tersini şu ana kadar hiç görmedim, belki "Hariçten gazel okumak kolay" diyebilirsiniz ama ben de kendi hayatımdaki en büyük gelişmeyi, kaybetmekten korktuğum şeylerle yüzleşerek gerçekleştirdim.

Kaçtığınız şeye yakalanırsınız. "Şimdi bu durum beklesin, ben diğer durumu çözeyim" dediğiniz her yerde kaçtığınız ateş daha da büyüyecektir. Eğer buralarla yüzleşmeye hazırsanız yani içsel bir devrime hazırsanız göreceksiniz ki dermanınız derdinizin tam da ortasında sizi bekliyor. Hepimiz zor deneyimlerden geçeriz, aslında dünya hepimiz için çoğunlukla bir sınavdır. "Bu durum neden sürekli benim başıma geliyor?" diye sorar dururuz. Şamanlar "Ders sen anlayana kadar devam eder" derler. Yani ateşten kaçtığınız sürece o ateş daha da büyür ve kaçtığınız şeye yakalanırsınız. Bunu değiştirmek için her şeyi altüst etmemiz gerekmiyor ve her şey bir günde değişmez. Ama küçücük bir farkındalık bile hayatınızda o kadar fazla iyileştirme yaşatacak ki bu anlamda kendi nefesinize dönmenizin kıymetini bilmelisiniz.

Boş bir kâğıda hayatınızda kendiniz için yaptıklarınızın küçük bir listesini çıkarın ve diğer kâğıda da başkaları için yaptıklarınızı listeleyin. Sonra yazdıklarınıza bakın, ilk kâğıttaki yoğunluk ne kadar, ikinci kâğıttaki yoğunluk ne kadar? İki kâğıt arasındaki denge eşit değilse, hayatınızdaki denge bozulmuş demektir. Neyse ki her şeyi düzeltmek için hâlâ fırsatınız var...

Hastalıklarla yüzleşmeye hazır olmadan sadece ritüellerle veya sadece basit konuşmalarla bu kitaptan yine de fayda görebilirsiniz ama kalıcı bir fayda istiyorsanız lütfen büyük başlığı atlamayın, zor olduğunu biliyorum ama hiçbir şey eskisi gibi olmayacaktır bundan sonra, yeni hayatınız başlayacaktır ve yeni hayatınız şimdiden hayırlı olsun.

Vazoyu Kim Kırdı?

Bu sorunun benim hayatımda çok özel bir yeri var. Kendimdeki ilk çatışmayı çözdüğüm yaşta yaşadığım bir olayı çağrıştırdığı için belki de bu başlık hayatımdan hiç silinmedi. Kısaca anlatayım:

Henüz 5 yaşındayken yaşadığım bir olaydır bu... Üç kardeşin en küçüğüydüm ve hep dışarıda top oynamak isterdim. Annem o sırada temizlik yapıyordu ve dışarıya çıkmama izin vermiyordu. Temizlik günlerinin dayanılmaz stresli annesi olarak çoğu anne gibi o sırada annemin de sinirli olduğunu biliyordum. Temizlik yapıldığı gün yerlere basmak, etrafı dağıtmak çok tehlikeli bir eylemdi ve ben gizlice salonun kapısından sızarak kendime top oynayabileceğim bir saha bulmuştum. Evimizin salonu misafir gelmediği sürece asla açılmazdı, benim için bulunmaz bir fırsattı. Plastik topumla gizlice salona sızdım ve kendime küçük bir futbol sahası yarattım. Kaleyi oluşturmak için malzeme ararken gözüme annemin en sevdiği kıymetli vazosu takıldı. Hiç fena sayılmazdı, kullanmaya karar verdim. Kendi kendime salonun bir ucundan diğer ucuna şut çekerek gol atmaya çalışıyordum. Uzaktan attığım şutların kaleye girmesi için gittikçe topa daha sert vurmaya başladım. Son şutum çok güzeldi ama şiddetli bir kırılma sesiyle irkildim. Sanıyorum gol atamamıştım ama sağlam bir gol yemiştim.

Annemin zaten sinirli olduğu bir anda yiyeceğim fırçayı hayal bile edemiyordum. Hızlı bir şekilde başıma gelen olaydan nasıl sıyrılacağımı düşünmeye başladım. Aslında o anda travma oluşmadan nasıl bundan kurtulacağımın pratik yolunu bulmam gerektiğini kavramıştım ve farkında olmadan kendimce acilen bir kurtulma planı yaptım. Zaman çok azdı ve annemin bağırış sesleri gittikçe salona doğru yaklaşıyordu. Acil bir çözüm bulmam gerekiyordu ve farkında olmadan bir plan uygulamaya başlamıştım bile. Kapı annemin azarlayıcı sesiyle birlikte açıldı ve annemim yüzüne bakarak şunu söyledim:

"Vazoyu kim kırdı? Bülbül kırdı." *(O zamanlar adımı kısaltarak bana Bülbül lakabını takmıştı ailem. Takma isimlerin zararları konusunu ileride ayrıca işleyeceğiz.)*

"Niye dikkat etmedin Bülbül? Ben sana demedim mi evde top oynamak yasak diye? O zaman bu dayağı hak ettin, al sana, al sana!" *(Kendimi tokatlamaya başladım.)*

"Annenin bu vazosunun ne kadar değerli olduğunu bilmiyor musun? Akşam baban eve gelince ondan da azar işiteceksin, bu dayağı hak ettin. Şimdi ne olacak, bu vazonun yenisini alabilecek misin? Hayır alamayacaksın, o zaman al sana, al sana!" *(Kendimi tokatlamaya devam ediyordum.)*

"Şimdi cezanı çektin, git ve annenden özür dile, bir daha da annenin sözünü dinle..."

Annem karşımda duruyor kahkahalarla gülüyordu. Bu sahneye o kadar kapılmıştım ki kendime vurmaya devam ediyordum, annem gelip elimi tuttu ve beni kucağına aldı. "Tamam..." dedi. "Yeterince cezanı çektin. Ama bir daha sakın evde top oynama çünkü bir yerine zarar da verebilirdin."

O gün farkında olmadan gidişatı değiştirmiştim. Belki çok büyük bir travma olmayacaktı ama farkında olmadan sorumluluk alarak hayatın yönetimini alabileceğimi keşfetmiştim. Hayatımda karşılaştığım bütün bilinçaltı sistemlerin ortak paydası "sorumluluk alma" kısmında hemfikirdi. Başımıza gelen her olaydan yüzde yüz sorumluyuz, hatta bizi ilgilendirmese bile olayların hayatımızda, vizyonumuzda olmasından bile sorumluyuz. Bu alan ortak alana giriş kapısı çünkü.

Ho'oponopono tekniğinin ilk adımını keşfetmiştim. Bizler kendi hayatımızda, çocuklarımızın hayatında, ailemizin hayatında yaşanan her şeyden sorumlu olduğumuzu anladığımız anda onlarla ve kendimizle ortak iletişime geçeriz. Kuantum alanın kapısını da tam olarak bu bilinçle açabiliriz. İleride işleyeceğimizi Ho'oponopono tekniğinin iyileşmeler için ne kadar kıymetli olduğunu hatta olmazsa olmazımız olduğunu göreceğiz.

Sorumluluk almanın gücü aslında evrenin diliyle çok alakalıdır. Olaylarda sorumluluk almadığınız yerde enerji kapısından giremezsiniz çünkü bu bir çeşit giriş anahtarıdır. Kimsenin enerji alanına öfke, gerginlik, hınç, intikam gibi duygularla giremezsiniz. Çalıştığınız kişi kendi çocuğunuz bile olsa bu alana girerken sevgi, şefkat, anlayış, zarafet ve sorumluluk duygularıyla girmeniz mümkündür. Aynı yaklaşımı kendimize de uygulamalıyız. Sorumluluk almak sizi kurban rolüne sokmamalı, böyle bir durumda başarısız olma ihtimaliniz artar. Kısacası "Akış"a teslim olmanız gerekiyor. Başarılı annelerin ortak özelliği budur, hepsi akışa teslim olan ve sorumluluk alan annelerdir. Yeri geldikçe bu örnekler üzerine konuşacağız ancak öncelikle temel başlıkları bilmemiz gerekiyor. Yani bir çocuğun alerjisi ile ilgili konuşmadan önce sizin ona kodladığınız duyguların, yaşam tarzınızın, kendi özsaygı ve değerinizin dengesiyle başlıyoruz ve çocukla çalışırken aynı zamanda annenin de negatif enerjisini boşaltıyoruz. Çünkü anneden alınan bir kodun çocuktaki yansımasını temizlemek yetmiyor, ana çatışmayı yaşayan kişinin de temizlenmesi gerekiyor. Burada çok kullanışlı ve uygulanabilir teknikler kullanacağız.

33 aylık Proje/Amaç döneminde örneğin eşinizle yaşadığınız bir ayrılık travmasının çocuğunuza kodlandığını düşünüyorsanız,

bunu anlatacağımız tekniklerle gece konuşması yaparak çocuğunuza anlatmak çok kıymetli bir çalışmadır, ancak bundan daha kıymetli çalışma eşinizle yaşadığınız çatışmada tamamen onu suçlamak yerine, kendinize düşen sorumluluğu almak ve belki konunun içindeki herkesin enerji alanına girerek, çocuğunuzda karşılık bulan kodu temizlemektir. İşte o zaman tam bir nokta atışı yapabilirsiniz.

Kendi yaşadığı çatışmanın çocuğa yüklendiğini fark edip çocukla konuşma yapan annelerin çoğu, içlerinde yanan ateşi söndürmeden bunu yaptıkları için başarılı olamıyorlar. Yıllar içinde anladım ki anne, kalbini temizleyip olaylara bakış açısını değiştirdiği zaman hem kendisi hem de çocuğu şifalanıyor.

Temizliğin nasıl yapılacağı, negatif enerjinin hem annede hem de çocukta nasıl boşaltılacağı, duyguların nasıl temizleneceği konuları bilinç düzeyinde yapılamaz. Yüzlerce teknik arasından süzerek bu kitaba ve eğitimlerime uyarladığım ritüelleri sizinle de paylaşacağım. Lütfen vazoyu kimin kırdığı sorusunu ve buradaki sorumluluğun kendinize ait parçasını önemseyin. İnanın ki hayatınızdaki birçok sorunun cevabını bu bakış açısını yakaladığınızda bulacaksınız. Sorumluluğu suçlanmak diye algılamayın ama kırılan vazoyu birilerinin temizlemesi gerekiyor değil mi? İşte burada sorumluluk başlıyor.

Ho'oponopono öğretisinin nereden geldiği ile ilgili çok kıymetli bir örneği paylaşmak istiyorum:

Ho'oponopono tekniği Hawaii'den çıkan bir tekniktir. İnsanların olumsuz beden ve düşüncelerden temizlenmesi konusunda özel teknikler içeren bir arınma sistemidir. Temel amaç insanların geçmişten gelen pişmanlıkları, kırgınlıkları affetmesidir.

Hawaii dilinde "neden" anlamına gelen "ho'o" ve mükemmellik anlamına gelen "ponopono" kelimelerinin birleşiminden oluşan **Ho'oponopono kelimesi, "hayatı düzeltmek" ve**

"doğru yapmak" anlamını taşıyor. Çok fazla öğrenme gerektirmeyen bir uygulama olan Ho'oponopono, kişinin **bedenini ve zihnini olumsuz anılardan ve duygulardan arındırması konusunda oldukça güçlü etkiler gösteriyor.**

Dr. Ihaleakala Hew Len ve Joe Vitale Ho'oponopono'yu dünyaya tanıtan kişilerdir. Ho'oponopono tekniği ile kendimizle ve evrendeki her varlıkla uyum içerisinde yaşayabiliriz. Dr. Ihaleakala Hew Len Hawaii'de 1980 yılında akıl hastası suçlularla dolu bir psikiyatri kliniğinde gönüllü olarak işe başlar. Hiçbir doktorun çalışmaya cesaret edemediği, hatta görevlendirildiğinde rapor alarak işe gelmediği bu kliniğe Dr. Len kendi isteğiyle atanır. İki yıl boyunca tek bir mahkûmla yüz yüze gelmeden tamamını başarılı bir şekilde tedavi ederek normal hayata uyum sağlamalarına vesile olur. Bu terapi o güne kadar dünyanın hiçbir yerinde uygulanmamış bir terapi olarak tarihe geçer. Tek bir mahkûmla bile yüz yüze gelmeden ve sadece dosyalarına bakarak bu terapiyi nasıl uygulamış ve başarmıştır? Durum, bütün psikoterapistlerin ilgisini çeker. Başarının sırlarını açığa çıkarmak isteyen Joe Vitale bu başarıyı kitap haline getirir.

Zero Limit isimli bu kitap sayesinde dünya "Ho'oponopono" tekniği ile tanışır. Bu kitaptan öğrendiğim bilgileri kendi kurduğum "Resetting" sistemine uyarlayınca mükemmel sonuçlar almaya başladım. Teknik tamamen enerji alanına girmenin sihirli formülü üzerine uygulanıyor. Ben tekniği beden hastalıkları üzerine uygulayarak binlerce iyileşmeye şahit oldum. Bütün sistem böyle çalışmasa da daha önce de bahsettiğim **enerji alanına** giriş, bu teknikle mümkün.

Hiçbir tekniğin tek başına yeterli gelmediğini düşünerek, 7 tane tekniğin en kullanışlı taraflarını birleştirip "Resetting" sistemini kurdum ve eminim ki bugüne kadar olduğu gibi, bugünden sonra da anneler bu teknikten çok fazla yararlanacaklar.

Dr. Hew Len'den öğrendiğim en kutsal bilginin "sorumluluk alma" ile ilgili olduğunu söyleyebilirim. Vizyonumuza giren, hayatımızda yer eden her şeyden yüzde yüz sorumlu olduğumuzu savunduğunu ilk okuduğumda bunu çok anlayamamıştım. Yolda gördüğüm bir dilenciden, devletin ekonomisinden, bir kişinin büyük başarısından, arkadaşlarımızın yaşadıklarından vs. her şeyden ama her şeyden biz niye sorumlu olalım ki? Bu kadarı fazla değil miydi? Bilinç düzeyinden baktığınızda çok saçma gelebilir ama zaman içinde anladım ki evren tam da böyle çalışıyordu. Yani önce sorumluluk alıyoruz ve ortak alana dahil oluyoruz, işte o zaman kapıdan geçme iznini alabiliyoruz. Bunu defalarca deneyimlemiş biri olarak diyebilirim ki sistem mükemmel çalışıyor. O kapıdan girdiğinizde herkesle aynı titreşime girebilirsiniz. Hele ki çocuğunuzla ilgili çalışma yapıyorsanız alanı temizleyip onu rahatlatabilirsiniz, ama unutmayın önce sorumluluk almanız çok kıymetli. Örnekler ile ilgili açıklamalar yaptıkça sistemin hayata nasıl geçirildiğini daha net görebileceksiniz. Bu teknikte çok kullanılan şu cümleleri öncelikle bilmekte fayda var:

1. Özür dilerim
2. Lütfen beni affet
3. Teşekkür ederim
4. Seni seviyorum

Bu sihirli cümleleri tekniği uygularken çokça kullanacağız. Suçlu olmadığımız halde neden özür dileyelim? Bu soru hemen aklınıza gelebilir, ancak özür dilediğimiz kişi aslında kendimizdir. Ortak alana girdiğimizde af dileme, sevgi sözleri ve teşekkür hızlı bir şekilde titreşim yaratır. Bir piyanonun kalın do sesine bastığınızda bütün do notaları aynı şekilde titreştiği gibi, biz enerji bağımız olan kişilerin, evlatlarımızın enerji alanına girdiğimizde ortak bir dil kullanarak onların negatif enerjilerini boşaltabiliriz.

Bütün çalışmalarda sırasıyla önce zihin, sonra duygu ve son olarak enerji boşaltımı yapılmasını *Sırlarımız Kadar Hastayız* adlı önceki kitabımda ısrarla vurgulamıştım. Bu kitap daha çok anne babaların çocuğunu nasıl iyileştirebileceği ile ilgili yazıldı. Ancak bir yetişkinin de bir zamanlar çocuk olduğunu hatırlarsak aslında her yaş için kullanışlı bilgilere ulaşabileceğinizi söyleyebilirim. Bütün bu bilgiler ışığında çalışmaya nereden başlayacağımız, çatışmaların hangi hastalıkla ilgili olduğu, hangi durumda hangi tekniği uygulayacağımız konuları, tamamen sadeleştirilerek kullanışlı hale getirildi. Şimdi sırasıyla işlemeye başlıyoruz.

Çocukluğunuzu İyileştirmek İçin Geç Kalmadınız

İlkokul yıllarında çok başarılı ve sessiz bir öğrenciydim. Bu yüzden öğretmenlerim tarafından çok sevildim ve ödüllendirildim. Hatta bu sakinliğim ve sessizliğim hep takdir edildi. O kadar sakindim ki sınıfta öğretmenin sorduğu sorunun cevabını bildiğim halde parmak kaldırmazdım ama yine de öğretmenlerim benim o sorunun cevabını bildiğimi bilirlerdi. Yıllarca bu özelliğimin çok işimi kolaylaştırdığını söyleyebilirim. Ancak lise ve özellikle üniversite yıllarında fark ettim ki potansiyelimin çok azını gösterebiliyorum. Hatta fırsatları kaçırmama sebep olan bu özelliğim gittikçe beni arka sıralara attı ve notlarım da düşmeye başladı. Bu sebepten üniversite ikinci sınıfta bir dolu alttan dersim vardı. O yıllarda Çin tıbbına merak salmıştım, Proje/Amaç döneminden haberim yoktu.

Bir gün annemle teyzemin sohbet ederlerken bana anlatacakları bir hikâyenin hayatımı değiştireceğini tahmin edemezdim. Teyzem, annemin bana hamileyken doktora gidip bebeği aldırmak istediğiyle ilgili bir şeyler söyledi:

"Ablacığım iyi ki Bülent'i aldırmamışsın, bak ne güzel iki kızın bir oğlun var şimdi. Evde denge sağlandı."

Bu cümleyi duyduğum an, küçük bir şok ve şaşkınlık yaşadım. "Nasıl yani, beni aldırmayı mı düşündün?" diye irkilerek sordum anneme. Annem başta eveleyip gevelese de ısrarım karşısında yaşadığı olayı ayrıntılarıyla anlattı. Bana ne kadar büyük bir iyilik yaptığını çok sonra anladım. Şöyle ki:

Annem iki kız çocuğu olduğu için başka çocuk istemiyormuş. Hamile olduğunun belirtileri başlayınca beni aldırmak üzere hemen doktora koşmuş. Tabii o dönemlerde görüntüleme, test vs.

olmadığı için doktor klinik muayenesini yaparak rahimde herhangi bir oluşum görülmediğini söylemiş. Annem de derin bir oh çekerek eve dönmüş. Günler geçtikçe hamilelik belirtileri daha da artmış ve bir süre sonra karnı şişmeye başlamış. Tabii yine doktora koşmuş ve hamile gibi hissettiğini söyleyerek bir kez daha muayene olmak istemiş. Doktor tekrar muayene ettiğinde yaklaşık 2,5 aylık hamile olduğunu ve bu kadar ilerleyen dönemde bebeği alamayacağını söylemiş. Annem ağlaya ağlaya eve dönmüş. O dönemde müdahale imkânları fazla gelişmediği için mecburen beni doğurmuş kısacası.

Ben doğduktan sonra annem ne kadar mutlu olduğunu, onun hayatına nasıl uğur getirdiğimi, kısa bir şaşkınlık süreci yaşasa da büyük bir coşku ve mutluluk hissettiğini uzun uzadıya anlatarak gönlümü almaya çalıştı ve aldı da. Beni çok sevdiğini her zaman hissettim. O dönemlerde yaşadığı şaşkınlığı ve endişeyi anlayabiliyordum. Buna kırılmamıştım sadece şaşırmıştım. Çünkü çocukluğum boyunca bana hep özenli davranmıştı ve iletişimimizin düzelmesi için çok çabalamıştı.

Bu hikâye neden hayatımı değiştirdi? Annem beni istemeden doğurduysa hayatımda ne değişir? Eğer isteyerek ve planlayarak hamile kalsaydı başka bir hayatım mı olurdu?

İşte bütün bu soruların tek tek cevaplarının içinde benim genetik kodlarım yatıyor. Kitapta en çok hangi kodun ne sebeple bizlere aktarıldığı, bu kodların hayatımızda neleri değiştireceği ve bunların nasıl temizleneceği konularını işleyeceğiz.

Benim hikâyeme dönersek, evet o gün hayatım değişti. Öncelikle anne karnında "gizlenme" kodunu aldığım için hayatta kalmak üzere gizlenmeye devam etmem gerektiği kodu ruhuma bütünüyle işlenmişti. Aynı zamanda "istenmeyen bebek" olduğum için değersizlik koduyla dünyaya gelmiştim. Annemin ağlaya ağlaya eve dönmesi de "Alfam beni istemiyor" kodunu eklemişti. Bütün bunların "Proje/Amaç dönemi" dediğimiz dönemde neleri tetiklediğini ilerleyen sayfalarda tek tek göreceğiz. Ama şimdilik şu kadarını söyleyeyim ki annemden bu bilgiyi aldığım gün gizlenme kodum devre dışı kaldı. Kalabalığın içinde saklanmak yerine dünya sahnesine çıkıp kendimi anlatabileceğim cesarete sahip oldum, gitar çalmaya ve kalabalık sahnelerde program yapmaya başladım. Bugün kalabalıklar karşısında saatlerce eğitim veriyorsam bu kodu çözmemin çok büyük etkisi var. İçimde hissettiğim ve kara bir bulut gibi peşimi bırakmayan değersizlik duygum, yerini özgüven duygusuna bıraktı. Doğru dürüst ilişki kuramadığım dönemden çıkıp çok sağlıklı ilişkiler kurmaya başladım. Doğal olarak içimde kızgınlık hissettiğim, bir türlü düzgün iletişim kuramadığım annemle ve babamla da ilişkim daha sağlıklı hale gelmeye başladı.

Aslında o sohbet sırasında ismini koyamadığım bir enerji alanı temizliği yaşıyordum ve bunu ancak annem yapabilirdi. Annem kuantum alanıma girip temizlemiş ve hayatımı zorlaştıran kodlarımın devre dışı kalmasını sağlamıştı. İşte tam da bu noktada hiç kimse çocukluğunu iyileştirmek için geç kalmadı diyebilirim. İster 20 yaşında olun ister 70 fark etmez. Her çocukluk iyileştirmek için hazır bekler, siz bir adım atın, anılarınız sağaltılmak üzere size on adım atacaktır.

Hastalıkların, davranış bozukluklarının, travmaların çoğunun 33 aylık Proje/Amaç dönemine ait olduğunu anladığımızda hayatımızın direksiyonuna geçebiliriz. Bilinç düzeyinde değiştiremeyeceğiniz birçok defonuzu, ufak bir enerji alanı temizliğiyle pırıl pırıl yapabilirsiniz.

Bizler çoğu zaman "karakterimiz" sandığımız şeyin bize yüklenen basit bir kod olduğunu bilmeyiz ve hayatımızın direksiyonunda olduğumuzu sanırız. Hiçbir canlı anne babasının kodunu almadan dünyaya gelmez. Bu bilgi hayatımızda ve çocuklarımızın hayatında muhteşem dönüşümler oluşturmamızı sağlayacaktır. Belki ben tesadüfen bu kodlarımı temizledim ancak bugün elimizde çok kullanışlı çalışma metotları ve ritüeller var.

Ben bu işlemleri bir zaman makinesine benzetiyorum. Küçükken en sevdiğim filmler zamanda yolculuğu anlatan filmlerdi. Makinenin içine oturup istediğiniz yıla gidiyor, orada bazı negatif olaylara müdahale edip geri geliyorsunuz ve hayatınızın akışı değişiyor. O zamanlar bunun bir gün gerçek olacağına yürekten inanıp böyle bir makineye sahip olmanın hayalini kurardım. Bugün bu makineye dolaylı bir şekilde sahip olduğumu anlıyorum. Evren, vizyonuma aldığım bu dileği eninde sonunda gerçekleştirdi.

Evet elimizde bir zaman makinesi var ve burada onu nasıl kullanabileceğimizi konuşuyoruz aslında. Her birimizin elinde bir mucizevi araç var ve hepimiz çocukluğumuza gidip gerekli temizliği yaparak bugünün akışını değiştirebiliriz. Bu kitapta sadece çocuğunuz travmalarını temizlemeyi öğrenmekle kalmayacak, siz de kendi çocukluk travmalarınızı temizlemeyi öğreneceksiniz.

Ritüel olarak kullandığım ve Brandon Bays'in *Yolculuk* adlı kitabından sisteme uyarladığım *Bedensel Yolculuk* çalışması aslında tam da bahsettiğim zaman makinesinin hayata geçirilmiş halidir. Travmaları bulamadığımız yerlerde kullandığım bedensel yolculuk çalışması kişinin unuttuğunu sandığı hatıralarını hatırlatarak, sıkışıp kalmış duyguları ortaya çıkarmada muhteşem şekilde çalışmaktadır. Çoğu zaman danışanın aklının ucundan bile geçmeyen, hatırlayamadığı travmaları bu yöntemle buluyoruz. Bu yöntemle danışan bazen kendini anne karnında bile görebiliyor, bazen üst soylarıyla ilgili çatışmalarına da ulaşabiliyor. Bu mucizevi ritüelin gerek çocuklarda gerekse yetişkinlerde inanılmaz sonuçlar aldığımız binlerce iyileşme dosyası var elimizde. Çalışma şekillerimizle ilgili konulara geldiğimizde bu ritüeli ayrıntılı bir şekilde anlatacağım.

Zaman makinesiyle o kadar uzak bir geçmişe bile gidilebiliyor ki 3 nesil geriye giderek bile temizlik yapıp gelmeniz mümkün. Yaptığım binlerce bedensel yolculuk çalışmalarında kimileri 3 soy üstteki büyükannesini gördü, kimileri savaştaki dedelerini gördü, kimileri de kendilerini anne karnında gördü. İşin ilginç tarafı bu kişilerin büyük bir çoğunluğu şifalandı. Bedensel yolculukta öğrendiğimiz çok kıymetli bir bilgi var; bir soğanın kabuğu gibi çatışmalarımız beynimizde katman katman dizilmiş durumda ve her yolculuk denemesinde bir alttaki katmana ulaşıp, matruşka bebekleri gibi en içeridekine ulaşmaya çalışıyoruz. Dolayısıyla defalarca yapılması gereken bir uygulamadır ve en güzel sonuçların, nokta vuruşlarının çoğunlukla burada gerçekleştiğini söyleyebilirim. Kitabın sonunda iyileşme hikâyelerini anlatacağım, ama öncelikle kendi vizyonumuzdaki hastalık olarak isimlendirdiğimiz şeyin sadece bir mesaj olduğunu anlamamız gerekir.

Bilgilerin kullanışlı hale gelmesi için sürekli istatistik dosyaları tutuyorum. Açıkçası eğitimlere ilk başladığım günlerde dönüşlerin bu kadar muhteşem olacağını ben de hayal edemiyordum. Ama hafta içi her sabah yaptığım canlı yayınlarda anne babalarla bire bir seans yapmaya başladıktan sonra şahane iyileşmeler peş peşe gelmeye başlayınca ben de istatistikler oluşturmaya başladım ve anladım ki Mevlana'nın dediği gibi: "Aramakla bulunmaz ama bulanlar arayanlardır."

Lütfen arayın. Çocukluk travmanızı arayın, annenizin ve babanızın Proje/Amaç döneminde yaşadığı travmaları arayın, hayatınızı yöneten kodlarınızı arayın, sizi yöneten öfke, korku, gerginlik, sıkışmışlık duygularının kime ait olduğunu arayın. Hayat denen bu yolculuğun nerede başladığını, kiminle şekillendiğini, kimin hayatını yaşadığınızı arayın. Cevap er ya da geç gelecektir bundan hiç şüpheniz olmasın.

Hastalığa Teşekkür Edebilir misiniz?

Sistemin en önemli bakış açısını sunmak üzere size bu soruyu soruyorum. Sizin veya çocuğunuzun hastalığına teşekkür edebilir misiniz? Bir hastalığa, acı verici bir deneyime teşekkür edilebilir mi? Hemen cevap vermeyin, sistemin ezber bozan bakış açısı belki de fikrinizi değiştirebilir. Evet, hastalığa teşekkür etmeliyiz, çünkü hastalıklar olmasaydı en ufak bir travma karşısında hayatımız sona erebilirdi. Bunu anlatabilmem için öncelikle hastalıklar ve travmalar arasındaki bağlantıyı ilk keşfeden Dr. Ryke Geerd Hamer hakkında biraz bilgi vermem gerekir:

Doktor Ryke Geerd Hamer 17 Mayıs 1935 tarihinde Almanya'da doğdu. 1953'te Tübingen Üniversitesi'nde tıp öğrenimine başladı. 22 yaşında profesyonel tıp doktorluğu lisansını aldı. Sonraki yıllarda Almanya'nın çeşitli üniversite kliniklerinde çalıştı. 1972'de dahiliye dalında uzmanlığını tamamladı ve Tübingen Üniversitesi'nde kanser hastalarından sorumlu dahiliye uzmanı olarak çalışmaya başladı. Bu sırada kanser hastalığının tarihini değiştireceğinden habersizdi. Tübingen Üniversitesi'ndeki çalışmaları sırasında tıbbi cihazların icadı konusunda olağanüstü bir yetenek gösterdi. Bunların arasında bir ustura ağzından yirmi kat daha keskin, örseleyici olmayan neşter (Hamer neşteri), plastik cerrahiye özel bir testere ve otomatik olarak kendini vücut hatlarına uyumlayan masaj masası bulunmaktadır. Bugün hâlâ cerrahlar Hamer neşterini aktif olarak kullanmaktadır. 17 Ağustos 1978'de Roma'dayken, Hamer ailesi oğulları Dirk'ün kazayla vurulduğu haberini aldı. 7 Aralık 1978'de

Dirk, daha fazla direnemeyerek babasının kollarında öldü. Dr. Hamer bu acı travmayı hayatının en derin yarası olarak tanımlamıştır. Dirk'ün ölümünden kısa süre sonra, Dr. Hamer'a testis kanseri teşhisi konuldu. O zamana kadar ciddi hastalık geçirmeyen Dr. Hamer bu hastalığın onu tesadüfen ziyaret etmediğini, gelişen kanserin doğrudan oğlunun beklenmedik kaybıyla ilgili olduğunu düşündü. Gerçekten de kısa sürede bu beklenmedik şok için Dirk'ün hatırasına DHS veya "Dirk Hamer Sendromu" adını verecekti. Dirk'ün ölümü ve kanserle olan kendi deneyimi, Dr. Hamer için mucizevi bilimsel bir yolculuğu başlattı. O sırada Münih Üniversitesi'nde kanser kliniğinde başhekim olarak çalışıyordu. Kanser hastalarının hastalık geçmişlerini araştırmaya başladı ve şaşırarak fark etti ki tıpkı kendisi gibi, diğer hastalar da beklenmedik bir şok yaşamışlardı. Araştırmalarını daha da ileriye götürdü. Bütün bedensel süreçlerin beyin tarafından kontrol edildiği hipotezini varsayarak, hastalarının beyin taramalarını analiz ederek, onların kişisel tarihçeleri, travmaları ve tıbbi durumlarını karşılaştırdı. Hayretle, belli türdeki "travmalar" arasında çok açık bir bağlantı olduğunu, bu şokların organ düzeyinde kendilerini nasıl bir belirti olarak ortaya koyduğunu ve bütün bunların beyinle nasıl bağlantılandığını fark etti. O güne kadar, beynin hastalıklı organla zihin arasında aracı olduğunu araştıran bir istatistik ve araştırma yapılmamıştı. Dr. Hamer, hastalıkların, kişinin ansızın hazırlıksız yakalandığı bir şok veya travmadan kaynaklandığını ispat edecek çalışmalar yapmaya başladı. Beklenmedik travmanın ortaya çıktığı anda bu şokun etkisiyle, değişik görünümlü beyin taramalarında iç içe keskin halka oluşumu biçiminde gözle görülebilen, beynin önceden belirlenmiş bir bölgesinde odak (daha sonra Hamer Odağı olarak adlandırılan) oluşmaktadır.

Dr. Hamer'ın bunu fark etmesinden önce beyin taramalarındaki bu yuvarlak halka görünümlerinin, radyologlar tarafından cihazla ilgili bir bozukluk yüzünden olduğu düşünülüyordu. Ancak bilgisayarlı tomografi cihazları üreticisi şirket, bu odak lezyon görüntülerinin bir hata veya arızadan kaynaklanmadığını, tomografilerin çeşitli açılardan alınarak tekrar edildiğinde bile bu lezyonların her zaman aynı yerde ve aynı halka yapısında gözlendiğini doğruladı. Şoku (DHS) algılayan beyin hücreleri, beynin ilgili bölgesine bağlı olarak, bağlantılı beyin hücrelerine bir odağın gelişmesine, bir dokunun erimesine veya fonksiyon kaybına yol açmaya sebep olacak biyokimyasal bir sinyal gönderiyordu. Dr. Hamer belirli çatışmaların beynin o belirli bölgesine tartışmasız ve kesin bir şekilde bağlı olmasının sebebinin, beyindeki her bir bölgenin, yaşamı tehdit eden durumlara anında tepki vermeye programlanmış olmasından kaynaklandığını anlamıştı. Beynin 4 ayrı bölümü bulunmaktadır: Örneğin Beyin Sapı, Cerebellum, Medulla ve Korteks. Her bir bölümün vücutta belli bir sistemle bağlantıda olduğunu keşfeden Dr. Hamer tomografik çekimlerde örneğin beyin sapının nefesle bağlantılı çatışmalara (ölüm korkusu) dair programlandığını, üreme (üreme çatışmaları) ve besin çatışması (lokma çatışması), daha gelişmiş sorunlarla (ayrılık çatışması, alan-teritoryal-çatışmalar), beynin en genç bölümü olan büyük beyin bağlantılı olduğunu keşfetmiştir.

Dr. Hamer ayrıca her hastalığın iki aşamada ilerlediğini keşfetmiştir: Birincisi duygusal stres, iştah azalması ve uykusuzlukla kendini gösteren bir çatışma/aktif fazı ve sonrasında ikincisi, çatışmanın çözümlenmesi halinde bir tamir fazı... Zaman içinde anlaşılmıştır ki hastalıkların bir kısmı aktif fazda, bir kısmı tamir fazında görünür hale gelir, ancak tamir fazı bir iyileşme değildir. Travmanın acı veren hali çözüme kavuştuğunda ilgili organdaki hücre hareketi tersine döner ve bu dönüşün ismine tamir fazı adı verilmiştir. Yıllar boyunca 40.000'i aşkın vaka çalışmasıyla, bulgularını teyit eden Dr. Hamer'ın araştırması, bilinen (konvansiyonel) tıptaki var olan pek çok teoriyi radikal şekilde sarsmış, ezberleri bozmuştur. Hastalığın zihin, beyin ve organ arasındaki anlamlı etkileşim olarak açıklaması, hastalıkların tesadüfen veya doğanın bir hatası yüzünden olduğuna dair bakış açısının aksini kanıtlamaktadır Dr. Hamer... Üstelik bu durumu ispat edebileceği sayısız rapor da sunmuştur. Akla uygun bilimsel ölçütlere dayanarak, bu öğretiye Yeni Alman Tıbbı (GNM) adını vermiştir. Ölümcül kanser hücreleri veya ölümcül mikroplara dair efsaneleri yıkmış ve kanser tümörleriyle "bulaşıcı hastalıkların", bize öğretildiği gibi organizmayı öldürücü değil, çağlar boyunca organizmayı korumak üzere var olduklarını tanımlamıştır. Bu bakış açısına göre kanser gibi hastalıklar, ürkütücü varlığını böylece kaybetmekte ve her insanın birlikte doğduğu anlamlı biyolojik hayatta kalma programları olarak anlaşılmaktadır.

Ekim 1981'de Dr. Hamer Yeni Alman Tıbbı ile ilgili araştırmalarını Tübingen Üniversitesi'ne doktora üstü tezi olarak sundu. Amacı bulgularını eşdeğer vakalarda test edebilmek ve böylece Yeni Tıp'ın tüm tıp öğrencilerine öğretilmesini ve hastaların da bu keşiflerden mümkün olduğu kadar çabuk faydalanmalarını sağlamaktı. Ancak beklentilerinin tam tersine, üniversite onu büyük bir şaşkınlığa uğratacak şekilde çalışmalarını ve tezini değerlendirmeyi reddetti. Bu kadar ispata rağmen reddedilmesi, dünya üniversitelerinde benzeri olmayan bir durumdur. Onu bekleyen başka bir sürpriz daha vardı. Tezini sunduktan kısa süre sonra Dr. Hamer'a üniversitedeki anlaşmasının yenilenmeyeceği bildirildi.

Doğrulanmış bilimsel bulguların dosyalanması ve bu durumun üniversitenin onayına sunulması nedeniyle üniversiteden kovulmasına ilk başta bir anlam verememişti. Bu durum Dr. Hamer'ı durdurmaya yetmedi. Kovulduktan sonra, araştırmalarını sürdürmek için özel bir muayenehane açmaya karar verdi. Özel bir klinik açma talebi, ilginç ve planlı bir şekilde defalarca reddedildi. Dr. Hamer'ın iyileşme yaşayan hastalarının sağlık yetkililerine gönderdikleri mektuplar ya cevaplanmamış olarak kaldı ya da uygun görülmediği gerekçesiyle reddedildi. 1989'da Dr. Hamer'a uygulanan baskılar zirve yapmıştı ve bir mahkeme kararıyla doktorluk lisansı iptal edilerek hekimlik yapması engellendi. Bilimsel çalışmalarının aksi hiçbir şekilde kanıtlanmamış olmasına rağmen, kanserin kaynağına dair bulgularından vazgeçmediği ve resmi tıp ilkelerine uymayı reddettiği için, 54 yaşındayken hekimlik lisansı elinden alındı. Artık hastaların kayıtlarına ve beyin taramalarına ulaşabilmek için tanıdığı diğer doktorlara güveniyordu. Çalışmalarına devam etmeye kararlıydı. 1987 yılı itibariyle Dr. Hamer 10.000 civarında vaka analizi yapmış ve çalışmalarını tıpta bilinen neredeyse tüm hastalıklar için de genişletebilmişti. Sanki birileri düğmeye basmış gibi basın ve tıp çevreleri ona ve çalışmalarına durmaksızın saldırıyorlardı. Bulvar gazeteleri ve tıp "uzmanları" onu bir şarlatan, kendinden menkul bir mucize şifacısı, aklını yitirmiş aykırı bir tip veya kanser hastalarına konvansiyonel tıbbın sunduğu "hayat kurtarıcı" yöntemleri reddeden, hastaların hayatını tehlikeye atan akıl hastası bir suçlu olarak tanıtıyordu. Dr. Hamer'ın tıbbi keşiflerini örtbas etmek için çabaların devam etmesi sonucunda, duyarlı hekimler kadar geniş halk kitlelerinin de GNM bilgisinden yararlanma şansı olamadı ve 30 yıldır milyonlarca hastanın Yeni Alman Tıbbı'nın (GNM) insani, girişimsel olmayan yaklaşımına göre tedavi edilebileceği reddedildi. 1997'de Dr. Hamer üç kişiye tıbbi yetkisi olmaksızın ücretsiz tıbbi bilgi verdiği için tutuklanarak 19 ay hapis cezasına çarptırıldı. Dr. Hamer tutuklandığında polis, hastalarının dosyalarını araştırmıştı. Ardından, mahkeme sürecinde bir kamu savcısı 5 yıldan daha fazla süre içerisinde 6.500 ölümcül hastanın 6.000'inin hâlâ hayatta olduğunu açıklamaya zorlanmıştı. Yani tuhaf bir şekilde muhalifleri Yeni Alman Tıbbı'nın kayda değer başarı oranının gerçek istatistiklerini açıklamıştı. Bu istatistik bile onun muhteşem keşfinin onaylanmasına yetmemişti. Yine de bugüne kadar, 1986 ve 1994'teki mahkeme emirlerine karşın, Tübingen Üniversitesi Dr. Hamer'ın bilimsel çalışmalarının sınanmasını reddetmektedir. 9 Eylül 2004'te Dr. Hamer İspanya'daki evinde tutuklandı. Avrupalı suçluların iadesi kapsamında Fransa'ya gönderildi. Fleury-Mérogis Hapishanesi'nde üç yıl hapse mahkûm oldu. Suçlaması sahtekârlık ve yasadışı tıbbi uygulamada suç ortaklığıydı. Fransızcada yayımlanan kitaplarının Fransız vatandaşlarının ölümüne sebep olmasından sorumlu tutuldu. Özellikle belirtilmesi gerekir ki Dr. Hamer hiçbir zaman hastalarla yüz yüze konuşmamıştır. Bu adil olmayan mahpusluktan Şubat 2006'da kurtuldu. Mart 2007'de İspanya'dan sürgüne zorlandı. Hayatını adadığı çalışmalarını güvenle sürdürebileceği Norveç'e gitti. Geçirdiği felç sonucu 2 Temmuz 2017'de 82 yaşındayken, Sandefjord'daki evinde öldü.

Bütün bu emekleri ve araştırmaları için Dr. Hamer'ı saygı ve minnetle anıyorum. Bize hediye ettiği en büyük bilgi, hastalıkların bir travma ile yüzde yüz ilişkisinin olduğu ve hastalıkların bizi korumak için var olduğudur. Tıp otoritelerinin bu bilgileri neden reddettiği konusu çok daha derin bir dünya düzeni sorunudur ve oralara hiç girmeyeceğim. Ancak şu bilgi bile bütün karşı çıkışların nedeni hakkında fikir verebilir:

Bu sistemde hiçbir ilaç, ışın, kimyasal madde, şoklama kullanılmamıştır. Buna rağmen bu sisteme karşı çıkılmasının hangi sistemin tekerine çomak sokmuş olabileceğini sizin hayal gücünüze bırakıyorum.

Evet bu kadar araştırma, görüntüleme ve istatistik sonunda artık biliyoruz ki hastalıklar bizi korumak için görünür hale gelmektedir. Tıpkı ani bir elektrik akımıyla birlikte evin sigortalarının atması gibi veya bazı odalarda elektriğin kesilmesi gibi, ani travmaların bütün vücudu etkilememesi için beynimizde belli bölgelerde sigortalar atarak, ilgili organın elektriğini keser. Bu sigorta sistemi olmasaydı belki ani ölümler yaşanacaktı. Şanslıyız ki bugün artık atan sigortaları tamir edebileceğimiz bilgilere sahibiz ve organları eski haline kavuşturma şansımız çok yüksek.

İşte tam da bu yüzden hastalıklara teşekkür etmeliyiz çünkü vücudumuzun daha büyük hasar almasını engellemek için bölgesel olarak küçük sigortalarımızı devre dışı bırakırlar, yani sistemin bütününü korumak için bölgesel olarak sinyalleri keserler. Hastalıkların mesajını ısrarla alamadığımız yerlerde ilgili organı kaybedebiliriz ancak elimizdeki bu bilgilerle mesajları ne kadar çabuk alırsak o kadar hızlı bir iyileşme yaşamamız mümkündür. Özellikle çocuklarda çok büyük bir avantajımız vardır ki bunu kesinlikle kullanmalıyız. Çocukların beyni hamur gibi işlenebileceği için annelerin birkaç günlük gece konuşması ile çözülmez sanılan yüzlerce hastalığın çözülebildiğini göreceksiniz.

Tam da bu teşekkür etme noktasında aslında vizyonumuzun da değişeceğini söylemek istiyorum, başarılı annelerin ortak özelliğine baktığımda hepsinin bir iyileşme vizyonuna sahip olduklarını görüyorum. Eğer hastalıktan şikâyet etme vizyonuyla yaşayıp duruyorsanız yaptığınız çalışmaların pek anlamı olmayabilir. Kitabın ilerleyen bölümlerinde anlatacağım çalışmaları uygulamadan önce yine kendimizde yapacağımız bir programı bilmemiz gerekiyor; bizler vizyonlarla yaşıyoruz, tam bir sene önce kendinizi nerede hayal ettiyseniz şu an tam o vizyonun ortasındasınız. Bu vizyonu yaşadığınız için kimseye kızmayın çünkü bu senaryoyu siz yazdınız, en içerideki en derindeki senaryo tam da buydu ve şu an en derindeki senaryo her neyse seneye orada olacaksınız. Bunu anladığınız zaman hem kendinize, hem üst soyunuza, hem de evlatlarınıza faydalı olacak bir sürü veri elde edeceksiniz. Burada anlatılan hiçbir şeyin hayal gücü kadar kıymetli olmadığını söylemek isterim Einstein'ın dediği gibi hayal gücü bilgiden çok daha önemlidir, belki de en içerideki vizyona yıllarca şikâyet, sıkıntı, hastalıktan bunalma vizyonları koymuş olabilirsiniz, bir ebeveyn olarak çok haklı da olabilirsiniz. Fakat bilmelisiniz ki bu vizyon sürekli çalışır, içeriye ektiğiniz o küçük tohum eninde sonunda sizin tohumunuz olarak filizlenecektir. Bana danışan ebeveynlerin çoğunda bu ayrımı yaptığımı söyleyebilirim; kendini kurban olarak etiketleyen ve burada kalmaya devam eden birçok ebeveyn başarısız olmaktadır. Peki bunun için ne yapmamız gerekiyor? Sıfır noktasına gelmek diye bir tanımımız var. Sıfır noktasına gelmek bir anlamda sıfırlanmak, resetlenmek demektir.

Bizler hayatımızın çoğu döneminde tecrübeler ve alışkanlıklarla yaşarız. Tecrübe belki ticaret yapan kişiler için çok faydalı bir şey olabilir ama hayatın içindeki tecrübeler çoğu zaman bizim prangamız haline gelir ve bu prangalar yüzünden yeniliklere, keşiflere, icatlara açık olmayız, hatta hayatın içindeki korkularımız artar, hayal kırıklıklarına kendimizi teslim ederiz. "Daha önce de bunu yaşamıştım" dediğiniz yer çoğunlukla sizin yeni keşifler yapmanızı engeller. Sıfır noktasına gelmek için yine ilerleyen bölümlerde bir cenaze ritüeli anlatacağım. İsmi biraz ürkütücü olan bu ritüelin hayatınıza büyük bir katkı sunacağına inanıyorum. Emin olun ki hayatın içinde geçmişteki tecrübeler ve alışkanlıklarla yaşıyorsanız yaratıcı tarafınız hiçbir zaman çalışmaz. Evrenin ilham verici ve yaratıcı tarafına geçmek için önce doğum ve ölümü hatırlamak gerekir, hatta bunun için sık sık mezarlık ziyaretleri öneririm. Ziyaretler özel günlerde olmak zorunda değil, herhangi bir gün mezarlığa gidin ve orada yatan insanların yaşam hedeflerini tahayyül edin, hatta bir mezar taşına odaklanarak bakın, hikâyesini anlamaya çalışın ve ölümü hatırlayın. Ölümü hatırlamak demek doğumu hatırlamak demektir ve sıfır noktasına gelmek için yapacağımız cenaze ritüelinde kendi cenaze törenimizi hazırlayarak aslında doğumumuzu hatırlayacağız. Burada amacımız evrenin yaratıcı ve ilham verici tarafını hatırlamaktır. Böylelikle belki vizyonunuzu değiştirebileceksiniz ve hastalıktan şikâyet etmek yerine hastalığa teşekkür etmeyi öğreneceksiniz. Sözle teşekkür etmek yetmez, içten bir şekilde bu hastalığın sizi hayatta tutmak için var olduğunu hatırlayın. Vizyonunuzu değiştireceksiniz. Vizyon hayal gücü değildir, vizyonunuz en içeride inandığınız görüntülerdir ve en içerideki görüntüleri pozitif yönde değiştirdiğinizde, sıfır noktasına geldiğinizde kısa bir süre sonra o görüntünün tam ortasına gireceksiniz. Tıpkı yıllardır olduğu gibi şu anda bile içeride bir tohum ekmektesiniz ve bir süre sonra filizlenen tohum sizin vizyonunuzun eseri olacaktır.

Çocuğunuza faydalı olmak için kurban rolünden çıkmanızın en kestirme yoludur sıfır noktasına gelmek. "Çocuğum bir türlü iyileşmiyor" vizyonunun yerine "Çocuğumun bu mesajını anlamaya çalışıyorum" vizyonunu yerleştirin. "Bir türlü geçmeyen kaşıntıları var egzamaları var" demek yerine egzamaya teşekkür edip mesajının ne olabileceğini anlamaya çalışın. İlham verici tarafa tam da bu noktada geçersiniz.

Tabii ki çalışmalar çok kıymetli ama sizin hangi ruh halinde bu çalışmaları yaptığınız hepsinden daha önemlidir. Evren der ki: "Sen bana bir adım at ben sana on adımla gelirim." Yani kapıyı aralamaktan korkmayın, hayatın bolluk bereket kapısını, sağlık kapısını, şifa kapısını aralamayı vizyonunuza koyun. Burada kaybedeceğiniz hiçbir şey yok, burada kendi hayatınızla birlikte çocuğunuzun hayatını da değiştireceğinizi unutmayın. "Ben önemli değilim, önemli olan çocuğum" demeyin, çünkü siz varken çocuğunuz var olacaktır. Aksi halde yaptığınız çalışmanın kimseye faydası olmayacaktır. Siz de çok önemlisiniz çocuğunuz da, ama ana musluk sizde saklı. Çocuğunuza faydalı olmak için önce sizin hastalık mesajınızı almanız gerekir.

Lütfen söylediğimi "Güzel düşünün güzel şeyler başınıza gelsin" gibi anlamayın, çünkü anlattığım şeyin bununla ilgisi yok. İçinizdeki tohumun nasıl bir tohum olduğunu önce anlayın daha sonra hayatın sonsuz olmadığını ve bir deneyim için geldiğinizi hatırlayın. Sonrasında bir ölüm-cenaze ritüeliyle her şeyin ne kadar anlamsız olduğunu, nefes almanın gücünün hepsinden önemli olduğunu fark ettiğiniz anda artık vizyonunuzu değiştirmeye başlarsınız. Tıpkı bir bambu ağacı gibi bunu uzun süre devam ettirin. Bambu ağacı yıllarca sulanmasına rağmen toprak üstünde bir türlü filiz vermez, yıllar sonra bir anda altı hafta içinde 30 metre büyüyerek sabrın ve emeğin karşılığını çok hızlı bir şekilde verir, biz de vizyonumuzu tam da bu şekilde oluşturuyoruz. Bir süre o vizyonu kurmak ve korumak tabii ki emek ve farkındalık isteyecektir. Ancak sonra o vizyon içine girdiğinizde artık hayatınızda bir vizyoner olacaksınız ve dünya sizin sahneniz olacak, direksiyonda siz olacaksınız. Hayatınızın içindeki her anı bir deneyim olarak kabul edeceksiniz ve kurban rolünden çıkacaksınız, çünkü siz kurban değilsiniz, siz suçlu da değilsiniz, zaten ortada bir suç da yok. Hiçbiriniz bile isteye çocuğunuza zarar vermediniz, annelerimiz babalarımız da bize isteyerek zarar vermediler. Ancak bu durumu yıllarca kaderimiz sandık, bu yüzden bu yeni vizyonu yakalamanız çok kıymetli, çünkü kader sandığınız her şey değişecek.

Bundan sonrası çok basit ritüellerle gerçekleşmektedir. Sadece şunu tekrar hatırlatmak isterim ki vazoyu siz kırdınız, sorumluluk aldığınız yerde kendi hikâyenize döneceksiniz. "Annemin yüzünden, babamın yüzünden, eşimin yüzünden!" yakınması sizi bugüne getirdi. "Başıma gelenlerin sorumlusu benim ama bunda suçum yok" dediğiniz yerde kendi hayatınızın direksiyonuna geçeceksiniz. "Hepsi benim yüzümden ama benim bir suçum yok, sorumluluğum var, ben kurban değilim, suçsuzum, deneyimi yaşıyorum." Tam bir arınma işte bu bakış açısıyla gerçekleşecektir.

Bu vizyonu şekillendirecek olan yine sizsiniz, bugün bulunduğunuz yerde olma sebebiniz de sizsiniz, insanların size değer vermediği alana izin veren de sizsiniz, yeterince sevgi alamıyorum dediğiniz yerde kendinizi sevilmeye layık bulmayan da sizsiniz. Bütün bunlar belki sizi üzecektir ama asla amacım sizi üzmek değil, görmeniz gereken yeri bir an önce görmekte fayda var, yeterince zaman kaybettik, artık kendi hayatımıza kendi nefesimize dönme zamanı.

Kendi nefesinize de yeterince ihanet ettiniz, içeriden bir duygunun sizi rahatsız ettiği halde istemediğiniz şeyleri yaptığınız yerlere bakarak kendi dünyanıza ne kadar ihanet ettiğinizi göreceksiniz. Unutmayın suç yok suçlu yok kurban yok, sadece deneyim var, nefes var. Hayat dediğimiz şey sadece bir nefesten ibaret, son nefeste devredip ilk nefeste devraldığınız bir deneyimin ve devridaimi içindeyiz. Bu hayat bizim için çok büyük bir hediye, bu hediyeyi nasıl karşıladığımız yaşadığımız vizyonu belirleyecektir. Başınıza gelen her şeyin size bir ders olduğunu hatırlarsanız zaten kurban olmadığınızı anlayacaksınız. Evet belki çocuklarımıza bazı kodlar vermiş olabiliriz, hiçbirimiz bunu isteyerek vermedik ama insanlık tarihinin başından beri bütün canlılar, bütün insanlar ebeveynlerinin çatışmalarıyla dünyaya geldi, biz de devam ettirdik. Bizim şanslı olduğumuz yer bu kodların farkına varmak ve buraları temizleyebilmek. Bunun için son hazırlıklarınızı yapmanızı tavsiye ediyorum, artık yeni bir vizyon zamanı geldi. Sizin ve çocuğunuzun hayatını değiştirecek yeni vizyona, ilham verici tarafa geçmeye hazır mısınız?

II. BÖLÜM

Döngüler

Eğer bir yerde bir hastalık varsa orada mutlaka bir "döngü" vardır. Hastalıkların travmalarla ilgisini bilmeseniz bile hastalığın sadece enerji bedeninizin bir mesajı olduğunu, ve bu mesajın döngüler halinde tekrar ederek bedeninizde görünür olduğunu bilmeniz, hastalık mesajını almanızı ve bu durumdan çıkmanızı sağlayacaktır.

50 bin yıllık şaman hekimler doğadaki her şeyin bir döngüsü olduğunu bize ilk öğreten topluluktur. Dolayısıyla bizim de döngülerimizin olduğunu, döngüler bizi hasta etmemiş olsa bile benzer senaryoları belli zaman aralıklarında tekrar tekrar yaşadığımızı bilmelisiniz.

Ayın, güneşin, gezegenlerin, mevsimlerin nasıl döngüleri varsa bu döngülerin aynısı bizim yaşam çizgimizde de mevcut. Hiçbirimiz muhteşem bir hayat yaşamıyoruz, hepimizin çatışmaları, travmaları var. Ancak her travma yaşayan insan hasta olmuyor, ruhumuzun travmayı nasıl algıladığı önemli. Başımıza ne geldiği önemli değildir, başımıza gelen şey bizi hasta etmez, yaşanan şeyi nasıl algıladığımız önemlidir. Dolayısıyla yaşadığımız çatışmanın bize ne hissettirdiği, yaşadığımız olaydan çok daha önemlidir.

Eğer bir hastalığınız varsa, hayatınızda döngüler halinde kendini tekrar eden bir travmanız olduğunu söyleyebilirim.

Sonunda bedenimizde gözle görülür bir hale gelir ki biz buna hastalık adını veririz. Oysa hastalık bedende görünmeden çok önce ruhumuzda yani enerji bedenimizde başlamıştır. Periyodik olarak ruhumuzu yaralayan senaryonun kaç yılda bir tekrarladığını bulduğumuzda bir döngüyü bulmuş oluruz. Dolayısıyla bizim genelde başlangıçta bir ana çatışmamız vardır, zaman içinde tetiklenerek bizi hasta eder. Yaşadığımız son travmadan 1-2 yıl sonra bedende hastalık dediğimiz mesaj görünür hale gelir. İşte bu son çatışmaya "bardağı taşıran son damla" diyoruz.

Hastalık dediğimiz mesajın anlaşılabilmesi için irdeleyeceğimiz 3 ana dönem vardır. Birazdan ayrıntılı olarak açıklayacağım bu 3 dönemin en önemlisi "Proje/Amaç dönemi"dir. Yani anne hamile kalmadan önceki 1 yılda, hamilelikteki 9 ayda ve doğumdan sonraki 1 yılda (toplam 33 ay) ebeveynlerin yaşadıkları travmalar çocuğa kodlanır. Hepimizin gen haritası bu dönemde oluşur. Hastalıkların yüzde yetmişinin ana çatışması bu dönemde gizlidir. İkinci bakacağımız dönem kişinin kendi hayatında periyodik olarak başına gelen travmalardır. Bu dönemin periyotlarını nasıl hesaplayacağımızı da açıklayacağım. Hastalıkların yüzde yirmisi bu dönemle ilgilidir. Üçüncü bakacağımız dönem ise kişinin kendisinden bağımsız, atalarından gelen travmalarla ilgilidir. Bu dönemle ilgili hastalıkların oranı da ortalama yüzde on civarındadır.

Hastalığın hangi dönemle ilgili olduğunu bulmak zihin boyutunda farkındalığımızı sağlar, duygusal boşaltım için bize zemin hazırlar, bunun da tekniğini açıklayacağım, ancak asıl hedefimiz omurgaya yapışan negatif enerji boyutuna ulaşıp burayı temizlemektir. Zihinsel ve duygusal aşamaları geçmeden enerji boyutuna ulaşamayız. Negatif enerjinin omurgadan nasıl boşaltılacağını da ayrıntılı olarak göreceğiz.

Çocuklarla ilgili çalışmalarda çok şanslı olduğumuzu belirtmek isterim. Bir çocuk için çalışıyorsak hastalıklarla ilgili travmaları arayacağımız yer genellikle 33 aylık Proje/Amaç dönemidir. Çocuklarla nasıl çalışılacağını ayrıntılı olarak açıklayacağım. Hiçbir çocuğu ve çocukluğu iyileştirmek için geç kalmadınız. Bir yetişkin için bile çalışırken son yaşanan çatışmadan geriye doğru döngüler hesaplandıktan sonra mutlaka 33 aylık Proje/Amaç döneminde benzer senaryonun olup olmadığına bakılmalıdır, çünkü hastalıkların yüzde yetmişi bu dönemde kodlanır. Çocuklarla çalışırken çok küçük yaşta bir hastalık teşhisi konulmuşsa (0-5 yaş) bakacağımız çatışma tamamen 33 aylık süreçtir. Daha büyük yaşlarda teşhis konulmuşsa (5-15) yine Proje/Amaç dönemine bakıyoruz ancak teşhisi aldığı yaştan bir yıl öncesinde hastalığı ortaya çıkaran tetikleyici travmayı buluyoruz. Örneğin 7 yaşında alt ıslatma sorunu başlayan bir çocuğun daha döllenmeden önceki aylarda, anne veya babasının evini/işini istemeden değiştirmesi gibi bir alan kaybı yaşamış olabileceğini biliyoruz. Hastalıkların hangi travmalarla ilgili olduğunu açıkladığımda daha iyi analiz edebileceksiniz. Ancak bu durum neden 7 yaşında ortaya çıktı? Çocuk Proje/Amaç döneminde aldığı kodun benzeri bir çatışmayla tetiklenmiş olabilir.

Örneğin, çocuk okula başlamıştır ve bu yeni düzene adapte olamamıştır, tıpkı ebeveynlerinin Proje/Amaç döneminde evlerini istemeden değiştirmesi gibi, çocuk da istemediği bir alana geçiş yapmak zorunda kalmıştır ve bu durumu içselleştirmiştir. Bu bakış açısıyla çözüme kavuşan, çözülen binlerce vakaya şahit oldum.

Bugün geleneksel tıp hamilelikte yaşanan travmaların çocuğa kodlandığını artık kabul etmektedir. Elbette güzel bir bakış açısıdır ancak hâlâ eksiktir. Hamilelik öncesi dönemde ve hatta doğumdan sonraki bir yıllık süreçte yaşananlar da çocuğa kodlanmaktadır. Bu yüzden Proje/Amaç dönemini çok iyi irdelememiz gerekiyor. Hem kendi çocukluğunuz hem de çocuğunuz açısından bu dönem çok önemli veriler içerir.

Döllenme öncesi 1 yıllık süreç, hamilelik dönemi ve doğumdan sonraki 1 yıl. Bu 33 aylık süreçte anne veya babanın yaşadığı çatışmalar olduğu gibi bebeğe aktarılır. Hepimizin karakter sandığı, kader sandığı çatışmalar bu 33 aylık süreçte gizlidir, kişiliğimizin en derin izleri de yine bu dönemdedir.

Proje/Amaç döneminde hamileliğin belli bir ayında yaşanan çatışma, belli bir yaşta hastalık olarak ortaya çıkabilir. Yani anne hamileliğin 4. ayında bir kanama geçirip düşük tehlikesi yaşarsa, çocuk 4 yaşında epilepsi krizleri geçirebilir. Kesin bir kural olmamakla birlikte 0-10 yaş arası çocuklarda hastalık hangi yaşta başlamışsa, hamileliğin ilgili ayındaki çatışmalara bakmak çoğu zaman sebebi bulmamızı ve çözümü sağlar. Ancak Proje/Amaç döneminin başka bir döneminde de çıkabilir, az önce belirttiğim gibi Proje/Amaç dönemini didik didik etmek gerekir. Çalışmada ilk bakacağımız yer olarak hamileliğin ilgili ayı önemlidir.

Bu kitap çocuklarınız ve kendi çocukluğunuz için yazıldı. Bu anlamda şu an yetişkin bir birey olsanız bile çocukluğunuzda yaşadığınız travmaları kendi hayatınızdaki travmalarla birleştirerek, periyodik olarak benzer travma senaryoları yaşadığınızı saptayabilirsiniz. Bir yetişkinin hastalığı için çalışıyorsak onun döngülerini mutlaka hesaplamak zorundayız. Yetişkinlerin döngülerini hesaplarken 2 tane hesaplama yöntemi kullanıyoruz:

1. Yaşam Döngüsü
2. Bağımsızlık Döngüsü

Yaşam Döngüsü Hesaplama

Genellikle genç bireylerde, henüz evlenmemişken hastalık teşhisi konulan bireylerde kullanılan bir döngü hesaplama yöntemidir. Bir hastalığın ana çatışmasını bulmaya çalışırken çok işimize yarar. Öncelikle bardağı taşıran son damla olan çatışmayı (hastalanmadan 1-2 yıl önceki çatışma) bulmak gerekir. Bu çatışmanın yaşını bulunca hemen ikiye böleriz. Ortaya çıkan son rakamın yaşına bakarız, anne karnındaki aynı ayda yaşadığımız çatışma ile veya Proje/Amaç dönemi ile bağlantı kurarız.

Örneğin:

18 yaşında Polikistik Over teşhisi konulan bir hasta düşünün. Teşhis konulmadan 1 yıl önce erkek arkadaşından ayrılmış. *(Polikistik Over'i ilgilendiren konuların ayrılık, partner çatışması, aldatılma konuları olduğunu yeri gelince işleyeceğiz.)* Yani 17 yaşında bardağı taşıran son damlayı yaşamış. Yaşı ikiye bölüyoruz ve 8,5 yaşını soruyoruz. O yaşta babası annesini aldatmış ve boşanma tehlikesi yaşanmış olabilir *(sembolik olarak eril ayrılığı)*. Çoğu zaman bulunan en küçük yaştaki çatışmanın aynısı hamileliğin ilgili ayında da karşımıza çıkabiliyor. Bu yüzden annesinin hamileliğinin 8,5-9'uncu ayında ne olduğunu da soruyoruz.

9. ayda bir şey yaşanmamışsa da doğum öncesi 1 yıllık süreç, hamilelik ve doğum sonrası 1 yıllık süreçte aynı senaryo tekrarlanmış mı diye mutlaka bakmalıyız. 33 aylık süreçte benzer senaryonun hangi ayda yaşandığı çok önemli olmasa da kural olarak ilk başta döngüyle aynı aya bakmakta fayda var. Görüyoruz ki anne hamileliğin 9. ayında eşi tarafından bir kez daha aldatılmış. Artık biliriz ki doğan çocuğun "Polikistik Over" mesajı hamileliğin 9. ayında kodlanmış ve 8,5 yaşında tetiklenmiş, 17 yaşında bardağı taşıran son damla olarak bedene mesajını iletmiş. Bu verileri aldıktan sonra işimiz çok

kolaylaşır; bu durumu önce oto telkin olarak zihnimize anlatıp, sırtımızdaki duygusal yükü boşaltarak, omurgadan negatif enerjiyi temizleyerek "kamp ateşi" dediğimiz yöntemle *(ileriki bölümlerde nasıl yapılacağı ayrıntılı olarak anlatılacak)* hastalıkla tamamen vedalaşabiliriz.

Burada hesaplamaları yaparken 1 yıl ileri veya geri gidebilirsiniz. Örneğin yaşı ikiye böldüğünüzde 8,5 yaşı bulduğumuz halde babayla ilgili çatışma 7,5 yaşında oluşmuşsa bu veriyi kabul ederiz. Aynı şekilde hamileliğin 8,5. ayında aradığımız çatışmayı 9. ayda veya 8. ayda da bulabiliriz. Bu hesaplamalarla ilgili çalışma yaparken çok milimetrik davranmıyoruz.

Oto telkin nasıl yapılır? Bir yetişkinle çalışıyorsanız verdiğim örnekte olduğu gibi döngüleri bulduysanız, yetişkinin "oto telkin" kısmında kendine yapacağı telkin şu şekilde olacaktır:

"*... yılının ... ayında anladım ki annemin hamileliğinin dokuzuncu ayında aldatılma ile ilgili ana çatışmam, 8,5 yaşında babamın annemi aldatmasıyla tetiklenmiş, 17 yaşında erkek arkadaşımdan acı verici bir şekilde ayrılmamla bardağı taşıran son damla vücudumda Polikistik Over olarak ortaya çıkmış. Ruhumun bedenime yansıttığı bu mesajı aldım, artık bu mesaja ihtiyacım kalmadı, gereğini yapıyorum ve bu mesajı devre dışı bırakıyorum. Döngüler bir kader değildir, farkındalıkla bütün döngülerimi devre dışı bırakıyorum.*"

Bu oto telkin "kamp ateşi" çalışmasının giriş kapısıdır. Sadece oto telkin yeterli olmamakla birlikte, çalışmamızın ana gövdesini oluşturur. Burada ruhumuzun yara aldığını beynimize anlatarak, sıkışmış çatışmanın kapısını aralamış oluyoruz. Oto telkin çalışmasını bitirdikten sonra kamp ateşi yöntemiyle duygusal boyutu tamamen temizlemek, son olarak da enerji boyutunda tamamen arınmak gerekir. Bunları da yine ayrı başlıklar altında inceliyor olacağız.

Bağımsızlık Döngüsü Hesaplama

Yetişkinlerle çalışırken hesaplayacağımız bir başka döngü yöntemi de "bağımsızlık döngüsü"dür. Bu döngüyü evli yetişkinler için daha çok kullanıyoruz. Çünkü evlilik kişinin alfalarından (anne baba) bağımsızlaştığı yaştır. Anne ve babamızdan maddi ve manevi olarak tamamen ayrıldığımızda, bu sistemde bağımsız olarak kabul ediliriz. Üniversite için şehir değiştirmek, aileden maddi destek alarak başka eve taşınmak, anne babamızın evinde yaşarken işe girip kendi paramızı kazanmak bizi bağımsız yapmaz. Evlendiğinizde çalışmıyor olsanız bile, anne babanızdan maddi ve manevi olarak ayrılmışsanız bağımsız olarak kabul edilirsiniz. Eğer evlenmeden önce kendi evinize çıkıp, kendi paranızı kazanıyorsanız, anne babanızın evinde artık kalmıyor ve maddi olarak destek almıyorsanız da bağımsız olarak tanımlanabilirsiniz. Boşanıp tekrar baba evine dönenler için bağımsızlık artık kaybedilmiş sayılır ve bu kişilerin döngüsü yaşam döngüsü hesabıyla yapılır.

Yaptığım çalışmalarda yetişkin bireylerde en çok bağımsızlık döngüsünün işime yaradığını söyleyebilirim. Döngü tanımını yaparken tekrar eden periyotlar tanımını yapmıştık. Bağımsızlık döngüsünü hesaplamak yaşam döngüsünü hesaplamaktan biraz daha kolaydır, çünkü burada bakacağımız noktalar daha nettir.

Bağımsızlık döngüsünü hesaplamak için kişinin bağımsız olduğu yaşı bilmemiz gerekir. Bağımsızlığını kazanmış kişilerle çalışırken önceliği bu hesaplama yöntemine vermek gerekir.

Peki bağımsızlık döngüsü nasıl hesaplanır?

Beynimiz bağımsız olduğumuz yaşa kadar ne yaşadıysa, bir o kadar yıl aynı senaryoyu bize tekrar yaşatır; amaç bizi hayatta tutmaktır. Bağımsız olana kadar hayatta kalmayı başarmışsak, beynimiz bu süreci güvenli bulur ve aynı olayları, aynı algıları bize tekrar yaşatır.

Gerçek bir örnekle açıklamaya çalışayım:

38 yaşında menopoz geliştiren bir kadın... Az önce açıkladığım gibi bu kitap çocuklar için yazılmış olsa da, çocukluğumuzu iyileştirmek için de yazıldı. Yani hastalıkların çoğunu çocuklukta kodladığımız için yetişkinlikte de çocukluğumuzda başlayan kodlarımıza bakmak zorundayız.

Döngü hesabı yapmadan önce erken menopozun çatışma konularını bilmek zorundayız. Erken menopoz konularından bazıları erkeklere duyulan kin, sevilen birinin kaybı ve dişilikten vazgeçilen çatışmalardır. Danışanımızın son 1-2 yıl bandında bu konularla ilgili yaşadıklarını sorduğumuzda, 1 yıl önce yani 37 yaşında babasını kaybettiğini öğreniyoruz. Ne demiştik hatırlayalım, bardağı taşıran son damlayı bulup döngü hesabı yapmamız gerekir. Danışanımızın bağımsızlık yaşının (evlilik) 21 olduğunu öğrendik. Bağımsızlık döngüsü hesabında beyin ilk 21 yıl ne yaşattıysa, ikinci 21 yıl da aynı çatışmaları yaşatır demiştik.

Danışanımız 37 yaşında bir çatışma yaşadığına göre, bağımsızlığın ikinci bölümünün 16. yılına denk geliyor (37-21=16). O halde bağımsızlığın birinci bölümünün 16. yılında, yani 16 yaşında da benzer bir senaryoya ulaşırsak nokta vuruşu yapabiliriz.

Danışanımıza 16 yaşında bu konuyla ilgili ne yaşadığını sorduğumuzda, babası kadar sevdiği dedesini kaybettiğini öğreniyoruz. Burada yine çok sevilen birinin kaybedildiğini görerek tetiklendiğini anlıyoruz. Ama bu bizim için yeterli değil çünkü ana çatışmanın genellikle Proje/Amaç döneminde başladığını bildiğimiz için o dönemi de soruyoruz. Anne hamile kalmadan 6 ay önce erkek kardeşini bir trafik kazasında kaybetmiş. Ana çatışma, tetikleyici ve bardağı taşıran son damlayı bulduğumuz için artık rahatlıkla kamp ateşi ile boşaltım yapabiliriz. Erken menopozun defalarca döndüğüne şahit olduğumu söyleyebilirim. Eğer sevilen birinin kaybıyla ilgiliyse yine ileride göreceğimiz "yas sonlandırma" çalışmasının çok iyi sonuçlar vereceğini rahatlıkla ifade edebilirim. Yas sonlandırma da bir çeşit kamp ateşi çalışmasıdır ancak burada bazı farklı telkinler kullanıyoruz.

Soyağacı, Ata Sendromu

Üçüncü olarak bakacağımız dönemin üst soylarla ilgili olduğunu söylemiştik. Döngülerimizin hastalıkların travmalarını bulmakta çok etkili bir yöntem olduğunu bilsek de bazen bize ait olmayan döngüler üst soylardan aktarılabilir. Yani biz doğmadan önce kodlanmış olabiliriz. Hastalıkların yüzde 10'u bize üst soylardan aktarılmaktadır, yeri geldikçe bu hastalıklardan bahsedeceğiz.

Üst soyların çatışmalarının bize kodlanabileceği bilgisini Fransız psikolog Anne Ancelin Schützenberger hediye etmiştir. *Psikosoybilim* ve *Ata Sendromu* isimli kitaplarında bize üst soylardan gelen çatışmaların bağlantılarını öğretmiştir. Bir hastalığın ana çatışmasını döngülerde ve Proje/Amaç döneminde bulamazsak, bazen üst soyların çatışmasını devralmış olabiliriz. Bunu anlamak için öncelikle ana rahmine düşen kaç numaralı çocuk olduğumuzu bilmek zorundayız. Annenizin kürtajı, erken doğumu, düşüğü, dış gebeliği dahil kaç numaralı çocuk olduğunuzu bilirseniz, üst soylarla hangi numaralarla bağlantılı olduğunuzu bulabilir, hayatınızdaki üst soylardan gelen döngülerin farkına varabilirsiniz.

Örnek vermek gerekirse:

Annenizin sizden önce 2 düşüğü olduğunu farz edin. 2 düşükten sonra siz doğmuşsanız rahme düşen 3. bebek olursunuz, yani 3 numaralı çocuk olursunuz.

Bunu bilmek sizin üst soydaki 3, 6, 9, 12 numaralarla dikey hatla sürekli bağlantıda olduğunuzu bilmenizi sağlar. Şöyle bir şekil üzerinde anlatmaya çalışayım:

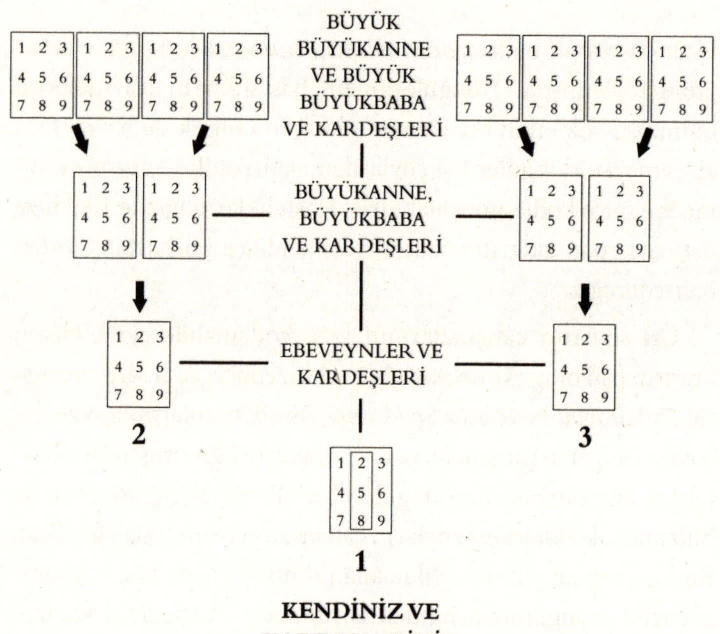

Anne karnına düşen 2 numaralı çocuk olduğunuzu düşünelim. Biyolojide aile ağacı sayıları hesaplanırken üçerli gruplar oluşturulur. Yukarıdaki kutucukların en alttakini annenizin rahmi olarak düşünün, 9 kardeş olsaydınız, 2, 5, 8 numaralı kardeşler aynı dikey hatta olurdu. Yani bu kardeşlerin döngüleri birbirine çok benzer. Ama bu dizilimde daha önemli olan nokta, üst soylarla yaşadığımız benzer döngülerdir.

Örneğin alt soldaki kutucuk sizin anneannenizin rahmini, alt sağdaki kutucuk babaannenizin rahmini temsil eder. Anneannenizin rahminde anneniz kaçıncı çocuk, buradan hesaplayabilirsiniz. Annenizle aynı dikey hatta veya aynı numarada iseniz, annenizin hayatını yaşama ihtimaliniz çok artar.

Örneğin siz 3 numaralı çocukken, anneniz 6 numara ise annenizin hayatını didik didik etmenizde fayda var, kendinize ait birçok hastalığın, sorunun çatışmasını onda bulabilirsiniz. Aynı durum baba için de geçerlidir. Alt sağdaki kutucuğa yani babaannenizin rahmine baktığımızda babanızın 4 numara olduğunu düşünün, siz de 1, 4, 7 numaralardan biri iseniz bu sefer babanızla aynı döngüyü alma ihtimaliniz artar. Bazen hem anne hem de baba ile aynı dikey hatta olma ihtimali vardır, bu durumda hem anneden hem de babadan döngü alınabilir.

Bizler sadece anne babamızdan döngü almayız, 3 soy yukarıdan bize doğru gelen döngülerimiz var. Tabii ki 3 soy yukarıda kimin kaçıncı çocuk olduğunu bulmak çok mümkün olmadığı için en azından 2 soy yukarıya kadar bakmakta fayda var. 2 numaralı kutucuk anneannenizin annesinin rahmi, 3 numaralı kutucuk babaannenizin annesinin rahmi olarak düşünüldüğünde bu hesabı üst soylara kadar taşıyabilirsiniz.

III. BÖLÜM

Kamp Ateşi

Bu kitap çocuklar için ve çocukluğumuzu temizlemek için yazıldı. Bu yüzden bir önceki kitabımda anlattığım kamp ateşi bilgilerini buraya da aktarıyorum. Bizler de bir zamanlar çocuktuk ve kendi hayatımızdaki çocukluk bölümünü temizlemek yine bizim sorumluluğumuzdadır. Çalışmanın nasıl yapılacağını bilmemiz bu anlamda çok kıymetli.

Kamp ateşi uygulamasına geçmeden önce oto telkin yapılması gerektiğini önceki bölümlerde açıklamıştım. Döngüleri bulduktan sonra zihnimizdeki kapıyı açmak için ilgili dönemlerin çatışmalarını sesli olarak ifade ederek oto telkin yapıyoruz. Oto telkin kısmını yaptıktan sonra kamp ateşini uygulamamız bilinçaltımızdaki zihin duygu frekansını harekete geçirir.

Brandon Bays'in *Yolculuk* adlı kitabından uyarlayarak kullandığım "Kamp Ateşi Yöntemi" bütün oto telkinlerden sonra, duygusal boyuttaki negatif enerjiyi boşaltmak için başvurduğumuz muhteşem bir yöntemdir. Buradaki mucizevi taraf, yöntemi kullanırken beynimizin en önemli figürü olan ateşi kullanarak travmaları sonlandırma olanağımızdır.

Döngülerin yardımıyla ana çatışmamızı, tetikleyicileri ve bardağı taşıran son damlayı bulduktan sonra oto telkinle bunların farkına vardığımızı söylemiştik. Daha sonrasında bu çatışmaların her birini kamp ateşi yöntemi ile ayrı ayrı duygusal boyutta temizliyoruz.

Kamp ateşi bir imajinasyon çalışmasıdır. Öncelikle gözlerimizi kapatıp kendimizi bir ateş başında hayal ediyoruz. Her çalışma öncesi aşağıdaki bölümlerde *(Çocuklarla Çalışmaya Hazırlık bölümünde)* bahsedeceğim "alan açma" çalışmasını yapıyoruz. Çalışmayı tamamen bitirdikten sonra, alanı kapatıyoruz. Ateşi hayal ederken gerçek bir ateş veya mum ışığından da yararlanabilirsiniz. Ateşin sıcaklığını hissetmeye çalışıyoruz, dumanının tüttüğünü, ateşin çıkardığı çıtırtıları hissedene kadar bekliyoruz. Daha sonra hangi yaştaki çatışmamızı boşaltacaksak o yaştaki halimizi ateşin başına çağırıyoruz. Eğer bu yaşta yaşadığımız çatışma başka biriyle ilgiliyse o kişinin görüntüsünü ateşin başına çağırıyoruz. Buradaki önemli ayrıntı, yaşadığınız yaşın görüntüsünü çağırmanızdır; eğer şu anki yaşınızda 15 yaşınızdaki bir çatışmayı çözecekseniz, 15 yaşınızdaki halinizle halledebilirsiniz.

15 yaşınızdaki bir tacizle ilgili çalıştığınızda, 35 yaşınızdaki haliniz konuyu çözemeyecektir. Tacizi uygulayan kişiyi de çağıracaksak onun da o yıllardaki yaşının görüntüsünü çağırmalıyız.

Çatışmayla ilgili yaştaki görüntümüzü ateş başına çağırdıktan sonra, çatışma yaşadığımız kişiyle yüzleştiriyoruz. Çatışmayı yaşayan görüntümüze soruyoruz:

"Karşındaki seni üzen kişiye ne söylemek istersin?"

O yaştaki görüntümüzün içinde sıkışıp kalmış halimize içindeki bütün kelimeleri dökmesi için yardımcı oluyoruz. Sonra karşısındaki kişinin ne cevap verdiğini bize aktarmasını istiyoruz. Cevap vermiyorsa bile yüzündeki ifadeyi anlatmasını istiyoruz. Bu diyalogda bütün sıkışmış kelimelerin dökülmesini sağladıktan sonra çatışma yaşadığımız yaşın görüntüsüne

"Sırtındaki simsiyah çuvalın içindeki değersizlik, öfke, kimsesizlik, terk edilmişlik (yaşanan duygu her ne ise) duygusunu birer birer ateşe atıp yok ediyorum" diyerek telkin veriyoruz. Her duygunun birer birer yakılması önemlidir. Örneğin öfke duygusunu yakıyorsak, çuvaldan o duyguyu çıkarıp ateşe atmasını, ateşin içinde çıtır çıtır yanışını izlemesini, çıkardığı simsiyah dumanı görmesini ve küle dönüşene kadar beklemesini istiyoruz. Tamamen küle dönüştükten sonra ikinci olumsuz duyguyu çıkarmasını isteyerek, çuval boşalana kadar bu seremoniye devam ediyoruz. Çuval tamamen boşaldıktan sonra çuvalı da ateşe atmasını isteyerek yanıp kül olmasını beklemesini söylüyoruz, çatışmayla ilgili yaştaki duygusal yükünü tamamen boşaltıyoruz.

Çuval da küle dönüştükten sonra çatışmayla ilgili yaştaki görüntüsüne şunu sormasını istiyoruz:

"Karşındaki kişiyi affetmek ister misin?"

Birçok bilinçaltı sistemi affetmek iyileşmektir dese de ben buna katılmıyorum. Çünkü öyle olaylar yaşarız ki (taciz, ensest, aldatılma, şiddet vs.) bazen affetmek mümkün olmayabilir. Burada önemli olan sırtımızda taşıdığımız yükten kurtulmaktır. Affetmek mümkün olursa daha hızlı sonuçlar almak mümkündür, ama kişi affetmek istemiyorsa ona zorla telkin veremezsiniz, bu durumda blokaj gelişebilir ve çalışma hiçbir işe yaramaz. Eğer o yaştaki görüntümüz affetmeyi kabul ederse karşısındaki görüntüye şuna benzer bir metin okuyabilir:

"Ben seninle yaşadığım ... olayla ilgili yıllarca birçok hastalıkla mücadele ettim, yıllarca seni suçladım, hayatım kâbusa döndü. Ama ... yılında ... ayında anladım ki kendime yüklediğim bu olumsuz duygular beni hasta etmiş, hayatımı zincire vurmuş. Öncelikle özgürleşmek, iyileşmek için, hayatımı güzelleştirmek için az önce sırtımdaki bütün yüklerden kurtuldum.

Seni de anlıyorum, bu hatayı yaparken belki bana zarar vereceğini düşünemedin. Belki de bu öğretiyi yaşamaya ihtiyacım vardı, belki karmanın öğretisini bana iletmen gerekiyordu. Bu yüzden seni bütün kalbimle affediyorum, evrenin sevgi, şefkat ve merhamet düzeninde sen de gerekli dersleri alacaksın bunu biliyorum. Bu öğretiden gerekli dersi aldığım için kendimi tamamen bu yükten özgürleştiriyorum."

Bu konuşmayı yaptırdıktan sonra çatışma yaşadığımız kişinin görüntüsünü sevgi ve şefkatle uğurlayıp gönderiyoruz. Daha sonra şimdiki halimiz, çatışma yaşadığımız yaştaki halimize sarılarak şunları söyler:

"Seni tebrik ederim, yıllarca sırtımızda taşıdığımız yüklerden bizi kurtardın, bizi özgürleştirdin. Bu öğretinin mesajını aldık ve beraberce bu mesajı devre dışı bıraktık."

Çatışmayla ilgili yaşımıza sarılıp onu sevgiyle ve şefkatle göndeririz. Ateşin içindeki her şeyin küle dönüşmesini bekleyip, ateşi söndürürüz ve çalışmayı bitiririz.

Çalışma sırasında affetmek istemediğimiz bir yüzleşme içindeysek ne yapmalıyız? O zaman konuşma metnimizin yükleri boşalttıktan sonraki kısmı şöyle uyarlanmalıdır:

"Yıllarca senin yüzünden çok acı çektim, hayatım bir kâbusa döndü, yıllarca hastalıklarla mücadele ettim. Kendimi değersiz, kimsesiz, bir köşeye atılmış (duygunun adını koyun) hissettim. Ve bugün karşımdasın, sırf kendimi özgürleştirmek için, hayatımı hafifletmek, sağlığıma kavuşmak için az önce sırtımdaki bütün yükleri ateşe atıp yok ettim. Artık acılarım bitti ama bu asla seni affettiğim anlamına gelmiyor. Seni evrenin, ilahi adaletin öğretisine teslim ediyorum. Evrenin bir adalet terazisi olduğunu biliyorum ve kendimi bu öfkeden arındırdığım için, seni adalete teslim ediyorum. Umarım benimle yolların tekrar kesişmez."

Bu konuşmayı yaptırdıktan sonra çatışma yaşadığımız kişinin görüntüsünü gönderiyoruz. Eğer üst soydan gelen bir çatışmanın kamp ateşini uygulayacaksak şöyle ilerleyebiliriz...

Yine gözlerimizi kapatırız ve kendimizi bir kamp ateşinin başında hayal ederiz. Sırtımızda bir çuval olduğunu düşünürüz ve "*Sırtımdaki simsiyah çuvalın içinde anneme ait olan suçlanma, gizlenme, ayrılık içeren negatif duyguları birer birer ateşe atıp yok ediyorum*" deriz. Her duygunun ateşte tek tek yanışını izleriz, küle dönüşmesini bekleriz. İyice küle dönüştükten sonra bedenimiz enerji boşaltımına hazır hale gelir.

Proje/Amaç dönemine ait bir yükü boşaltmak, zihinsel, duygusal ve enerjisel boşaltım yapmak için ne yapmalıyız?

Örneğin annemizin Proje/Amaç döneminde bir eş çatışması yaşadığını varsayalım, bedenimizde de bir egzama oluştuğunu düşünelim. Ateş başında şöyle bir telkin yapabiliriz:

"*... yılının ... ayında anladım ki annem bana hamile kalmadan ... ay önce babamla bir ayrılık çatışması yaşamış. Ben ayrılık çatışması ile kodlanmış bir rahime yerleşmişim. Bana ait bu ayrılık çatışmasının mesajını aldım ve gereğini yapıyorum. Bu mesajı devre dışı bırakıyorum ve bu mesaja beni hayatta tuttuğu için teşekkür ediyorum.*"

Daha sonra sırtımızdaki hayali siyah çuvaldan duyguları birer birer çıkarıp ateşe atarız ve şöyle deriz:

"*Sırtımdaki simsiyah çuvalın içindeki öfke duygusunu ateşe atıp yanışını izliyorum.*"

Sırasıyla çuvalın içindeki değersizlik, iletişim çatışması, adaletsizlik, yalnızlık vs. duygularını birer birer ateşe atıyoruz ve her bir duygu tamamen küle dönüşene kadar bekliyoruz. Annemizin o dönem yaşadığı ve aslında bize ait olmayan negatif duyguları birer birer yakıyoruz.

Bu çalışmadan önce annemizden bilgi almamız, hangi duyguları hissettiğini bilmemiz, boşaltacağımız duyguların eler olduğunu bilmemiz açısından bize yardımcı olacaktır. Son aşamada aynı duyguları aşağıdaki bölümde göreceğimiz üzere omurgadan boşaltarak bedeninizden tamamen boşaltıyorsunuz.

Omurgadaki Negatif Enerjiyi Boşaltma

Duygusal boşaltmayı yaptıktan sonra omurgamızın sırt tarafındaki negatif enerjiyi boşaltmamız gerekir. Duygusal boşaltımdan sonra bir kamaşma, ürperme, üşüme, bazen de ısınma hissi deneyimleriz. Bu tamamen ruh kalıntılarından ve negatif enerjiden oluşan olumsuz hisler yumağıdır. Aslında iyileşmenin püf noktası, omurgadaki negatif enerjiyi boşaltmaktır. Bu kitapta aktarılan her bilginin amacı omurgadaki negatif enerjiyi ortaya çıkarmak ve boşaltmaktır. Biz bu enerjiyi hissedebilmek için önce döngüleri kullanarak zihin boyutunda farkındalık sağlayıp oto telkin yapıyoruz, sırtımızdaki çuvaldan negatif duyguları birer birer çıkararak ateşe atıyor ve duygusal boşaltım yapıyoruz, duygusal boşaltımdan sonra omurgadaki negatif enerjiyi hissedebilir hale geliyoruz. Bütün amacımız bu negatif enerjiyi yakalayıp boşaltmaktır. Şu ana kadar öğrendiklerimizin amacı enerji bedenimizi uyandırmaktır.

Kamp ateşi uygulamasındaki duygusal boşaltımdan sonra sırtımızda, omurgamızın olduğu yerde hissedilen kamaşma, ürperme, soğukluk duygusuna odaklanıyoruz ve şu telkini yapıyoruz:

"Yıllarca sırtımda taşıdığım olumsuz duyguların omurgama yapışan negatif enerjinin kalan kısmını, omzumdan, sırtımdan,

belimden, bacaklarımdan, ayaklarımdan toprağa karışıp gitmesi için tamamen serbest bırakıyorum."

Bunu sık sık tekrar ediyoruz, belli bir süre sonra el veya ayaklarımızda uyuşma, ürperme, üşüme şeklinde değişik hisler oluşacaktır. İşte o an boşaltım başlamıştır, negatif enerji toprağa akıyordur.

Omurgamızda neden negatif enerjilerin biriktiğini şamanlar şöyle açıklamaktadırlar:

Omurga kötü enerjinin, kötü ruhların en sevdiği enerjiyle doludur. Evrendeki bütün kötü ruhlar ve enerjiler bedenimizde en çok burayı severler. Bu yüzden yapacağımız her kamp ateşi çalışmasından sonra, omurgamızdaki negatif enerjiyi boşaltmalıyız.

Bazen bir yakınımızı kaybettiğimizde yıllarca onun ruh kalıntılarını omurgamızda taşıyabiliriz, bir anda kaybettiğimiz kişinin huylarına yakın huylar edinebiliriz. Sigara içmeyenler içmeye başlayabilir, sakin insanlar agresif olabilir, başkasının enerjisiyle bedenimizde bir döngü kargaşası oluşabilir. Sembolik olarak kaybettiğimiz kişileri sırtımızda, omurgamızda taşımaya devam ederiz. Bu enerjiyi çalışma sonunda boşaltmanın önemi büyüktür, çünkü duygusal ve zihinsel arınmadan sonra omurgadaki negatif enerji devam eder.

Omurgamızdaki negatiflik duygusuna odaklandığımızda üşüme hissi gelebilir, danışanlar genellikle ürperme hissettiklerini söylüyorlar, nadiren sıcaklık hissedenler de var. Bu yüzden omurgayla ilgili telkin verirken oluşan hissin adını koyarsanız (soğuk, sıcak, ürperme, uyuşma vs.) duygunun daha fazla ortaya çıkmasını sağlarsınız.

Şekilde de görüldüğü üzere, omurganın sırt etrafında yer alan negatif enerji, hastalıkla ilgili oto telkin ve duygusal odaklanma anında ortaya çıkar ve çok net bir şekilde hissedilebilir.

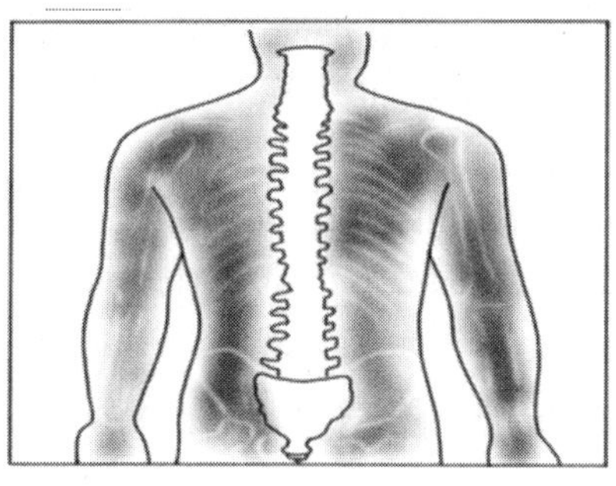
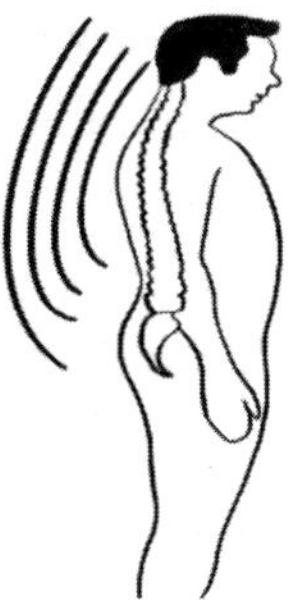

Omurgaya yapışan atık enerji bazen bir yas programının kalıntısı olabilir, bazen yaşadığımız kötü bir deneyimle ilgili negatif enerji olabilir, bazen de doğarken ebeveynlerimizden bize geçen çatışmaların atık enerjisi olabilir. Bu enerjinin hissedilmesini kolaylaştırmak için başkasının yardımını da alabilirsiniz. Yardımcı olacak kişi omurganın başladığı yer olan ense kısmına bir elini, bittiği yer olan kuyruksokumu kısmına diğer elini yerleştirir. İki eli arasında kalan bölgenin ısındığını, ateş gibi yandığını hissedin. Bir süre sonra uyuşma, kamaşma, ürperme, nadiren de ısınma şeklinde sırtınıza doğru bir bulutun genişlediğini hissedin, bu bulutun kollarınıza, belinize, kalçanıza doğru akışını başlatmak için şu sözleri söyleyin:

"Şu an sırtımda hissettiğim negatif duyguların atık enerjisi olan o buz gibi hissi, kollarımdan, sırtımdan, belimden, bacaklarımdan, dizlerimden, ayaklarımdan toprağa akıp gitmesi için tamamen SERBEST bırakıyorum."

"Serbest" kelimesini yüksek sesli söyleyin. Bu şekilde bir telkin verdiğiniz zaman sırtınızdaki o bulutun yavaş yavaş ellerinize ve ayaklarınıza doğru hareket ettiğini hissetmeye başlarsınız. Bu akış başladığında, atık enerji en çok ayaklardan, daha az olarak da ellerden boşalmaya başlar, bu sırada el ve ayaklarınızda üşüme, uyuşma, nadiren de ısınma hissedebilirsiniz. Akış devam ederken aynı telkini tekrar tekrar yapın, elinizdeki ve ayağınızdaki his kayboluncaya kadar devam edin. Enerji boşaltımı bitince hayali olarak kamp ateşini ayaklarınızla söndürün. Çalışmadan sonra yaşanan uyku veya yorgunluk haline çokça rastlıyoruz. Birkaç gün yorgunluk hissedebilirsiniz, ancak birkaç gün sonra eskisinden çok daha fazla özgürleşmiş olacaksınız ve enerjik hissedeceksiniz. Artık çocuğunuza çalışma öncesinde yapacağımız hazırlıklara geçebiliriz. Sırasıyla inceleyelim.

Kürtaj Yas Sonlandırma

Hayatınızda bir kürtaj, düşük, evlat kaybı, dış gebelik anısı varsa çocukla çalışmadan önce bu yasların sonlandırılması işinizi çok kolaylaştıracaktır. Çünkü yaslı bir rahme doğan bebek bu enerji alanı temizlenene kadar etki altında kalabilir. Çocuğunuzla ilgili olan her şey sizinle ilgili olduğu için bu çalışmayla bir taşla iki kuş vurabilirsiniz.

Burada dikkat edilmesi gereken konu kamp ateşinin tekniklerini doğru uygulamaktır. Kürtaj yas sonlandırma cümlelerini düşük, evlat kaybı, dış gebelik için değiştirerek kullanabilirsiniz.

Öncelikle kürtaj yas sonlandırmaya oto telkinle başlamalıyız.

"*... yılı ... ayında anladım ki yaşadığım kürtajın yasını hâlâ içimde taşıyormuşum. Bunu bugün fark ettim ve gereğini yapıyorum. Bu döngünün bir kader olmadığını anladım, gerekeni yapıyorum, ruhumun bu mesajını aldım, devre dışı bırakıyorum.*"

Sonra bir mum yakıp gözlerinizi kapatın. Yanınızda kocaman bir kamp ateşi hayal edin, ateşin sıcaklığını hissedin, çıtırtılarını duymaya çalışın ve kürtaj olduğunuz yaştaki görüntünüzü çağırın. Karşınızda beyazlar içindeki kaybettiğiniz bebeğinizi hayal edin, canınız yansa da onunla konuşmalısınız. İçinizden gelenleri söylerken Ho'oponopono tekniğinin cümlelerini mutlaka kullanın:

"Canım yavrum, seni kaybettiğimi bilsem de seni toprağa veremediğimi bugün fark ettim. Seni hayata getiremediğim için çok özür dilerim, lütfen beni affet. Sen beni anne olarak seçtin ama ben anne olmaya hazır değildim, beni seçtiğin için sana çok teşekkür ederim. İçimdeki bu suçluluk yıllarca beni ateş gibi yakmış. Seni ve kendimi özgürleştirmek için, sırtımdaki simsiyah çuvalın içindeki suçluluk, çaresizlik, evlat kaybı ile ilgili olumsuz duyguları birer birer ateşe atıp yok ediyorum. Seni hiç unutmayacak olsam da seni ve kendimi özgürleştirmek için bugün bu yası sonlandırıyorum. Seni çok seviyorum, ben de ışığa kavuştuğumda beni kapıda karşılayacağını biliyorum ve şimdi seni toprağa vermeyi kabul ediyorum canım yavrum. Seni ışığa göndermeyi kabul ediyorum..." diyerek yavrunuzla vedalaşın. Sonra kamp ateşinin küllerine son kez bakıp, ateşi söndürün ve kendinize şunu söyleyin:

"Yıllarca yavrumun yasıyla omurgama yapışıp kalan yavrumun ruh parçalarını ışığa doğru gönderiyorum. Suçluluk, çaresizlik, evlat kaybı ile ilgili olumsuz duyguları boynumdan, omzumdan, kollarımdan, sırtımdan, belimden, bacaklarımdan, ayaklarımdan toprağa akıp gitmesi için tamamen serbest bırakıyorum."

Bu son telkini 3-4 defa yapmalısınız, ellerinizde veya ayaklarınızda karıncalanma ya da uyuşma hissettiğinizde boşaltım başlamış demektir. Sırtınızdaki yükün boşaldığını hissedene kadar devam edin. 3 gün arayla 3-4 kez uygulayın.

Yas Sonlandırma

Hayatınızda bir yakınınızın kaybı söz konusuysa aradan kaç yıl geçerse geçsin bu çalışmayı yapmanızın çok faydası var. Bu çalışma hem giden ruhu hem de kalan ruhu özgürlüğüne kavuşturur. Çocuklarınızla çalışmadan önce eğer hâlâ içinizi kavuran, gözlerinizi dolduran bir yasınız varsa önceliği kendi yasınızı sonlandırmaya vermeniz çok daha önemli... Çocuklarla çalışmaya başlamadan önce hem yaslarınızı sonlandırmanız hem de ileriki bölümlerde göreceğiniz üzere "sıfır noktasına" gelmeniz, çalışmanızın etkisini artıracaktır.

Yas sonlandırması çalışmasını yaparken kaybettiğiniz kişiyi, onu kaybettiğiniz yaştaki haliyle hayal edin ve yine onu kaybettiğiniz yaşa gidin. Bir ateşin başında olduğunuzu hayal edin ve şöyle söyleyin:

"*... yılı ... ayında anladım ki ben babamın/annemin/eşimin/kardeşimin vs. gidişini kabul edememişim, onu ışığa gönderememişim. Ona da kendime de eziyet çektirmişim, bugün bunun farkına vardım. Yasımı bugün sonlandıracağım, bu döngüyü bugün kıracağım. Ruhumun bu yarasını saracağım.*"

Kaybettiğiniz kişiyle son kez helalleşme şansını verin kendinize, ona ne söylemek istersiniz? İçinizde kalan sözleri olabilir, öfke, kızgınlık, özlem, dargınlık duyguları... Ortaya ne çıkarsa... Kendinizi olabildiğince ifade edin ona karşı... Kaybedilen kişinin cevap vermesini isteyebilir, onunla son bir konuşma yapabilirsiniz. Arkasından duygusal boşaltım için şu telkini verin kendinize:

"*Canım babacığım/anneciğim/eşim/kardeşim yıllarca yasını tutarak sana acı çektirdiğimi yeni öğrendim, döktüğüm her gözyaşıyla gözün arkada kaldığı için ışığa ulaşamadığını yeni fark ettim, bunun için özür dilerim, lütfen beni affet. Benim babam olduğun için sana çok teşekkür ediyorum, seni çok seviyorum. Sırtımdaki simsiyah çuvalın içindeki kimsesizlik, yetimlik, özlem, çaresizlik duygularının olumsuz etkilerini ateşe atıp yok ediyorum. (İyice yanıp küle dönmesini bekleriz.) Seni hiç unutmayacak olsam da, bu yasın sana ve bana zarar verdiğini bildiğim için, bugün bu yası sonlandıracağım. Bu asla seni unutmak anlamına gelmiyor, ben de bir gün ışığa kavuştuğumda kapıda beni karşılayacağını çok iyi biliyorum. Sana tekrar sarılacağım, ellerini tutacağım, kokunu hissedeceğim o güne kadar sana elveda demek zorundayım canım babacığım/anneciğim/eşim/kardeşim. Seni toprağa vermeyi, ışığa uğurlamayı kabul ediyorum ve tekrar görüşene kadar elveda diyorum."*

Bu konuşmadan sonra kaybettiğiniz kişinin görüntüsünü tebessümle, öpücüklerle uğurlayın ve ateşi söndürüp kendinize şöyle söyleyin:

"Sırtımda, omurgamda yıllarca taşıdığım babamın/annemin/eşimin/kardeşimin vs. ruh kalıntılarını ışığa doğru gönderiyorum, kimsesizlik, yetimlik, özlem, çaresizlik duygularının olumsuz etkilerini boynumdan, omzumdan, kollarımdan, sırtımdan, belimden, bacaklarımdan, ayaklarımdan toprağa karışıp gitmesi için tamamen serbest bırakıyorum."

Ellerinizde ve ayaklarınızdaki soğukluk, kamaşma başlayınca boşaltım da başlar, bitene kadar telkine devam edebilirsiniz.

Buraya kadar anlattıklarım bir yetişkinin hastalanma döneminden geriye doğru, Proje/Amaç dönemine kadar uzanan döngülerinin hesaplanması ve bu dönemlerin boşaltılması ve yasların sonlandırılmasıyla ilgili konulardı. Şimdi mucizevi tarafa geçme zamanı geldi. Kendi hayatınızda ve kendi enerji bedeninizde temizlik yaptıktan sonra artık çocuğunuza çalışmaya hazır hale geldiniz. Size önerim eğer hayatınızda varsa yas, taciz, ensest anılarını temizledikten sonra, cenaze ritüeli *(bir sonraki bölümün konusu)* ile sıfır noktasına gelip çocuğunuza çalışmaya başlayın. Bu çalışmaları yapmadan da çocuğunuzla konuşma yapmaya başlayabilirsiniz ancak daha etkili olmak istiyorsanız önce kendi enerji bedeninizi temizleyin. Çünkü çocuk sizden enerji aldığı için sizin enerji bedeninizdeki çatışmalardan tekrar tekrar etkilenebilir.

IV. BÖLÜM

Çocuklarla Çalışmaya Hazırlık

Bu kitabımda vereceğim bilgiler *Sırlarımız Kadar Hastayız* adlı önceki kitabımın devamı niteliğindedir. Daha çok çocukların ve çocukluğun travmalarını boşaltmak üzere yazdığım bu kitapta, çocuklarımızla nasıl çalışacağımız konusuna bakmanın zamanı geldi. Eğer çocuğunuzun bir hastalığıyla ilgili çalışma yapmak istiyorsanız öncelikle buna hazır olmanız gerekir, yani yaslarınızı ve taciz anılarınızı temizledikten sonra, sıfır noktasına gelme çalışması yapmanız gerekir. Çocuklar uykuya daldıktan 1 saat sonra yani REM uykusuna girdikleri anda daha çok annenin daha az babanın frekansına uyumlanırlar. Bu uyumlanma bizim çalışmalarımızda annenin aracılık yaptığı müthiş bir anahtar olarak kullanılmaktadır. Düşünsenize modern tıbbın yapamadığını anneler kolaylıkla yapabiliyorlar, çocuğunun bilinçaltına girip temizleyip çıkabiliyorlar. Elbette öncelikle kalbinizi temizlemeniz gerekiyor çünkü kalbinizde öfke, korku, gerginlik, arada kalmışlık, değersizlik hissederken yaptığınız bir çalışma, istediğiniz etkiyi yaratamayabilir.

Peki kendi kalbinizi nasıl temizleyeceksiniz?

Çok basit bir ritüelle "sıfır" noktasına gelmeniz mümkün. Bu çalışmaya "Cenaze Ritüeli" adını versem de isim sizi korkutmasın. Aslında doğum öncesi aldığımız negatif duygulardan arınma çalışmasıdır ve çok etkilidir. Bu sayede tertemiz bir rezonans ile çocuğunuza çalışmanız daha faydalı olacaktır. Cenaze ritüeli için öncelikle sessiz ve çok aydınlık olmayan bir odada rahatsız edilmeyeceğiniz şekilde çalışmalısınız. Enerji alanınızı açarak çalışmaya başlayacaksınız. Enerji alanı şamanların "Vira Koça" dediği ve yüzyıllardır var olan, bedenimize ve kişiliğimize şekil veren enerji alanımızdır. Bu alanı daha önce açmadıysanız çok ilginç bir deneyim yaşayacağınızı söyleyebilirim. Antonia Viloldo'nın derslerinden alıntıladığım Vira Koça alanını açma ritüeli şu şekilde gerçekleştirilir:

Vira Koça Alanını Açmak

İki defa derin nefes alın ve ellerinizi kalbinizin önünde birleştirin.

Ellerinizi yavaşça yukarıya doğru kaldırıp başınızın üzerindeki 8. çakra bölgesine getirin. 8. çakra başımızın üstünde altın bir top şeklindedir ve enerji bedenimizin bilgilerinin depolandığı yerdir. Elinizi bu çakranın içine geçirdiğinizde elinizde yavaş yavaş bir ısınma hissedeceksiniz. İlk denemede ısıyı hissetmezseniz bir sorun olduğunu düşünmeyin, alacağınız sonucu etkilemeyecektir, zamanla vücudunuz uyumlandıkça ısıyı da hissedeceksiniz.

Elleriniz başınızın üstündeyken avuçlarınızı dışa doğru sağa ve sola doğru genişleterek sanki şeffaf altın bir yumurta içindeymişsiniz gibi yumurta sınırlarını hayali olarak elinizle oluşturun. Bu sınırı ayağınızın altına kadar genişletin.

Ellerinizi göbeğinizde toplayın ve kendinizi, altın renkli şeffaf bir yumurtanın içinde hayal edin. Daha sonra ellerinizle yumurtanın iç çeperini kontrol edin. Yumurtanın iç çeperinde elinizi gezdirirken aynı ısıyı bir kez daha hissedebilirsiniz. Bazı bölgelerde elde soğuma hissederseniz tıpkı bir camı ovalar gibi o bölgeyi ovalayarak ısıtın. Çalışma bitince tekrar kapatacağımız bu alan eğer gece açılmışsa uykuya daldığınızda kendiliğinden kapanır. Ola ki gündüz çalışma yapıyorsanız çalışma bitince, yani çocuğunuzla konuşmanızı gün ışığında yapıyorsanız çalışma sonunda alanı nasıl kapatacağınızı da bilmelisiniz.

Vira Koça Alanını Kapatmak

Çalışma bittikten sonra alanın kapatılması gerekir, çünkü negatif enerjilere açık hale gelebilirsiniz. Bunun için aşamaları sondan başa doğru uygulayarak Vira Koça alanınızı kapatabilirsiniz.

Açtığınız alanı, tıpkı bir çadırı toplar gibi aşağıdan yukarıya doğru iki elinizle başınızın üzerine doğru getirebilirsiniz.

Sanki altın ve şeffaf bir çadırı toplar gibi, topladığınız enerjiyi başınızın üzerinde altın top haline getirin.

Altın topu başınızdan vücudunuza doğru geçirin.

Bu şekilde enerji alanınızı güvenle kapatmış oluyorsunuz.

Alanı gece konuşmalarına veya uyku konuşmalarına başlamadan önce açmak çok faydalı olacaktır. Bu alan her gece konuşma öncesi açılmalı, konuşma gündüz yapılıyorsa tekrar kapatılmalıdır. Gece konuşmasının veya uykuda konuşmanın nasıl yapılacağı konusunu ayrıntılı olarak işleyeceğiz. Ancak çalışmaya başlamadan 1 gün önce alanımızı açarak bir cenaze ritüeli yapmak sizi sıfır noktasına getirecektir.

Cenaze ritüeli bittikten sonra alanı kapatıp, bir gün sonra uykuda konuşma öncesinde tekrar açmalı. Çocukla uykuda gece konuşması yapıyorsanız ve çalışmadan sonra yatağa girip uyuyacaksanız alanı kapatmanıza gerek kalmaz, çünkü her uyuduğumuzda bu alan kendiliğinden kapanır zaten. Ama bazı anneler konuşmayı sabah erken saatte yaptığı için uyku konuşması sonrası alanın kapatılmasını tavsiye ederim. Alanı açtıysak artık cenaze ritüeline başlayabiliriz. Cenaze ritüeli bugüne kadar yaptığım çalışmalar içinde beni en çok etkileyen ritüellerdendir. Bugüne kadar belki binlerce ritüel uyguladım ama açık söyleyeyim ki her seferinde beni en çok bu etkilemiştir. Çünkü her seferinde danışanlarla çalışırken ben de onlar gibi kendi cenaze törenimi hayal ettim ve çok büyük bir sıfırlanma noktasına geri çekildim. Çocuklarla çalışmaya başlamadan önce çok kısa ve çok etkili olan bu cenaze ritüelini şiddetle öneriyorum.

Cenaze ritüeli uygularken size önereceğim bir müzik var:

Mozart kendi cenaze töreni için *Requem* adlı senfoniyi bestelemiştir. Mozart'ın o andaki duygularının frekansı tam da aradığımız frekans olduğu için lütfen bu müziği açarak gözlerinizi kapatın.

Cenaze Ritüeli

Büyük bir kalabalığın eşlik ettiği bir cenaze töreni hayal edin. Ağıtlar, zılgıtlar, çığlıklar havalarda uçuşuyor ve siz yukarıdan bu töreni izliyorsunuz. Omuzlar üstünde örtüye sarılı bir tabut gidiyor ve tabutun etrafında tanıdıklarınız var. Anneniz, babanız, kardeşleriniz, arkadaşlarınız, herkes ağlıyor, yavrularınız arkadan geliyor... Öyle büyük bir acı yaşıyorlar ki hepsi hazırlıksız yakalanmışlar, çok çaresiz ve üzgün hissediyorlar. En çok da çocuklarınız ağlıyor, ne olduğunu bile anlayamadan tabutun arkasından eşinizin ellerini tutarak yürüyorlar, kimse onlara bu durumu izah edemiyor ve siz bu töreni yukarıdan izlemeye devam ediyorsunuz. Giderek tabuta yaklaşın ve tabutun içinde yatan kişiye bakın.

Yatan kişi sizsiniz!

Yaşam deneyiminiz tam şu anda sona erdi, herkesin çığlık attığını duyuyorsunuz, gözyaşlarını görüyorsunuz, tabutun en başında en sevdikleriniz, omuzlarına almışlar sizi, dizlerinde derman kalmamış. Tabutun içine girip bakıyorsunuz, hareketsiz bir şekilde orada yatıyorsunuz.

“Bu ben miyim?” diye kendinize bakıyorsunuz, yüzünüz solgun, kaskatısınız. Elleriniz ayaklarınız buz kesmiş, bedeniniz buz kesmiş, sanki ruhunuzun elbisesini çıkarmışlar ve oracığa atmışlar gibi duruyorsunuz. Kendi kendinize şunu söylüyorsunuz:

“Bu kadar çabuk mu olacaktı? Daha yapacaklarım vardı, planlarım vardı. Çocuklarımı büyütecektim, onların güzel günlerini görecektim, onları iş sahibi yapacaktım, bir sürü planım vardı, hedeflerim vardı, eşimle güzel günler yaşayacaktık.”

Tam o sırada eşinizle kavga ettiğiniz günler gelecek aklınıza ve ne kadar anlamsız, basit şeylere takıldığınızı düşüneceksiniz. İşyerinizle ilgili kaygılarınız, evliliğinizle ilgili mutsuzluklarınız, çocuklarınızla ilgili gelecek ve güvenlik sorunlarınız, ölümden korkunuz... Hepsi artık çok anlamsız çünkü artık bu hayatta değilsiniz, yaşam deneyiminiz burada bitti.

Korkular, aşk, güvenlik, arada kalmışlık ve fedakârlıklar, sorunlar... Hepsi birden yok oldu. Biraz daha aşağı inip tabutunuzu taşıyanlara bakıyorsunuz, en önde sevdiğiniz aile üyeleriniz ve eşiniz... Eşiniz ayakta durmakta zorluk çekiyor ama tabutu kimselere de bırakmak istemiyor, acılar içinde tabutu yükleniyor. Onunla konuşmak istiyorsunuz ama sizi duymuyor, ona yaklaşıp "Ben buradayım, gitmedim" demek istiyorsunuz ama sizi fark etmiyor, çünkü başka boyuttasınız. Artık diğer tarafa geçtiniz ve kimse sizi göremiyor. Kardeşinizi görüyorsunuz ve ağzından dökülen şu sözlere şahit oluyorsunuz:

"Seninle sırt sırta gideceğimiz bir yol vardı, daha çok erkendi, neden beni bıraktın, neden yarı yolda bırakıp gittin? Ben tek başıma bu hayatın yükünü nasıl taşıyacağım, çocukluğumu paylaştığım insan yanımda olmadan nasıl yaşayacağım?"

Ona da bir şeyler söylemeye çalışıyorsunuz ama sizi duymuyor, varlığınızı bile hissetmiyor... Başınızı arkaya çevirdiğiniz zaman çocuklarınızı görüyorsunuz, ne olduğunu anlamaya çalışan çocuklarınız sadece etrafa bakıp sizin nerede olduğunuzu sorup duruyorlar ve ağlıyorlar. Onlara cevap veremiyorsunuz, içinize derin bir acı düşüyor, çocuklarınızı kimlere emanet edeceğinizi düşünüyorsunuz. Öksüz kalan, yarım kalan çocuklarınız için bir kez daha canınız yanıyor ama elinizden hiçbir şey gelmiyor.

Yaşlı annenizi babanızı görüyorsunuz. Anneniz boynunu bükmüş acısını gösteremeyecek kadar yorgun. Babanız sabitlenmiş gözlerle yere bakıyor ve çare arıyor kendince. Arkadaşlarınız sizinle geçirdikleri ve bir daha geçiremeyecekleri zamanları düşünüp ağlıyorlar, annenizin ve babanızın koluna girip onlara destek oluyorlar. Sorun yaşadığınız insanları görüyorsunuz, size acı çektirenleri görüyorsunuz, hepsine gülümsüyorsunuz, çünkü hiçbir küskünlüğünüz kalmadı artık.

Kimse bu kadar çabuk olacağını bilemezdi ve kimse sizi üzmek istememişti aslında. Daha çok vakit var sanıyorlardı ama vakit burada sonlandı. Yine düşünmeye devam ediyorsunuz "Öfkelerim korkularım, kâbuslarım... Hepsi ne kadar komikmiş, tek gerçeği şimdi görüyorum ve bir ömür aynı yerde dönüp durmuşum, beni yöneten duyguların varlığıyla sonsuz bir hayat yaşayacağımı sanmıştım ama hayatım tam da burada bitti."

Sonra mezarınıza doğru yol alan kalabalık omuzlardaki tabutunuzu yavaş yavaş indiriyorlar ve açıyorlar. Çığlıklar gökyüzüne kadar yükseliyor ve son kez yüzünüzü görmek için yakınlarınız size bakarak haklarını helal ediyorlar. Gökyüzüne doğru yükseliyor helallikleri. Siz orada "Ben de hakkımı helal ediyorum!" diye bağırmak istiyorsunuz ama sesiniz duyulmuyor. Kefeninizle birlikte sizi toprağın içine yerleştiriyorlar, bedeniniz hissiz, kaskatı, buz gibi.

Kendinizi mezarda görüyorsunuz içiniz ürperiyor, dönüşü olmayan tek gerçeği görüyorsunuz, bu yolculuğun bir gün olacağını biliyordunuz ama bu kadar yakın olduğunu bilmiyordunuz. Üzerinize taşlar döşeniyor, yakınlarınız, arkadaşlarınız, eşiniz birer birer üzerinize toprak atmaya başlıyorlar, her toprak atıldığında sesler biraz daha azalıyor, sonra mezarcılar devreye giriyor, hızlı bir şekilde üzeriniz toprakla kapatılıyor. Artık görünmeyen bir yerdesiniz, şu an sizin bu dünyayla son vedanız, bu dünyadaki son sahneniz. Bu deneyim burada bitti, üzeriniz tamamen toprakla örtüldü. Toprakla örtüldükten sonra sesler gittikçe azalıyor ve siz gitmeniz gereken yere doğru yavaş yavaş yükseliyorsunuz, son kez dünya gözüyle eşinize, evlatlarınıza, kardeşlerinize, yakınlarınıza, annenize babanıza bakıyorsunuz. Onların acısını yüreğinizde hissediyorsunuz ve bir başka boyutta buluşmak umuduyla yavaş yavaş gökyüzüne doğru yükseliyorsunuz. Siz yükseldikçe insanlar ve mezarınız gittikçe küçülerek bir nokta haline geliyor. Kalabalık artık görünmez olana kadar yükseliyorsunuz, dünya gözüyle son kez onlarla vedalaşmak istiyorsunuz ama mümkün olmuyor.

Ölümün ne zaman geleceğini bilemezdiniz ve son veda için bir gözyaşı dökmek istiyorsunuz onu da yapamıyorsunuz, çünkü artık bir bedeniniz yok ve elleriniz ayaklarınız hissetmiyor, artık dünyaya ait değilsiniz. Sevdiklerinizi bir daha ne zaman göreceğinizi bilemiyorsunuz, her gün kavga ettiğiniz eşinizi bile şimdiden özlemeye başlıyorsunuz, çocuklarınızın kokusunu özlüyorsunuz, yakınlarınızın seslerini özlüyorsunuz ama ne mümkün? Dönüşü olmayan bir yolculuğa çıktınız artık...

Dünyada yaşadığınız deneyime şöyle bir baktığınızda, yaşadığınız acılara, korkulara, öfkeli anlara gülümsüyorsunuz, "Ne kadar basitmiş yaşadığım sorunlar, gerçek olan ölümmüş!" diyorsunuz kendi kendinize. O kadar çaresiz hissediyorsunuz ki bir şans daha verilseydi hiç kimseye bu kadar kızmayacaktınız, hiçbir şey sizi üzmeyecekti belki bu kadar ve bir şans daha olabilseydi sevdiklerinizle belki daha çok zaman geçirecektiniz. Belki de onların kıymetini daha çok anlayacaktınız, belki daha çok sarılacaktınız onlara, belki aşılmaz sandığınız sorunlara gülüp geçecektiniz. Ama maalesef artık dünyada değilsiniz. Bir şansınız daha olsaydı bu hayat çok daha başka olabilirdi.

Gittikçe ışıklı bir yere doğru yükseliyorsunuz. Sizi ruh rehberleriniz karşılıyorlar. Size bu boyutta eşlik edecek ruh rehberlerinizi gördüğünüz anda içinizi bir sıcaklık ve ışık kaplıyor. Onlardan yardım istiyorsunuz, bir şans daha verilmesi için, yaşam deneyiminizi tamamlamak için onlarla konuşuyorsunuz. Ruh rehberleriniz sizi duyabiliyor ve çok sevecen bir ifadeyle size bakıyorlar. Gülümseyerek size diyorlar ki:

"Sana bir şans daha verildi ve lütfen bu şansını iyi kullan. Çünkü hayat deneyimi ölüm ve doğum arasındaki bir hediyedir, bu hediye sana verildiği için şükretmeyi bil, lütfen onu iyi kullan."

Ve gözlerinizi açıyorsunuz, evinizde yatağınızda ailenizin içinde yaşam deneyiminizin tam ortasında olduğunuzu fark ediyorsunuz.

Artık sıfır noktasına, bu dünyada neyin önemli olup olmadığını ayırt edecek seviyeye geldiniz. Yeni hayatınıza hoş geldiniz... Artık alanınızı kapatabilirsiniz.

V. BÖLÜM

Anneler Çocuklarını Uykuda İyileştirebilirler

Bu bilgiyi ilk duyduğumda ne kadar işe yarayacağı hakkında hiçbir fikrim yoktu. Ancak zamanla gördüm ki birkaç çaresiz hastalık hariç neredeyse bütün hastalıkları anne, çocuğa uykusunda konuşarak iyileştirebiliyor. Çocuklar Proje/Amaç döneminde aldığı çatışmalarla yaşarken, 15 yaşına kadar çocuk REM uykusuna girdiğinde anne onunla konuşarak hepsinden arınmasını sağlayabilir.

Hafta içi her sabah sosyal medyamdan yaptığım canlı yayınlarda iyileşmelere o kadar şahit oldum. Bence bir anne babanın çocuğuna verebileceği en kıymetli hediye, onu çatışmalarından özgürleştirmektir. 33 aylık anne babanın yaşadığı çatışmaların tamamı çocuğa kodlanıyor, istatistiklerimize baktığımızda artık bu bilgiden eminiz. Buradaki mucizevi olay annenin ve kısmen babanın çocuğun bilinçaltına inme ve burayı temizleme yeteneğidir. Bugün hiçbir teknolojiyle ve hiçbir bilinçaltı sistemiyle bir insanın beynine bu kadar güvenli yoldan ve kolay ulaşmanız mümkün değildir. Burada çalışan sistem aslında kuantum alanıyla ilgilidir. Bizler hem çocuğumuzun hem de üst soylarımızın kuantum alanına girme yeteneğine sahibiz, ancak farkında bile değiliz. Ama en çok anneler çocuklarının kuantum alanına girebilirler. Çocuklarımız REM uykusuna girdiği anda ağzımızdan ve kalbimizden çıkan bütün titreşimleri alırlar.

Öncelikle size REM uykusu hakkında bilgi vermek isterim. REM kelimesi İngilizce "rapid eye movement" teriminin baş harflerinden oluşur ve "hızlı göz hareketi" olarak dilimize çevrilebilir. "Uykunun rüya görülen evresi" şeklinde basitçe ifade edilebilir. Bizler uykuda çok sayıda rüya görürüz ancak sadece REM uykusu esnasında görülen rüyaları hatırlayabiliriz. Yani ertesi gün yakınlarınıza anlattığınız ya da internet üzerinden tabirini araştırdığınız rüyaların tamamı REM uykusu esnasında görülen rüyalardır. Diğer uyku evrelerinde görülen rüyaların hatırlanamıyor olması, sadece REM uykusu esnasında rüya görüldüğü görüşünü desteklemektedir.

REM uykusunu ilginç kılan ve tıp dünyasında "paradoksal uyku" olarak adlandırılmasına neden olan bir başka özelliği de, beyin tarafından uyku evresinde yayılan sinyallerdir. "Elektroensefalografi" adı verilen, hekimlerce "EEG" kısaltmasıyla tabir edilen tetkiklerde (EEG: Beyin dalgalarının elektriksel olarak incelenmesi) görülmektedir ki uyanıkken ve REM uykusu esnasında beyin tarafından aynı özellikte sinyaller üretilmektedir. Anlayacağınız üzere bu bir tarz paradokstur. Aslında uyku halindesiniz fakat beyniniz uyanıkmış gibi davranmaktadır. Yani çocuğunuzun sizi duyabildiği ve alt bilincin açık olduğu andır bu an. REM esnasında görülen rüyaların tamamı gün içinde yaşanan veya duyulan tecrübelere yöneliktir, tecrübe edilemeyen hiçbir durumun rüyası görülemez. Örneğin: "Her insan rüyasında bir uçurumdan aşağı yuvarlandığını görebilir ve hatta düşüş anını hissedebilir ama yere çakılma anını hissedemez. Çünkü yere çakılma anını hissetmek için bunu daha evvel yaşamış olmak gerekir."

1953 yılından bu yana bilim insanları REM uykusu üzerine birçok araştırma ve deney yapmışlardır lakin hâlâ tam anlamıyla hâkim olunan bir konu olduğunu söylemek bilimsel olarak mümkün değildir. Burada bizi ilgilendiren kısım, çocuklarımız REM uykusuna geçtiği anda bizi çok net duyup hissedebiliyorlardır. Yani siz eşinizle önemli bir konuyu konuşmak için çocukların uyumasını beklediğinizde, şunu bilmelisiniz ki aslında sizi daha iyi algılayıp duyabiliyorlar.

Peki REM uykusu çocukta ne zaman başlar?

Uyku sürecinde vücut iki uyku evresinden geçer: Birinci evre bedenin uykuya daldığı ancak beynin hâlâ uykuya geçmediği bölüm, ikinci bölüm ise REM uykusu... **Uykuya daldıktan 1-1,5 saat sonra** REM uykusu başlar. REM uykusu bölümler halinde parça parça devam etse de 0-7 yaş arası neredeyse gece boyu sürer. 0-7 yaş arasındaki çocuklarla anneleri konuşma yaptığında *(konuşmanın ne şekilde yapılacağını ayrıntılı şekilde göreceğiz)* hızlı iyileşmeler görülmesi bu yüzdendir. Aslında her yaşta yapılacak uyku konuşması çocukları iyileştirebilir, ancak yaş ilerledikçe kesintisiz olan REM uykusu kesintili ve kısa aralıklara dönüşür. Bu yüzden uyku konuşmalarını 7-15 yaş arasındaki çocuklar için 2 hafta boyunca öneriyorum. 0-7 yaş arası çocuklarda bu süreç 1 haftadır.

Anne karnındaki bebek, 6'ncı ve 7'nci ayında sürekli REM uykusu halindedir. Böylece gelişimini hızla tamamlayabilir. Tam da bu sebeple hamileyken 6. aydan itibaren bebeğiniz sizin ağzınızdan çıkan her şeyi duyar, onunla konuşabilirsiniz.

Hastalıklar sizce gerçekten sadece bedende mi başlar? Yıllarca bu bilgiyle yaşamış olsak da artık sonuçlar ortada. Hastalık ruhta başlar ve bedende görünür hale gelir. Bunun on binlerce örneği vardır. Peki bir çocuk neden hastalıkla doğar? Buradaki ruhsal sebep ne olabilir? Bütün bilgileri derlediğimizde artık biliyoruz ki doğuştan bir hastalık varsa, çok yüksek ihtimalle 1 yıllık döllenme öncesi dönemde ve 9 aylık hamilelik döneminde ebeveynler arasında bir çatışma yaşanmıştır. Hangi çatışma ve travmanın hangi hastalıklarla ilgili olduğunu alfabetik olarak açıklayacağım. Eğer bir çocuk 7 yaşında birdenbire epilepsi nöbetleri geçirmeye başlamışsa öncelikle 33 aylık Proje/Amaç dönemine bakıyoruz. Ancak neden 7 yaşına kadar bu hastalık beklemiş olabilir onu da düşünmek zorundayız.

Burada Proje/Amaç döneminde başlayan ana çatışma çocuğun ilgili yaşında tetiklenmiş olabilir. Bu durumu somut bir örnekle açıklayayım:

7 yaşına kadar hiç hastalığı olmayan bir çocuğun 7 yaşında epilepsi teşhisiyle bize başvurduğu gerçek bir örnekten söz edeceğim. Epilepsinin Proje/Amaç dönemini ilgilendiren kodları aynen şöyle:

- Hareket edememe, donakalma, büyük korku (anne veya babanın)
- Proje/Amaç dönemi düşük tehlikesi
- Annenin karnında bebeğin hareketini hissetmeyip bununla ilgili panik yaşadığı bir veya birkaç gün. Hamileliği riske giren annenin kıpırdamadan yatmak zorunda kalması
- Doğum sırasında bebeğin doğum kanalında uzun kalması.

Bizim örneğimizde anneye sorduk ve hamileliğin son 2 ayında doktoru tarafından yatak istirahatı önerildiği ve düşük tehlikesi yaşadığı cevabını aldık. Anne 2 ay boyunca hareket etmek istediği halde, bebeğine zarar gelmesin diye kendini baskılamak zorunda kalmış. Bu veri tek başına yeterli mi? Hayır. Çünkü bu çocuk 7 yaşında tetiklenmiş... Bu durumu da araştırdık. 7 yaşındayken sınıf öğretmeni değişmiş ve okula gitmek istememiş. Tıpkı annesi gibi hareket etmek istediği halde hareket edememiş ve beyni bedene bu kodu göndermiş. EEG sonuçlarıyla teşhisin tamamen kaldırıldığı bu vakada sadece Proje/Amaç dönemini bulsaydık ve okul anısını bulamasaydık yine güzel sonuçlar alabilirdik. Ancak bir nokta vuruşu yapmak istiyorsanız bütün verileri araştırıp uygulamak daha güzel sonuçlar almanızı sağlayacaktır.

Burada çok ilginç bir ayrıntıdan daha bahsetmek istiyorum. Çocuk 7 yaşında hasta olduğu için genellikle hamileliğin 7. ayında bir çatışma buluruz, ancak bu her zaman olmayabilir. Bizim için önemli olan Proje/Amaç döneminin herhangi bir döneminde ilgili çatışmanın olup olmadığıdır. Artık bu konuşmanın nasıl yapılacağına bakmamızın vakti geldi. Evrenin en büyük mucizelerinden birine sahipsiniz. Hiçbir teknolojinin başaramadığı bir gücünüz var. Çocuklarınızın bilinçaltlarına girip temizleyip çıkabilirsiniz.

Uykuda Konuşarak Omurga Yükü Nasıl Boşaltılır?

Her ne kadar 15 yaşına kadar çocuklar uykuda sizi duyar desem de gerçek şu ki aslında ömür boyu sizi duyarlar. Ancak yukarıda bahsettiğim gibi REM uykusunu yaş ilerledikçe yakalamak zorlaşır, bu yüzden daha büyük çocuklar için fotoğraf çalışmasına geçmeyi öneriyorum. *(Bu konuya sonraki bölümde değineceğiz.)*

Çocuklarınızın bir hastalığıyla ilgili öncelikle verileri ortaya çıkarmanız gerekiyor. Travma-hastalık ilişkisini inceleyeceğimiz bölümde bu verileri nasıl alacağınızı öğreneceksiniz. Lütfen unutmayın ki 33 aylık Proje/Amaç döneminde yaşanan her şeyi bombardıman gibi anlatmak doğru bir yöntem değildir. İlgili hastalık konularının verilerini gruplandırarak çalışmayı öneririm. Konuşmalar 0-7 yaş arası çocuklarda bir hafta her gece düzenli olarak yapılmalıdır. 7-15 yaş arası çocuklarda iki hafta yapılmalıdır. Bazı durumlarda gündüz fotoğraf çalışmasıyla konuşmalar desteklenmelidir. Aynı gece 3-4 konuyu birden anlatabilirsiniz. Çalıştığınız hastalığı ilgilendiren konuyu gruplandırdığınızda çok fazla veri ortaya çıkarsa, çalışmaları bölerek yapabilirsiniz. Örneğin 6 yaşındaki bir çocuğun 8 tane Proje/Amaç travmasını bulduğunuzda bu çalışmayı dörderli 2 gruba ayırın. İlk hafta 4 konuyu konuşun, bir hafta ara verin, kalan 4 konuyu bir hafta konuşun. Konuşmalardan sonra 1 haftalık süreçte "vitamin çalışması" dediğimiz bir bölüm var: Çalışma yaptıktan sonra çocuğunuzda birkaç gün huzursuzluk, hafif ateş, ishal, alt ıslatma sorunları görebilirsiniz. İyileşme krizi dediğimiz bu süreçte önleminizi alın ama sakın çalışmayı yarım bırakmayın. Çünkü yarıda keserseniz bütün çalışma boşa gider. Çalışma sonrası vitamin çalışması bu iyileşme krizinin zorlayıcı etkisini ortadan kaldıracaktır.

Vitamin çalışması nasıl yapılır?

Çok basit bir yöntemdir. Diyelim ki alt ıslatma için 1 hafta konuşma yaptınız, 1 haftalık dinlenme sürecinde sadece çocuk uykuya daldıktan 1 saat sonra ona temas etmeden, "Annen baban seni çok seviyor, iyi ki hayatımızdasın, güvendesin, ailenin yanındasın" şeklinde küçük bir telkin yapın her gece. İyileşme krizini daha kolay atlatacaktır. Bu çalışmalarla çocuğunuza zarar vermezsiniz, başınıza gelebilecek en kötü şey, yanlış hedefe ateş etmek olacaktır ki bu da sadece iyileşme olmayan zararsız bir konuşma olur. Unutmayın elinizde büyük bir güç var ve siz bu gücü kullanmayarak her geçen gün boşu boşuna hastalıklarla boğuşuyor olabilirsiniz. Sağlıklı olan ruhtur, beden onun yansımasıdır ve sizin çocuğunuzun ruhunu iyileştirme yeteneğiniz var, lütfen bu gücü kullanın...

Peki uykuda çocuklara nasıl konuşma yapacağız, bunun bir sırası var mıdır, özel bir teknik mi kullanacağız?

Bu soruların cevaplarını bir örnek üzerinden açıklamaya çalışacağım. Örneğin kalbinde delikle doğan bir bebeğe annenin çalışma yaptığını düşünelim. Daha önceki bölümlerde anlattığım gibi bir çocuğun doğuştan bir hastalığı varsa bakacağımız dönem çok bellidir; Hamilelik öncesi 1 yıllık süreç ve hamilelik zamanı... Hastalıkların travmalarla ilişkileri bölümünde göreceğimiz üzere kalpte delik travması çok nettir.

- Eğer karıncıklar arasında bir delik varsa (VSD) Proje/Amaç döneminde aile içinde 2 erkek arasındaki çatışmayı ararız.

- Eğer kulakçıklar arasında bir delik varsa (ASD) yine Proje/Amaç döneminde ailede 2 kadın arasında bir çatışma olup olmadığını sorarız. Kalpte delik konusunda çözümler neredeyse yüzde yüze yakındır, bu yüzden bu konuyla ilgili sıkıntı yaşayan yakınlarınıza hemen bu soruları sorun, onları büyük bir dertten kurtarabilirsiniz.

Bizim örneğimizde karıncıklar arasında bir delik olduğunu ve Proje/Amaç döneminde ebeveynlerden babanın kendi babasıyla çatışması olduğunu varsayalım. Annenin bu konuyu çocuğa uykuda ne şekilde anlatacağının önemi çok büyük. Öncelikle çocuk uykuya daldıktan sonra en az 1 saat beklemeniz gerekir. 1 saatten önce REM uykusunun başlamadığını zaten öğrenmiştik. 1 saatten fazla da bekleyebilirsiniz ancak 1 saatten önce konuşma yapmaya başlamayın. Uykuda yapılan konuşmayı 3 bölüme ayırıyoruz:

1. Başımıza gelen olayı olduğu gibi, tıpkı bir psikoloğa anlatır gibi anlattığımız zihinsel bir çalışma
2. Olayların bebekle ilgili olmadığını anlattığımız ve ondan ayrıştırdığımız "Ho'oponopono" tekniği çalışması
3. Omurga boşaltımı çalışması

Nasıl yapıldığına bakalım:

Zamanı ayarladıktan sonra anne çocuğun yanına gelir ve kalpte delikle ilgili senaryoya göre aynen şu konuşmayı yapar:

"Canım yavrum, ben sana hamile kalmadan 2 ay önce babanla deden arasında çok büyük bir kavga çıktı. Beraber çalıştıkları işyerinde hesaplarla ilgili büyük bir sorun yaşadılar. ***(Senaryo her ne ise ayrıntılandırmak gerekli.)*** *Baban dedenin işyerini yıllarca geliştirmesine rağmen, çok büyük emek verdiği şirketin hisselerinin çoğunu başka bir ortağa satarak parasını aldı ve köşesine çekildi.* **(Tabii ki senaryo herkese göre değişecektir, bizim uyarladığımız senaryo ile devam edelim.)** *Baban yıllarca emek verdiği şirketin hak ettiği bölümünü alamadı ve dedenle çok büyük bir çatışma yaşadı. Yıllarca dedene güvenerek resmiyette şirketin kendisine ait olması gereken bölümünü devralmamıştı. Ancak babasının böyle bir satış yapacağı aklının ucundan bile geçmemişti. Ailede bir tek baban kendi babasıyla ortak çalıştığı için diğer aile üyeleri de bu duruma ses çıkarmadılar. Baban yaşadığı bu haksızlık karşısında hiçbir şey yapamadı ve derdini anlatamadı. Doğal olarak deden de babana çok kızdı ve aralarındaki ilişki tamamen koptu.* **(Burada yaşanan olayı ayrıntılandırmak çok kıymetlidir çünkü bilinçaltı gerçek olaylarla titreşime girer.)** *O günden beri bir daha hiç görüşmediler. Ne baban dedeni affetti ne de deden babanı.* **(İkinci bölüme giriş yapıyoruz.)** *Bugün anladım ki aslında senin kalbindeki delik kodunu bu çatışma yüzünden biz sana vermişiz. Oysa bu bize ait bir çatışma idi, seninle hiçbir ilgisi yoktu, sen benim evladım olduğun için bu travmayı kendi travman sandın. Sana ait olmayan bu mesaja ihtiyacın kalmadı ve sana ait olmayan bu kodu tamamen temizliyorum, seni bu çatışmadan özgürleştiriyorum. Bunu sana yaşattığımız için baban da ben de bütün kalbimizle senden özür diliyoruz.* **(Ho'oponopono sihirli cümlelerini kullanıyoruz.)** *Lütfen bizi affet, baban da*

ben de seni çok seviyoruz, bizim evladımız olduğun için sana teşekkür ediyoruz. ***(Üçüncü bölüme giriş yapıyoruz.)*** *Omurgana yüklediğimiz öfke, değersizlik, kendini anlatamama, adaletsizlik duygularını* ***(burada yaşanan olaydaki duygular her ne ise o duyguları ifade etmeniz gerekiyor)*** *boynundan, omzundan, kollarından, ellerinden, sırtından, göğsünden, KALBİNDEN* ***(çalışma konumuz kalp olduğu için çalışmamızı ilgilendiren organı daha yüksek sesle ifade ediyoruz),*** *karnından, kalçandan, bacaklarından, dizinden, ayaklarından toprağa akıp gitmesi için tamamen serbest bırakıyorum.* ***(Bunu söylerken sanki omurganızdan aşağıya doğru simsiyah katran gibi bir sıvının yavaş yavaş ayaklarınıza doğru, oradan da toprağa doğru aktığını hayal edin. Böylece ilgili konunun sizin bedeninizdeki travmasını da temizleyeceksiniz.)*** *Bu negatif enerjinin akışına izin veriyorum.* ***(Omurga boşaltımını en az üç kere tekrar ederek yapmalısınız.)*** *Kendimi ve seni bu çatışmadan özgürleştiriyorum. Evrenin yemyeşil şifa ışığını omurgana doğru dolduruyorum.* ***(Bunu da en az 3 kere söylemelisiniz.)****"*

Böylece konuyla ilgili çalışmanızı bitirmiş oluyorsunuz. Eğer ailede başka 2 erkek arasında da çatışma olmuşsa, omurga boşaltımının hemen arkasından onu da anlatmanız gerekir. Eğer hastalıkla ilgili birden fazla travma konusu varsa aynı gece çocuğa 3-4 konuyu anlatabilirsiniz. Her konunun sonunda 3 kere travma boşaltımı yapıp bir sonraki konuya girebilirsiniz. Buradaki önemli nokta, her çalışma tek bir hastalık için yapılmalı ve o hastalığın konuları anlatılmalıdır. Örneğin hem kalpte delik hem egzama konularını aynı çalışmada yapmamalısınız, iki çalışma da boşa gider. 1 hafta kalpte delik konularını anlattıktan sonra yukarıda anlattığım vitamin çalışmasını 1 hafta yapın, sonrasında egzamayla ilgili konuları 1 hafta çalışıp tekrar 1 hafta vitamin çalışması yapın. Bu çalışmayı yaparken asla çocuğunuza temas etmeyin, dokunduğunuz anda çocuk REM uykusundan çıkacaktır. Konuşma yaparken çocuğunuz uyanırsa tekrar uykuya dalana kadar bekleyip çalışmaya öyle devam edin. Konuşma sesiniz yüksek olmak zorunda değildir, çocuk kalbinizdeki titreşimi alacaktır, sizi kulağıyla değil kalbiyle duyacaktır. Konuları anlatırken düzyazı okur gibi anlatmayın, olay anında hissettiğiniz duyguları yaşayarak anlatmaya çalışın. Ve unutmayın, olayları olduğu gibi anlatmanız gerekir. "Çocuğa anlatmam doğru olmaz" düşüncesindeyseniz şunu bilmelisiniz ki onun ruhu sizden daha yaşlı bile olabilir. İleride göreceğimiz hastalık travma ilişkilerinde bazen cinsellikle ilgili çatışmalar bile, olduğu gibi anlatılmalıdır. Çünkü çocuğun ruhuna anlattığınız olayın titreşime girmesi için gerçek olması çok önemlidir. "Yaşadığımız bütün kötü olaylardan seni özgürleştiriyorum" demeniz bir işe yaramaz, orada yaşanan kötü olayın anlatılması gerekir. Önceki bölümlerde bahsettiğim gibi 0-7 yaş arasındaki çocuklara 1 hafta, 7-15 yaş arasındaki çocuklara 2 hafta gece konuşması yapmak gerekir. Ancak 7-15 yaş arası çocuklarda REM uykusu azaldığı için gündüz fotoğraf çalışmasıyla destek vermeniz gerekir.

Nedir fotoğraf çalışması?

Fotoğraf gibi cansız bir nesneye konuşarak canlı biriyle temas kurabilir miyiz?

İlk defa Rusya'da uygulandığını bildiğim fotoğraf çalışmasını aslında yıllar önce Rus bir hastamdan duymuştum. Bu konuda tarihi bir araştırma yaptığımda hiçbir kaynakta nerede başladığına dair bilgi edinemedim. Tamamen kulaktan dolma ama çok etkileyici bir hikâyeyle fotoğraf çalışmasını sisteme kattım.

Şöyle ki:

2000 yılında diş hekimi olarak çalışırken Rus bir hastam gelmişti. Masamın üzerinde gördüğü pandül üzerine kimin pandül kullandığını sordu. O yıllarda pandül (sarkaç) kullanarak bazı negatif enerjilerin diş sıkmayla ilgisini araştırıyordum. Pandül çalışmalarımdan bahsedince bana büyük ninesinden duyduğu bir hikâyeyi anlattı. O gün sistemin en büyük yapıtaşlarından birini bana hediye ettiğini bilmeden, koltuktan kalkıp sandalyeye oturarak hikâyeyi anlatmaya başladı. Rusya'nın küçük bir köyünde yaşayan büyük ninesi bu hikâyeyi annesine anlatmış:

Rusya'da 1917 yılında askerler aileleriyle vedalaşıp savaşa gittiklerinde, dönene kadar onlarla bağlantı kurmak imkânsız olduğu için arkalarından bir çeşit helalleşme/yas sonlandırma ritüeli yapılırmış. Gidenler yola çıktıklarında şehit olarak kabul edilirmiş. Herhangi bir iletişim aracı olmadığı için insanlar atalarından öğrendikleri bir metotla, en azından savaşa yolladıkları çocuklarının hayatta olup olmadıklarını anlarlarmış ve bu metot onları hiç yanıltmamış.

Heyecanla "Bu nasıl mümkün olabilir?" diye sordum.

Gülümseyerek metodu kendisinin de defalarca denediğini ve bugüne kadar hiç yanılmadığını anlattı.

Savaşa giden çocuğun fotoğrafı evde mutlaka bulundurulur, hatta her gün onunla sohbet edilirmiş. Ama asıl sihir bundan sonra başlıyor. L şeklinde 2 adet metal çubuk uçlarından tutularak fotoğrafa doğru yaklaştırılırmış. Fotoğrafa yaklaştıkça çubuklar sağa ve sola doğru açılmaya başlarsa fotoğraftaki kişinin hayatta olduğu anlaşılırmış.

Ancak metodu çalışan kişinin bunu "temiz" bir enerjiyle yapması gerekirmiş, bu yüzden köyde sadece birkaç kişi bu çalışmayı yapabiliyormuş. Yıllar sonra anladım ki "temiz enerji" diye tarif ettiği yer bizim enerji alanımızı açtığımız yerin ta kendisi... Bu yüzden sisteme enerji açma ritüelini de ekledim, annelerin çocuklarıyla ilgili enerjilerinin doğadaki en temiz enerji olduğunu bildiğim için, sadece alanlarını açmanın yeterli olduğunu zaman içinde deneyimledim. Eğer fotoğrafa yaklaştırılan şişler hiç hareket etmezse o kişinin öldüğünü anlarlarmış. Giden askerin ölüm haberi gelmeden, cenaze töreni hazırlanırmış. Yıllar içinde Ho'oponopono tekniğiyle tanıştığımda bu çalışmayı da üzerine ilave ederek mucizevi sonuçlar almaya başladım.

O halde şimdi gelelim fotoğraftaki mucizeleri çözümlemeye...

Fotoğrafa Konuşma Mucizesi

Bir insanın fotoğrafına baktığınızda aslında onun enerji alanını da görürsünüz. Bunu aynada veya atmosferde yakalamak çok kolay değildir, ancak bir fotoğrafa baktığınızda enerji alanı sabitlenir ve çalışma yapılabilir hale gelir. Hemen korkmayın, kimse sizin fotoğrafınıza bakarak kötülük yapamaz ya da siz kimseye kötülük yapamazsınız. Az önce söylediğim gibi "temiz enerji" olmadan zaten sistem çalışmaz. Yani bir fotoğrafa bakarak çalışma yapacağınız zaman, enerjinizin temizlenmesi gerekir, herkes herkesin fotoğrafına çalışma yapamaz. Hayatımızda bağ kurduğumuz insanların fotoğrafına çalışma yapabiliriz, çalışma yaptığımız kişinin coğrafik olarak nerede yaşadığının hiçbir önemi yok. Rusların yaptığı çalışma şekil olarak işimize yaramasa da, fotoğraftaki enerji bedenin varlığını ispatlayan muhteşem bir örnek oldu benim için. Tabii ki ilk iş olarak hayatımda sevdiğim kişilerin fotoğrafları üzerinde bu deneyi defalarca yaptım ve her seferinde bire bir doğru çıktı. Hayatta olmayanların hiçbirinde şiş kıpırdamadı, yaşayanların fotoğrafına yaklaşınca şişler yana doğru açıldı.

7-15 yaş arasındaki çocuklarda daha önce de bahsettiğim gibi REM uykusunu yakalamak biraz zorlaşır, 15 yaştan sonra daha da zorlaşır. Çünkü artık o yaşlarda çocuk gece boyunca küçük küçük REM uykusu yaşar. O yüzden burada bilinçaltına girmek için 7-15 yaş arası gece uyku konuşmasının yanı sıra fotoğraf çalışmasıyla destek vermemiz gerekir. Çocuğunuzun fotoğrafına konuşma yaparken yine enerji alanınızı açmanız gerekir ve tıpkı uykuda konuşma yapar gibi, aynı sırayı takip ederek fotoğrafına konuşma yapabilirsiniz.

1. Başımıza gelen olayı olduğu gibi, tıpkı bir psikoloğa anlatır gibi anlattığımız zihinsel çalışma
2. Olayların bebekle ilgili olmadığını anlattığımız ve ondan ayrıştırdığımız "Ho'oponopono" tekniği çalışması
3. Omurga boşaltımı çalışması

Ancak fotoğrafa çalışırken bazı küçük bilgiler gerekecektir. Fotoğraf ister kart üstünde ister ekran üstünde olsun önce çocuğunuzun gözlerine odaklanmanız gerekir. Çünkü onun enerji bedenine gireceğiniz kapı gözbebeklerinden açılır. Daha sonra çocuğunuzun bedeni etrafında sarı şeffaf yumurta şeklinde bir alan hayal edin. Bu alan çocuğunuzun enerji alanıdır:

Aynı zamanda bu alan ana rahmini temsil eden bir alandır ve sizden çocuğunuza aktarılan bütün çatışmalar burada temizlenmeyi bekler.

Gerçek bir örnekle anlatmaya çalışayım:

15 yaşında epilepsi nöbetleri başlayan bir çocuğun döngülerini hesapladık ve 14-15 yaş arası "bardağı taşıran son damla" dediğimiz çatışmayı araştırdık. Epilepsi kodlarını ileride travmalar bölümünde ayrıntılı olarak göreceğiz. Hareket edememe, donakalma, savaşamama/kaçamama, sıkışıp kalmayla ilgili travmalardır. 14 yaşında okulda top oynarken başına sert bir top geldiği ve bayıldığı bilgisini annesinden aldık. Burasının

ana çatışma olmadığını, sadece son çatışma olduğunu artık çalışmalarımızla öğrendiğimiz için, hemen çocuğun yaşam döngüsüne baktık ve 7 yaşında bir sünnet anısını bulduk. Sünnet olurken hareket etmesinin engellendiğini, kollarının bacaklarının tutularak operasyon yapıldığını bize annesi anlattı. Böylece tetikleyici çatışmanın bu olduğunu anladık ve Proje/Amaç döneminde "hareket edememe" ile ilgili kodlarını aradık. Çocuğun doğum kanalında uzun süre sıkışıp kaldığı bilgisini de aldığımız zaman artık çalışmak için verilerimiz hazır hale geldi. Çünkü ana çatışması, yani "hareketsiz kalma" kodu, doğum anında başlamıştı ve tetiklenerek vücutta görünür hale gelmişti. Eğer doğum anında hemen nöbetleri başlasaydı biz sadece Proje/Amaç dönemine çalışacaktık. Ancak beden tetiklendiği yerleri biriktirerek hastalık mesajı verdiği için bu yaşlarda döngülere de bakmak zorundayız. Anneye uykuda konuşma önerdik ancak çocuğun yaşı 15 olduğu için gündüz fotoğraf desteği vermesi gerektiğini anlattık. Fotoğrafla yapılan çalışmalar 3 hafta sürmelidir. Daha önce de belirttiğim gibi 7-15 yaş arasındaki çocuklara 2 hafta uyku konuşması yapıyoruz, bu çalışmanın fotoğrafla desteklenmesi ise 3 hafta sürüyor. Anne öncelikle enerji bedenini açtı, çocuğun gözlerine odaklanarak ve çocuğun bedeni etrafında sarı şeffaf bir halka hayal ederek konuşmaya başladı. Çocuğun 14 yaşında yaşadığı bardağı taşıran son damla travmasından başlayarak sırayla fotoğrafa çalışma yaptı. Konuşma şeklinin bir tanesini paylaşmak adına, çocuğun son yaşadığı travmayı şu şekilde anlattı:

"Canım yavrum ... yılı ... ayında anladım ki sen doğum anında doğum kanalında sıkışıp kaldığın için epilepsi koduyla dünyaya geldin, 7 yaşında sünnet olurken hareketsiz bırakıldığın için tetiklendin ve 14 yaşında baygınlık geçirip hareketsiz kaldığında bardağı taşıran son damla bedenine bu mesajı verdi. ***(Burası bütünlüğü sağlamak için, gerek gece konuşmalarında gerekse***

fotoğraf konuşmalarında başlangıçta ifade edilmelidir.) *14 yaşındayken okulda başına çarpan top yüzünden büyük bir şok yaşadın ve beynin bu şoku bedenine aktardı. Artık bu mesaja ihtiyacın kalmadı, seni bu mesajdan özgürleştiriyorum. Bu travmaya engel olamadığım için özür diliyorum, lütfen beni affet. Şu anda güvendesin, baban da ben de seni çok seviyoruz. Bizim yavrumuz olduğun için sana teşekkür ediyoruz. Omurgana yüklenen hareket edememe, kaçamama, hayata tutunamama, çaresizlik, ölüm* ***(çocuğun yaşamış olabileceği muhtemel duygular)*** *çatışmasını ve bunlarla ilgili negatif duyguları boynundan, omzundan, kollarından, ellerinden, sırtından, göğsünden, karnından, kalçandan, bacaklarından, dizlerinden, ayaklarından toprağa akıp gitmesi için tamamen SERBEST BIRAKIYORUM. Seni ve kendimi özgürleştiriyorum* ***(Bunu söylerken yine anne omurgasından toprağa doğru simsiyah katran gibi bir sıvının ayaklarından aktığını hayal ediyor, tekrar tekrar omurga boşaltımını 2-3 kez yapıyor.)*** *Evrenin yemyeşil şifa ışığını omurgama doğru dolduruyorum.* ***(Derin nefes alıp 3-4 saniye bekliyor.)*** *Atık enerjiyi nefesimle boşaltıyorum* ***(nefes veriyor).***"

Bundan sonra 7 yaşındaki ve doğum anındaki travmayı da aynı şekilde boşaltarak anne o günlük çalışmayı tamamladı ve bunu 3 hafta boyunca yaptı. Uyku konuşmasıyla beraber yapılan bu çalışmanın ikinci haftasında çocuk bir hafta içinde üç kere nöbet geçirdi. "İyileşme krizi" dediğimiz bu dönemde anneler genellikle panikleyip çalışmayı bırakıyorlar. Burada sakin kalmanız ve çalışmaya devam etmeniz çok önemlidir çünkü aslında bu durum iyileşmenin habercisidir. Tabii ki bu dönemde çocuğun kontrollerini ve tıbbi prosedürleri kesinlikle aksatmayın. Kontrol altında tutmamız önemli... İyileşme krizleri genellikle 1 hafta içinde normale döner. Zaman içinde fotoğraf çalışmasıyla partner ilişkilerinin düzeldiğini, ebeveyn çocuk ilişkisinin tamir olduğunu, iletişimlerin yoluna girdiğini, suçluluk yükünün boşaldığını hatta yasın da sonlandığını deneyimledim. En az kamp ateşi kadar etkili olan bu yöntemi hayatın her alanında "temiz enerji" ile kullanabilirsiniz. Öfke, korku, gerginlik hissettiğiniz insanların fotoğrafına 21 gün konuşarak bu duygulardan tamamen arınabilirsiniz.

VI. BÖLÜM

Hastalıklarda "Proje/Amaç Dönemi"nin Önemli Anları

Bir çocuğun hastalanmasının sebeplerinin çoğunun Proje/Amaç döneminde yaşanan travmalarla ilgili olduğunu biliyoruz. Ancak bu dönemde bazı anlar var ki oraya bakmadan geçmek hata yapmamıza sebep olabilir. Bana göre Proje/Amaç döneminde çocuğun hayatını şekillendiren en önemli an, doğum anıdır. Bu anda lavman yapılması, doğumun zor olması, annenin doğumda panik olması, suni sancı verilmesi, doğumun acil bir doğum olması, annenin ağrıdan kaçmak için anestezi istemesi, sezaryen doğum olması, bebeğin kuvöze alınması, bütün bunların ayrı ayrı çocukta bir program oluşturduğunu hiç düşündünüz mü?

Genelde bütün doğumlardan önce anneye lavman yapılır. İster sezaryen olsun ister normal doğum olsun bağırsakların boşaltılması için anneye yapılan bu lavman bazen annenin karnında ağrı yaratır. Bu ağrı doğum anına çok yakın bir anda olduğu için çocuk da bu bağırsak ağrısını kendi hayatına kodlar. Çocuk büyüdüğünde okulda sınava gireceği her zaman bağırsakları bozulabilir. Çünkü doğum anı çocuğun sınav anıdır, annenin doğumda hissettiği duyguları çocuk sınava girerken hissedebilir. Bu basit bilgi bile bir çocuğun sınavlarda yaşadığı karın ağrısı sorununu çözebilir. Bazen doğumlar çok zor geçer. Çok zor geçen bir doğumdan sonra çocuğa çalışma hayatının çok zor olduğuna dair bir kod programlanabilir. Çalışma hayatında sürekli tekrarlayan hatalar yapabilir, çalışmayı sevmeyen bir çocuk olabilir. Bu kodu ona anlatarak çözmeniz mümkündür.

Anne doğum anında çok fazla panik yaparsa çocuk hayatın kritik anlarında, özellikle sınavlarda panik yaparak bildiklerini unutur. Kriz anlarında donakalır, ne yapacağını bilemez. Bu kodun sebebi ona anlatılıncaya kadar aynı çatışmaya düşer. Bebeği doğurması için bazen anneye suni sancı verilir. Bu kodu alan çocuk çoğunlukla potansiyelini açığa çıkaramaz. Ders çalışması için sürekli uyarmanız gerekebilir. Karar verirken çok zorlanabilir, dışarıdan sürekli desteğe ihtiyaç duyar. Bazen anneler doğum anında yaşayacağı ağrıdan kaçmak, ağrı hissetmemek için doğumun anestezi altında gerçekleşmesini ister. Anne sadece ağrıdan kaçmak için bir anestezi istemişse çocukta dikkat dağınıklığı oluşabilir. Ağrı demek dikkat demektir, anne ağrıdan kaçtığında doğan çocuğu da odaklanmaktan kaçabilir ki bu durumu da anlatarak çözebilirsiniz. Sezaryen doğum çocuğa kararsızlık programını yükleyebilir. Doğum normal başlayıp tıbbi sebeplerle sezaryene dönmüşse, bu çocuk hayatta başladığı işleri yarım bırakabilir. Kendi başına seçim yapmakta zorlanabilir. Anne bunu uykuda anlatınca bu program da düzelebilir. Doğumdan sonra kuvöze alınan bebekler terk edilmişlik ve anneden ayrılık çatışması yaşarlar. Bu çocuklar iletişim konusunda çok hassas olabilirler. Dikkat çekmek bu çocuklar için önemli olabilir. Hızla kilo alabilirler.

Doğum anı dışında Proje/Amaç dönemindeki diğer bir önemli an ise, gebelik haberinin alındığı andır. İlk hamilelik haberinin alındığı anda anne bu duruma sevindi mi? Anne veya baba bebeği aldırmak istedi mi? Anne hamileliğe hazır mıydı? Bir başka önemli an ise gebe kalma anıdır. Planlı bir hamilelik miydi; kazayla mı hamile kalındı? Bütün bunların bebeğin bağışıklık sistemini etkilediğini bilmeniz gerekir.

Hastalıkların Alfabetik Olarak Travmalarla İlişkisi

Bu bölümde hangi hastalığın hangi travmalarla ilgili olduğunu göreceğiz. Anlatılan örneklerin hepsi gerçek hayattan alıntıdır. Burada hem kendi uygulamalarımızda hem de yeni Alman Tıbbı'nda sonuç alınmış konulardan bahsedeceğim. Benim için çok değerli bu bölümün iyileşmenin gerçek anahtarı ile ilgili veriler içerdiğini söyleyebilirim. Burada anlatacağım bilgilerin sizin hayatınızdaki karşılığı çok kıymetlidir. Örneğin trafik kazası yapan bir kişi, arabasını kaybettiğine üzülüp maddi kayıp travması yaşarken, bir başkası kazadan sağ olarak kurtulduğuna sevinebilir. Başımıza gelen olayların anlamı yoktur bu sistemde, olaydan nasıl etkilendiğimizdir asıl veri... Vereceğim bilgileri, kendi içinizde yaşanan çatışmaları düşünerek okumanızda büyük fayda var. Eşini çok seven bir kadının yaşadığı ayrılık travması, bir vajinal mantar oluştururken, sevmediği eşinden ayrılan bir kadına özgürlük hissi verdiğinden, hiçbir bedensel rahatsızlık yaşamayabilir. Örnekte olduğu gibi size ayrılık travmasından bahsederken bu olay karşısında kendi içinizde hissettiğiniz duygudan yola çıkmanızı öneririm.

Adenopati

Lenf düğümlerinin büyüklük veya kıvam açısından anormal olduğu bir hastalıktır.

- Engellenme, sıkışmışlık, çelişki içinde hissetmeyle ilgili çatışmalar.
- Duygusal sıkışmışlık anında yardım isteyememe, kimseye güvenememe.

- Kişinin bu kaos içinden çıktığı, kendini savunmaya başladığı, çözümler üretmeye başladığı anda vücutta görünür hale gelir.

Örneğin:
11 yaşında bir kız çocuğunun annesiyle babası evde çok büyük bir kavga eder. Çocuk bu kavgaya ve babasının annesine şiddet uyguladığına şahit olur. Çocuk evde güvensiz hissetmeye başlar, baba evi terk ettikten sonra çocukta lenf bezleri şişer. Proje/Amaç **(P/A)** döneminde ebeveynlerin bir kez daha şiddet içeren çatışmaları olduğu öğrenilir ve bu durum çocuğa anlatılınca lenfler normale döner.

Aft

Aft ağız mukozasında ortaya çıkan yüzeysel bir lezyondur.

- Cevap vermek isteyip de ağzı kapalı tutma zorunluluğu.
- Yapılan yanlış karşısında susmak zorunda kalmak.
- Ağlaması yasaklanan çocuğun öfkesini içine atması.
- P/A döneminde doğum sırasında bağırması yasaklanan annenin çatışması çocuğa kodlanmış olabilir.

Örneğin:
Ağzında sürekli aft çıkan 6 yaşındaki bir çocuğun annesi bize başvurdu ve okula başladığı gün aftların çıktığı bilgisini verdi. Annesinden aldığımız bilgilere göre, okulda sorun yaşayan çocuğun öğretmene cevap verememe çatışmasının aynısını, annesinin doğum anında otoriter doktora cevap veremeyerek kodlamış olduğunu fark ettik. Bu durumu uykuda çocuğa anlattırdık ve çocuğun ağzında bir daha aft görülmedi.

Agresyon

P/A döneminde düşük, kürtaj, yas, dış gebelik anısı varsa bu durumun çocuğa uykuda anlatılması çok faydalı olur.

- Çocuklar ebeveynlerinin psikolojik çatışmanın bedenlenmiş hali olarak dünyaya gelirler. Hangi ebeveyn öfkeliydi? Kızgınlığını ifade edemeyen ebeveyn kimdi?
- Düşük tehlikesi yaşandı mı? Doğum anında ölüm tehlikesi yaşandı mı?
- Üst soylarda aniden ölen bir bebek var mı?

Örneğin:
Küçüklüğünden beri çok öfkeli olan 12 yaşındaki çocuğun annesi bu durum için bizden yardım istedi. P/A döneminde hem düşüğü hem de baba kaybı olduğunu öğrendiğimiz anneye uykuda bu durumu çocuğuna anlatmasını, aynı zamanda gündüzleri fotoğraf çalışması yapmasını önerdik. 2 hafta içinde çocuk normale döndü, 6 aylık takip sonrası tamamen sakinleştiği bilgisini yine annesinden aldık.

Ağız Kokusu

- Eski düşüncelere saplanıp kalma, yeni düşüncelere yer vermeme.
- Yenilikten korkma, adım atmaya korkma çatışması.
- P/A döneminde "Sözlerim ailem ve etrafım tarafından önemsenmiyor" diyen ebeveyn kimdi?
- Kendini ifade edememe, bu konuda özgüvensizlik.
- P/A döneminde hayatın içinde değişiklik yapmaktan, yerini değiştirmekten, alışkanlıklarından sıyrılmaktan korkan ebeveyn kimdi?

Örneğin:
Muayenehaneme getirilen 9 yaşındaki çocuğun ağzında çürük olmamasına rağmen 1 metre mesafeden fark edilen bir ağız kokusu vardı. P/A döneminde babasına yurtdışından dolgun ücretli bir iş teklifi geldiği, babasının bu teklifi cesaret edip kabul etmediği ve alıştığı hayata devam etmek için aldığı iş teklifini geri çevirdiği bilgisini aldığımızda, annesinin bu durumu çocuğuna uykuda anlatmasını istedik. 1 ay sonraki kontrolde ağız kokusunun tamamen geçtiğini gözlemledik.

Agorafobi

- P/A döneminde ebeveynlerin yaşadığı "Yerimi alacaklar!" korkusu, elindeki birikimi kaybetme tehlikesi yaşayan ebeveynin yaşadığı çatışma.
- P/A döneminde toplum tarafından yargılanma korkusu yaşayan ebeveyn kimdi? Topluma ters düşmekle ilgili yaşanan çatışma.
- P/A dönemi havasız kalma korkusu, ortamda yeterince oksijen olmadığı düşüncesini yaratan travma.

Örneğin:
Hamile kalamadığı için eşi tarafından terk edileceğinden korkan, yerini bir başka birine bırakma endişesi yaşayan kadının hamile kaldığında çocuğuna aktardığı kod.

Ağız Mantarı

- Hayati bir şeyi yakalamayı başaramamak, bununla ilgili yoksunluk hissetmek.
- Ağızdan kaçırılan sırların birinin hayatına mal olması ve bununla ilgili duyulan suçluluk hissi.

- Birinin ölümüne sebep olmak, birinin ölümüyle ilgili sorumluluk hissetmek.
- Genellikle bu çatışmalar P/A döneminde çocuğa aktarılır.

Örneğin:

P/A döneminde hasta annesini her gün ziyarete giden hamile kadın, doğuma gittiği gün annesini kaybettiğini öğrenir ve bu suçlulukla çocuğa ağız mantarı kodunu yükler. Bu yasın ve suçluluğun çocuğa ait olmadığını uykuda anlattıktan sonra ağız mantarı ilaçsız bir şekilde tamamen iyileşir.

Akalazya

Akalazya özefagusu etkileyen bir hastalıktır; yemek borusunun mide tarafındaki alt özefagus sfinkteri denilen kaslardan oluşmuş kapağın gevşemesinde oluşan bozukluk nedeniyle katı ve sıvı besinlerin mideye kolayca geçişi sağlanamaz ve bu nedenle yutma güçlüğü yaşanır.

- Çaresiz hissedilen bir durum karşısında çözüme ulaşmayı başaramamak.
- P/A dönemi ebeveynlerin "Birisi beni zorla dolduruyor, dayatma yapıyor, bunu kabul etmesem de yutmak zorundayım" dediği çatışmalar.
- P/A döneminde otoritenin dayatmalarına cevap veremeyen ebeveynin travması.
- Çocuğa zorla yemek yedirme sonucu çocuğun beyninin geliştirdiği çözüm.

Örneğin:

P/A döneminde kayınvalidesinin evinde yaşamak zorunda kalan annenin çatışması doğan çocuğa aktarılır. Çocuğa Akalazya teşhisi konulur. Annenin çatışmasıyla başladığı fark edilir ve bu durum çocuğa anlatarak çözülür.

Akdeniz Anemisi

Akdeniz Anemisi (Talasemi), genellikle Akdeniz bölgesinde görülen ve genetik faktörlerle sonraki nesillere geçebilen bir tür kansızlık hastalığıdır.

- Hamilelik dönemi veya öncesi anne veya babanın hissettiği, hayattan korku ve suçlulukla ilgili çatışmalar.
- Mutsuz ve çatışmalı bir evliliğin sonucu doğan çocuğun bu çatışmayla kodlanması.
- Kendini sürekli tehdit veya tehlikede hisseden çocuk veya ebeveynlerin çatışması.
- Üst soylarda savaş anısı, savaşta ailesini kaybeden ataların alt soylara aktardığı suçluluk anısı.

Akromegali

Akromegali, beynin tabanında yer alan hipofiz bezinin ön lobundan çok miktarda büyüme hormonunun salgılanmasına bağlı olarak gelişir. Nadir bir hastalık olup, tedavi edilmemesi durumunda iç organlarda ciddi sorunlara yol açabilecek etkilere neden olabilir.

- Hamilelik dönemi veya öncesinde, anne veya babanın küçümsendiği, kişiliğine saldırıldığı durumların çocuktaki kodlaması.
- Yine aynı dönemde anne veya babanın kendi varlığını kanıtlamak, insanlara kendini duyurmakla ilgili çatışmaları.

- Ebeveynlerin ayrılığı sonucu, tekrar terk edilme duygusunu yaşamak istemeyen çocuğun beyninin, sevdikleriyle arasına mesafe koymak için bulduğu çözüm olarak ortaya çıkar.
- Çocuğun bir ebeveynin yakınlığına, korumasına ihtiyaç duyması, gelecekle ilgili güven isteği.

Örneğin:
Babası tarafından sürekli şiddet gören çocuğun yaşadığı çaresizlik sonucu hızla kemikleri büyümeye başlar. P/A döneminde annesinin de aynı çatışmayı yaşadığını öğrendiğimizde bu durumun çocuğa uykuda anlatılması sonucu, çocuk eskiye dönmese de, büyüme hormonlarının daha dengeli olduğu ve düzene girdiği görülmüştür.

Akut Romatizmal Ateş

Akut romatizmal ateş ya da halk dilindeki adıyla kalp romatizması grup A streptokok adı verilen bakterilerin neden olduğu farenjit (boğaz enfeksiyonu) sonrası gelişen bir romatizmal hastalıktır. Tipik olarak farenjitten 2 ila 3 hafta sonra ortaya çıkar.

- Ayrılıkla ilgili değersizlik çatışması
- "Sevdiğim insanların ayrılmasını istemiyorum."
- Kişinin çok güvendiği partneri tarafından hiçbir açıklama yapılmadan terk edilmesi.
- Sevdiklerinin ani ölümü.

Örneğin:
Anne ve babası boşanma kararı alan çocuğun annesi raporlarıyla bize başvurdu. Boşanma çatışması dışında P/A dönemin-

de babanın, anneyi birden terk ettiği bir dönem olduğunu fark ettik, bu deneyimi anne uykuda çocuğa anlattı, sorun tamamen ortadan kalktı.

Albinizm – Albino

Halk dilinde abraşlık olarak bilinir. İnsanları ve hayvanları etkileyen genetik bir bozukluk olan albinizm renklenmeyi sağlayan melanin pigmentinin yokluğu ya da azlığından kaynaklanır. Hastalarına albino denir Gözler, deri, saçlar ve bedenin bazı bölümlerini etkileyebilir.

- Hamilelik dönemi veya öncesinde anne veya babanın çatışması çocuğa geçtiğinde bu hastalık oluşur.
- Kendini değersiz ve yetersiz gören ebeveynin, birinin korumasına ihtiyaç duyması, bu durumun yarattığı yetersizlik çocuğa kodlanır.
- Ebeveynlerden birinin kendini reddettiği, özgüvensizlik yaşadığı, suçladığı ve kendini aklamak istediği çatışmanın çocuğa kodlanması.
- Kendini ruhsuz ve hayalet gibi hisseden ebeveynin çatışması.

Alerjiler

Alerji konularının tamamı ayrılık içerir. Travma sadece ayrılıkla ilgiliyse deride ortaya çıkar. Ayrılık yanında korku içeriyorsa soluk borusu ve bronşlar etkilenir. Tehlike ve kötü bir koku ile bağlantılı ise sinüsler etkilenir. Görülen bir olay ayrılık çağrıştırıyorsa gözler etkilenir. Sindirilemeyen bir olayın ayrılık çağrıştırması sindirim sistemini etkiler.

Arı Alerjisi/Bal Alerjisi

- P/A döneminde ebeveynlerin eleştiriye uğradığı, tedirginlik hissettikleri olaylar söz konusu olabilir. Bir çeşit "iğnelenme" hissi ve adaletsizliğin hissedildiği suçlanmalar.
- Evlendiğinde "kraliçe arı" olarak değer göreceğini düşünen kadının yaşadığı hayal kırıklığını çocuğuna kodlaması. Kendini kurban gibi gören kadının kodu.
- P/A döneminde altınlarla ilgili yaşanan çatışmalar, altınların satılmasını gerektiren olayların verdiği üzüntü.
- Altınların nasıl değerlendirileceği konusu ile ilgili yaşanan çatışma.

Balık veya Deniz Ürünleri Alerjisi

- P/A döneminde kandırılan, dolandırılan ebeveyn kim? Saflığı yüzünden kandırılan ve bu durumdan kendine öfke duyan ebeveyn kim?
- Hayatta kalmak için mücadele eden, bu konuda özellikle annesiyle çatışma yaşayan ebeveynin çocuğuna aktardığı koddur.

Buğday Alerjisi

- Anne sütünden mamaya geçerken çok ani hareket edilmişse, çocuk bu durumdan çok acı çekmişse yaşadığı stresi buğdayla kodlayıp alerjik hale gelebilir.
- Bebek diş çıkarmadan sütten kesilmişse hem süt hem buğday alerjisi görülebilir.

- P/A döneminde ebeveynlerden biri kendi ailesi ile ilgili sorun yaşamışsa, ailesinden ayrı kalmak zorunda kalmışsa, aile içinden dışlanmışsa bazen bu durum çocukta buğday alerjisini tetikler.
- P/A döneminde ekmek ve buğdayın olduğu bir ortamda ayrılık çağrıştıran bir olay yaşandığında da bu durum doğan çocuğa buğday alerjisi olarak kodlanabilir.

Çilek Alerjisi

- P/A döneminde hayal kırıklığı yaşayan, yaşadığı olaydan dolayı nefret ve suçluluk hisseden ebeveynin çocuğuna aktardığı çatışma.
- P/A döneminde özellikle annenin birinde gördüğü deri üstündeki lekeyi iğrenç bulduğu durum bazen çocukta aynalanmış olabilir.
- Bazen aile üyelerinden birine duyulan kızgınlık.

Çoklu Gıda Alerjisi

- P/A döneminde yemek esnasında gelen kötü bir haber, ayrılık çağrıştıran olaylar.
- P/A döneminde açlık, yoksunluk, maddi kayıpla ilgili yaşanan travmalar.
- Aynı dönemde bir anda yolunu kaybeden, kendini yapayalnız hisseden ebeveynin çatışması.

Fıstık Alerjisi

- Çocuk yeni doğduğunda ebeveynler ayrılık çatışması yaşadı mı? Ebeveynlerden biri çocuğu alıp gitmek istedi mi? Çocuğundan ayrılma korkusu yaşayan ebeveyn kimdi?

- P/A döneminde maddi olarak bir sıkıntı yaşandı mı? Hayatın zorlukları karşısında ümitsizliğe düşen, bu yükü kaldırmakta zorlanan ebeveyn kimdi?
- Fıstıkların olduğu bir ortamda ayrılık çağrıştıran bir olay oldu mu? Kötü bir haber alındı mı?

Glüten Alerjisi

- Üst soylarda un, buğday, fırıncılık gibi mesleklerle ilgilenen atalarınız varsa bu çatışma onlardan aktarılmış olabilir, bu çatışmanın çocuğa ait olmadığı uykuda anlatılmalıdır.
- Çocuğu sütten kesme periyodunda çok hızlı davranılması, sütten aniden kesme anısı, diş çıkarmadan sütten kesilmesi.
- P/A döneminde çok sevdiği ve güvendiği aile üyeleriyle ilgili yaşanan hayal kırıklığı.
- Oral seks yapmak istemediği halde buna zorlanan partnerin çocuğa aktardığı kod.

Güneş Alerjisi

- P/A döneminde babasıyla ilgili problem yaşayan ebeveynin çocuğuna aktardığı çatışmaya bakılır. Bazen baba kaybı, bazen babayla iletişim sorunları, bazen kayınbaba ile ilgili travmaları ilgilendirir.
- Kadının eşinin aşırı otoritesine karşı duyduğu rahatsızlık, doğan çocuğa güneş alerjisi olarak kodlanabilir.

Kedi Alerjisi

- P/A döneminde kadının dişilikle ilgili yaşadığı çatışmalar. Bazen kadının kendini evlilikte yalnız ve temassız hissetmesi, bazen de evlilikle ilgili yaşadığı hayal kırıklığını temsil eder.
- İlişkisini idare etmek zorunda kalan, sürekli vermek zorunda kalan, fedakârlık yapmak zorunda kalan ebeveynin eşini evde tutmak için yapmak zorunda kaldığı fedakârlıklar.
- Bir ayrılık çağrıştıran kötü bir haber alındığında ortamda kedilerin olduğu travmalar.

Köpek Alerjisi

- P/A döneminde aldatılan veya aldatılma şüphesi duyan ebeveynin çatışması ve bu durumun yarattığı öfke çocuğa kodlanabilir.
- Arkadaşları veya yakınları tarafından sırtından vurulan, kandırılan ebeveynin kodu.
- Bir ayrılık çağrıştıran kötü bir haber alındığında ortamda köpeklerin olduğu travmalar.

Penisilin Alerjisi

- P/A döneminde annenin çocuğunun sağlığı ile ilgili duyduğu endişe, üst üste düşük yapan veya bir önceki evladını kaybeden annenin çatışması.
- Annenin cinsellik ile ilgili yaşadığı hayal kırıklığı, acı verici bir cinsellik ile ilgili yaşanan çatışması.
- P/A döneminde kaybedilen bir erkeğin yası da çocuğa bu alerjiyi yükleyebilir.

Polen Alerjisi

Polen döllenmenin ve cinselliğin sembolüdür.

- P/A döneminde cinsellikle ilgili yaşanan hayal kırıklıkları ön plana çıkar.
- Çocuk sahibi olmakla ilgili yaşanan hayal kırıklıkları ve korkular.
- Polenlerin havada uçuştuğu dönemde ayrılık çağrışımı yapan kötü deneyimler oldu mu? Bir hayal kırıklığı yaşandı mı?
- Gelecekle ilgili kaygı yaratan ani şokların çocuğa aktarılması.

Süt ve Süt Ürünleri Alerjisi

Süt anneyi, memeyi, dünyayla ilgili ilişkimizi temsil eder. Anne sevgisini temsil eder.

- P/A döneminde annesiyle veya anne yerine koyduğu kişiyle sorun yaşayan ebeveyn kim? Bu bazen kayınvalide de olabilir.
- Bebeklerin emzirilme döneminde anneyle teması bir şekilde kesilirse, anne işe dönmek zorunda kalıp bebeği sütünü sağarak beslemişse, anne rahatsızlanıp bir veya birkaç gün bebekten ayrı kalmışsa yine bu alerji kodlanabilir.
- Bebek sütten aniden kesildi mi? Henüz diş çıkarmadan memeden ayrılan bebeğin çatışması.
- Süt ve süt ürünlerinin tüketildiği bir ortamda ayrılık çağrıştıran kötü bir haber alındı mı?

Toz Alerjisi

- P/A döneminde toz, kir, pislik içindeki bir mekânda travma yaşandı mı? Bu bazen yeni bir eve taşınmak zorunda kalma, bazen de yeni bir işyerine geçme aşamasında da olabilir.
- Ebeveynlerden biri bu dönemde cinsellikle ilgili korkular yaşadı mı?
- Hissedilen bir yalnızlık ve anlamsızlık duygusu hangi çatışma ile tetiklendi ve çocuğa kodlandı?
- Takıntı şeklinde temizlik hastalığı olan ebeveynin çocuğuna aktardığı çatışma olarak da kodlanabilir.

Tüy Alerjisi

- P/A döneminde kendini sembolik olarak "yere çakılmış, uçamamış, özgürlüğü elinden alınmış, istediği hareketi yapamamış" hisseden ebeveyn hangi çatışma yüzünden bu duygulara düştü?
- Aynı dönemde kullanıldığını, sömürüldüğünü hisseden ebeveynin çatışması çocuğa kodlanabilir.
- Tüylü bir canlının varlığında travmatik bir olay yaşandı mı?

Yumurta Alerjisi

- Yumurta demek bilinçaltında çocuk demektir. Hamilelik sırasında bebeğini kaybetme korkusu yaşayan annenin bebeğinde bu alerji görülebilir.
- İğrenme içeren, şiddet içeren bir cinsel birleşme anısı, hamileyken istemediği halde cinselliğe zorlanan annenin çatışması.

- Yumurta yenilen bir ortamda ayrılık çağrıştıran bir olayın olması veya haberin alınması.
- Sperm kokusundan iğrenen kadının yaşadığı çatışma, çocuğa yumurta alerjisi veya yumurtadan iğrenme kodu olarak yansıyabilir.

Alt Islatma

- Babanın olmadığı durumlarda çocuk alanını işaretlemek için altını ıslatabilir. Bazen baba uzağa gitmiştir, bazen baba ölmüştür, bazen de baba ile anne ayrıdır.
- Aşırı baskıcı bir babanın varlığında da, hiç sınır koymayan, kuralları olmayan bir babanın varlığında da çocuk kendi sınırını belirlemek için alt ıslatma programını başlatır.
- Ebeveynler P/A döneminde ev, iş, alan değiştirdiler mi? Kendilerine ait olan bir malı veya parayı kaybettiler mi? Kariyerinde düşüş yaşayan bir ebeveyn oldu mu?
- P/A döneminde veya üst soylarda gece yaşanmış bir yangın anısı var mı?
- P/A döneminde şiddet gören annenin eşine olan öfkesi çocukta bu programı başlatabilir.
- Anne ayrılığı yaşayan çocuğun, annesini geri çağırma programı olarak da ortaya çıkabilir. P/A dönemi çalışan annelerin çocuklarında daha çok görülür. Aynı zamanda P/A döneminde babasıyla çatışma yaşayan ebeveyn varsa bu durum yine kodlanmış olabilir.
- P/A dönemi sel baskını veya çok yağmurlu bir havada yaşanan büyük bir trajedi var mı?

- Çocuğun çok sert bir otorite karşısında gün boyu kendinde engellediği bütün duygular gece yarısı boşaltım olarak idrarla dışarı atılır.

Örneğin:
16 yaşına kadar her gece altını ıslatan çocuğun ebeveynleri bize başvurmuştu. P/A dönemi hem evlerinin yandığını hem de çocuğun babasının kendi babasını kaybettiği bilgisini aldığımızda, anne babadan bu durumu çocuğun fotoğrafına anlatmalarını istedik. 3 haftalık çalışmanın ardından alt ıslatma sorunu tamamen ortadan kalktı. Şu an çocuk 18 yaşında.

Anal Fissür

Anüs (makat) bölgesindeki deride oluşan yırtık veya çatlaktır. Görünüş olarak küçük olmasına karşın verdiği rahatsızlık çok belirgindir. İlk bir aylık dönemdeki yırtıklara "akut anal fissür", daha uzun süreli ve meme (şişlik) yapmış yırtıklara da "kronik anal fissür" (KAF) denir.

- Hayata duyulan coşkunun kaybedilmesi (hamilelik dönemi veya öncesinde anne veya babanın çatışması çocuğa geçebilir). Bazen anne ve babanın P/A döneminde aldığı ayrılık kararı.
- Kendini zayıf ve yetersiz hissetme, bu konuyla ilgili içe kapanma.
- İlerlemekten korkmakla ilgili yaşanan kararsızlık.
- "Hayır" diyememek ve bu yüzden istemediği halde sorumluluk almakla ilgili çatışmalar.

Örneğin:
7 yaşında bir kız çocuğunun geçmeyen bir fissürü yüzünden ameliyat tarihi alınmıştı. Aile bize başvurduğunda doktorundan ameliyatı 1 ay erteleme izni aldık. P/A döneminde defalarca boşanmaya kalktıklarını öğrendiğimizde bu durumu çocuğa anlattırdık ve 13. gün anal fissür tamamen kayboldu.

Anemi

Hemoglobin, kanda kırmızı kan hücreleri (alyuvar) tarafından taşınır. Kanda bulunan hemoglobin proteinin normal seviyenin altına düşmesi veya alyuvarların sayısının azalması durumuna anemi (kansızlık) adı verilir.

- P/A döneminde anne veya babanın, bazen de çocuğun kendi hayatında, aile klanında sevgi ve bütünlük hissetmemekle ilgili yaşadığı çatışmalar.
- P/A döneminde ebeveynlerin ailede birine duydukları kin ve öfke çatışması.
- Çok çocuklu ailelerde genellikle son çocuğa fazla değer verilmediğinde çocuğun içselleştirdiği çatışma. "Ailemde sevildiğimi hissetmiyorum."
- Hamilelik haberini aldığında bu duruma sevinmeyen hatta aldırmayı düşünen annenin programı.

Örneğin:
7 yaşında bir çocuğun kardeşi doğar, doğan çocuğun akciğer problemi vardır ve bütün aile bebekle ilgilenir. Anne bütün ilgisini bebeğine verir ve her gün onunla uyur. Bu çatışma ile 7 yaşındaki çocukta anemi görülür. Çatışma çözülünce kan seviyesi normale döner.

Anüs Kaşıntısı

Anüs bilinçaltında kimliğimizin sembolüdür. Anüsü ilgilendiren her hastalık kimliğimize yapılan saldırılarla ilişkilidir.

- P/A döneminde kimliğine, kişiliğine aykırı davranmak zorunda kalan, istemediği bir durum karşısında cevap veremeyen ebeveyn kimdi? Bazen bu ana çatışma çocuğun kendi travması ile de tetiklenebilir. Kimliğinden ayrılma hisseden çocuğun çatışması.
- P/A dönemi anne ile baba arasında evlilik dışı ilişki var mıydı? Hamile kaldığı için suçlu hisseden, bu durumu kendine yakıştıramayan annenin çatışması.

Örneğin:
Kadın sevdiği adamdan hamile kalır ancak adamı evlenmeye ikna edemez. Adam çocuğu aldırmasını ister, çocuğunu doğursa da baba soyadını çocuğuna vermez. "O adamın eşi" olamamak ve çocuğuna adamın soyadını verememekle ilgili yaşanan kimlik çatışması, anüste kaşıntıya yol açar ve ülserleşme olur. Bu çatışma çözümlenince kaşıntı geçer.

Aort Darlığı

- P/A döneminde ebeveynlerin babaları ile ilgili yaşadıkları çatışmalar. Bazen babalığın sorgulandığı üzücü olaylar. Baba ile oğul arasında gittikçe artan uyumsuzluk...
- Babası tarafından kovulan, aforoz edilen, aileden dışlanan ebeveynin çatışması.
- P/A döneminde babasını kaybeden ebeveyn kimdi?

Örneğin:
P/A döneminde önceki evliliğinden doğan çocuğuyla problem yaşayan adam bu dönemde çocuğuyla çok büyük bir kavga ediyor ve babalığını sorguluyor. Yaşadığı suçluluk hissini çocuğuna kodladığında, doğan çocukta aort darlığı tespit ediliyor. Anne ve baba uykuda konuşarak 3 ay içinde damarın açılmasını sağlıyor.

Apandisit

Apandisit, kalınbağırsaktan uzanan 8-9 cm uzunlukta bir doku tüpü olan ekin iltihabıdır. Apandis (apendiks) körbağırsak olarak da bilinir.

- Kişinin içinden çıkamadığı bir açmazda yaşadığı pis ve kaba olaylar.
- P/A döneminde veya çocuğun hayatında yaşadığı para kaybı çatışması.
- Çok aşağılık bir olay karşısında bastırılamayan öfke.
- Yeterince harçlık alamayan çocuğun öfke çatışması. Arkadaşlarından daha az harçlık aldığı için öfkelenen çocuk.

Örneğin:
Âşık olduğu adamın evli olduğunu öğrenen genç kız, bu durumu ailesine açıklayamıyor. Bir taraftan da düştüğü iğrenç durumu sindiremiyor ve bir ay sonra apandisit ameliyatı oluyor.

Arpacık

- P/A döneminde "Kendimi bir kenara atılmış gibi hissediyorum, belirsizliklerin altında ezilmeye başladım" diyen ebeveyn kimdi?

- Aynı dönemde ebeveynlerden birinin gördüğü bir şeyle ilgili lekelenmiş hissetmesi.
- P/A döneminde terk edilmekten korkan ebeveynin yaşadığı çatışmanın çocuğa aktarılması.
- Birine, bir olaya, hayata karşı duyulan kin duygusunun çocuğa kodlanması.

Örneğin:
Evlenip hemen hamile kalan kadının kayınvalidesiyle öfke çatışması oluşur. Sürekli sorun yaşayan kadının bu öfkesi evlilikte ayrılık dönemleri yaşatır. Doğan çocuğundaki arpacık bu durumun anlatılmasıyla hızla düzelir.

Astım

- P/A döneminde iki ayrı yerde olmak isteyip, her iki tarafta da huzurlu olamayan babanın çatışması. Örneğin: Eşiyle annesi arasında sıkışıp kalan, her ikisini de ikna edemeyen ve bu durumdan dolayı sembolik olarak "nefessiz" kaldığını hisseden baba. Bazen de işi için şehir dışına çıkmak zorunda kalıp evini özleyen, evine döndüğünde parasız kaldığı için işine dönmek zorunda kalan baba çatışması.
- Yine P/A döneminde ölümcül korku yaşanan durumlar, iki kişiyle yaşanan ayrılık çatışması, tehdit içeren durumlar.
- Kapana kısılmış gibi hisseden ebeveynin "Aşağı tükürsem sakal, yukarı tükürsem bıyık!" dediği sıkışmışlık hissi.
- Çalışmasının karşılığını alamayan ebeveynin çocuğa aktardığı çatışma.

- Kişilerin anlaşılmadığını hissettiği, derdini anlatamadığı durumlarla ilgili yaşadıkları travmalar.
- Eğer bu travmalar ayrılık çatışması ile yaşanırsa alerjik astım ortaya çıkabilir.
- Bu çatışmalara bir otoriteye cevap verememekle ilgili bir çatışma eklenirse bronşiyal astım ortaya çıkar.

Örneğin:
12 yaşında astım krizleri başlayan çocuğun yeni başladığı okulda çok otoriter bir öğretmenin baskısı yüzünden tetiklendiğini bulduk. P/A dönemine baktığımızda babasının yeni geçtiği işinde otoriter bir patronu olduğunu, ancak daha fazla maaş için bu duruma katlanmak zorunda olduğunu ortaya çıkardık. Bu çatışmalar çocuğa anlatılınca astım tamamen yok oldu.

Astigmat

Astigmat gözümüzün en öndeki şeffaf tabakasının (kornea) şekil bozukluğudur.

- P/A döneminde içindeki acıyı saklayan, dışarıya yansıtmayan ebeveynin çocuğa aktardığı kodu olabilir.
- Aynı dönemde çok sevdiğiniz birine (eş, anne, kardeş, arkadaş) hem sevgi hem öfke duyma çatışması. Onlarla ilgili yaşanan hayal kırıklıkları.
- Gerçekleri kabullenmede yaşanan zorluklar: "Gördüklerimin gerçek olduğuna inanamıyorum, görmez olaydım!" çatışmaları.
- P/A döneminde çok kilo alan veya kendini estetik bulmayan annenin kendine yüklediği kodun çocuğa aktarılması.

Örneğin:

4 yaşında astigmatı olan çocuğun annesine P/A dönemiyle ilgili konuları sorduk. Anne hamilelikte aşırı ödem topladığını ve bu durumdan çok rahatsız olduğunu söyleyince bu durumu çocuğuna anlatmasını istedik. 2 ay sonra yapılan kontrollerde astigmatın kaybolduğu görüldü.

Aşırı Tüylenme

- Üst soylarda savaş, siperde saklanma anısı.
- Temas yoksunluğundan acı çekmiş kadının anısı.
- Taciz anısı.
- Büyük bir yanlış anlaşılmadan kaynaklı ayrılık anısı.

Örneğin:

Yeni evlenen kadın cinsel anlamda kendini doyurulmamış hisseder, yeterli temas alamaz. Hissettiği bu yoksunluk yeni doğan çocukta tüylenme olarak kodlanır.

Ateş

- Kaybedilen sevgiyi yerine koymak için beden ısı gönderir. P/A döneminde sevgisiz kalmış ebeveynin çatışması.
- Çocuğun cinsiyeti ile ilgili beklentiler gerçekleşti mi?
- P/A döneminde annesiyle ayrılık çatışması yaşayan ebeveyn kimdi? Doğumdan hemen sonra anne bir sağlık sebebiyle çocuktan bir veya birkaç gün ayrılmak zorunda kaldı mı?
- Çocukların sosyal hayatında veya okul hayatında eleştiriye uğradığı, sevgisizlik hissettiği, adaletsizlik hissettiği çatışmalar.
- Adaletsizlik çatışması.

Örneğin:
Erkek beklentisiyle döllenen bir bebeğin kız olması sebebiyle baba hayal kırıklığı yaşıyordur. Doğan bebeğin ateşi sürekli 39 derecede kalıyordur. Bu durum çocuğa anlatıldıktan sonra vücut ısısı normale döner.

Ayak Mantarı

- P/A döneminde anayurttan kovulma, sürgün anısı olan ebeveyn var m? İstemediği bir eve taşınmak zorunda kalan ebeveynin anısı.
- Aynı dönemde sembolik olarak veya fiziksel olarak kirli/pis bir şeye basma anısı olan ebeveyn kim?
- Rutubetli, nemli bir ortamda yaşanan travmatik olaylar.
- Yine P/A döneminde annesiyle vedalaşmak zorunda kalan, annesini kaybeden veya annesi ile ilişkisini kesen ebeveyn kim? Bu dönemde sonlandırılmamış bir yas var mı?

Örneğin:
İçsavaş sonrası ailesiyle yurdunu terk eden kadın haberlerde kendi köyünün bombalandığını görür ve ayakta mantar başlar, aynı dönemde çocuğun ayağında da mantar geliştiğini fark eder. Bu çatışma ile yüzleştiğinde ve çocuğa anlattığında hem kendi ayağında hem de çocuğun ayağında düzelme olur.

Ayakta Tırnak Batması

- P/A döneminde annesini çok sevdiği halde ona çok büyük kin duyan ebeveynin çatışması.

- Hem anne olmak isteyip hem de bu durumdan pişmanlık duyan kadının çocuğuna yüklediği kodu.
- P/A döneminde öfkesini bastırmak zorunda kalan ebeveynin çatışması.

Örneğin:
6 aylıkken ayak başparmağında tırnak batması olan çocuk için bize başvuruldu. Operasyon yapılmadan önce anneye kendi annesiyle ilgili çatışmaları soruldu. Aldığımız bilginin çocuğa anlatmasını istedik ve 2 günde tırnak tamamen iyileşti.

Bademcik İltihabı

- Çocuğun anneden, öğretmeninden yeterince sevgi ve ilgi alamadığı durumlarda bedeni bademcik iltihabı programını başlatabilir.
- P/A döneminde ebeveynlerin yutulması gereken şeyler ya da olaylar karşısında çocuğa yüklediği program. "Söyleyeceklerimi yutmak zorundayım."
- Aynı dönemde kaçırılan fırsatlarla ilgili çocuğa aktarılan çatışma. Avı yakalayamama, fırsatları kaçırma programı.
- Çocuğun anneden ayrı kalmak zorunda olduğu anlarda sevgi ihtiyacını karşılamak için beden ateş ve bademcik programını beraber çalıştırabilir.

Örneğin:
Bir anne doğumdan sonra 3 gün hastaneye kaldırılıyor. Yeni doğan bebek 1 yaşına kadar bademcik iltihabı geliştiriyor. Bu durum fark edilince ve çocuğa anlatılınca tamamen iyileşme görülüyor.

Bağırsak Düğümlenmesi

- P/A döneminde doğacak çocuğunu besleyememe korkusu olan annenin çocuğa aktardığı program.
- Çocuğun kendi hayatında gelecek ve güvenlik endişesi yaşadığı travmatik olaylar.
- P/A dönemi maddi kayıp yaşayan ebeveynlerin aktardığı kodlar.

Örneğin:
Hamileyken plasentanın erken ayrılma riski olduğunu öğrenen anne çocuğunu besleyememe korkusu yaşar. Çocuk doğduğunda bağırsak düğümlenmesi olur. Bu durum çocuğa anlatılınca iyileşir.

Bağışıklık Sistemi

- Anne ilk hamilelik haberini aldığında her iki ebeveyn de hamileliği kabul etti mi? Anne veya baba çocuğu istemezlerse çocukta hayatta kalma ile ilgili çatışma yaşandığı için bağışıklık sistemi düşebilir.
- Hamilelikle ilgili anne baba arasında sorun yaşandı mı? Zamanlama açısından, psikolojik açıdan çocuk sahibi olmak ile ilgili çatışma yaşandı mı?
- Çocuğun cinsiyetiyle ilgili hayal kırıklığı yaşayan ebeveyn oldu mu? Çocuğun cinsiyetinden mutlu olmayan ebeveyn kimdi?
- Hamileliğini bir şekilde gizlemek zorunda kalan annenin çatışması da çocuğa aktarılabilir.

Örneğin:
Evlilik dışı hamile kalan kadın çocuğu aldırmak istemiyor. Adam hiçbir sorumluluk almıyor ve çocuğu kabul etmiyor. Doğan bebeğin bağışıklık sistemi zayıf oluyor. Uykuda konuşma yapan annenin çocuğu hızla bağışıklık gücünü yükseltiyor.

Bebeğin Doğumda Ters Gelmesi

- P/A döneminde aile içinde veya üst soylarda baş üstü düşen biri var mı? Paraşütle atlama anısı olan ataların kodu olarak da yüklenebilir. Ailede veya üst soyda baş üstü düşen birini koruyamama anısı var mı?
- "Doğru bir zamanda hamile kalmadım" çatışması.

Örneğin:
Gebeliğin altıncı ayında kocası trafik kazası geçiren kadın, doğum için iyi bir zaman olmadığını düşünür. Bu çatışmayla kodlanan bebek rahimde ters döner.

Bebekte Ağlama Krizleri

- Soy klanında aniden kaybedilen bebek olup olmadığı araştırılmalıdır.
- P/A döneminde anne veya babanın hayatında yaşadıkları bir yas varsa bebek bu yas programı ile dünyaya gelip sürekli ağlar. Bitirilmemiş yas programı.
- Hamilelik döneminde ebeveynlerden birinin yaşadığı kayıp veya ayrılık varsa bu durum çocukta ağlama krizlerine yol açar.
- P/A döneminde düşük, kürtaj, dış gebelik veya kaybedilen bir evlat var mı?

Örneğin:
Doğduğu günden beri sürekli ağlayan bir bebeğin annesi bize başvurdu. Yaptığımız araştırmada annenin hamilelik döneminde kardeşini askere gönderdiğini ve günlerce ondan haber alamadığını ortaya çıkardık. Bu durumu anne bebeğe uykuda anlattığı gün bebek sakinleşti ve ağlama krizleri sona erdi.

Bebekte Gaz Sancısı

- Annenin veya babanın hamilelik süreci ve öncesi dönemde hazmedemediği olaylar.
- Ebeveynlerden birinin hamilelik dönemi veya öncesinde kendini sevilmemiş hissetmesi.
- Hamilelikte ihtiyaçlarının karşılanmadığını düşünen annenin çatışması.
- Hamilelik dönemi veya öncesinde sevilen birinin kaybı.

Örneğin:
Bebeklerinin sürekli gaz sancısıyla uyuyamadığını söyleyen karıkoca doktor çift bana başvurdu. Bebeğin babaannesinin P/A döneminde vefat ettiğini öğrendik ve bu durumu uykuda anlattırdık. Bütün gaz giderici ilaçları 1 hafta içinde terk ettiler.

Bebekte Uykusuzluk

- Doğumun gece başlaması.
- Babanın doğumu beklerken uykusunu bastırarak ayakta kalmak için gece yaşadığı direnç çocuğa kodlanabilir.
- Döllenme ile doğum iki ayrı ülkede olursa bebek gece-gündüz kargaşasına girerek gece uyumaz.

- Hamilelik döneminde ebeveynlerin gece yarısı yaşadıkları travma, şok edici haberler.
- P/A dönemi ebeveynlerden birinin yası.

Bu durum bebeğe anlatıldığı anda çözüme kavuşur.

Beyin Tümörü

- Baba çocuğun alınmasını istedi mi?
- P/A döneminde gücünün çok üstünde performans göstermek zorunda kalan babanın çatışması.
- P/A döneminde anne veya babanın yaşadığı derin pişmanlıklar, duygularını bastırmak zorunda kaldıkları çatışmalar.
- Korku ile birlikte yeterince desteklenmediğini hissetme, bunun sonucu olarak öz değersizlik.
- P/A döneminde ebeveynlerden birinin çok acil bir sorunu çözmek zorunda kalmak ile ilgili yaşadığı çatışmalar.

Tümörün yeri ile ilgili üst soyda bir çatışma aranır. Ölen dayısının adını taşıyan ve soy klanında aynı hatta olan çocuğun beyin omur arasında gliyoblastoma görülür. Dayısının aynı noktadan demir çubukla dövülerek öldürüldüğü ortaya çıkar.

Bipolar Bozukluk

Bipolar bozukluk "maniden depresyona kadar uzanan ruh halindeki aşırı değişiklikler" olarak tanımlanır. Bu duruma bipolar bozukluk denir. Bu ruh hali oynamaları arasında, bipolar bozukluğu olan kişinin normal ruh halinde olduğu dönemler olabilir.

- P/A döneminde kendini kapana kısılmış hisseden ebeveynin veya aynı duyguyu hisseden çocuğun çatışması olarak görülür. "Hayat bana dar geliyor, ailem yeteneklerimi kullanmamı engelliyor."
- P/A döneminde veya çocuğun hayatında hayatı yaşamaya değer bulmayan kişinin yaşadığı büyük hayal kırıklığı anısı.
- Kendini ispat etmeye çalışan bireyin sürekli başarısızlığa düştüğü program. Bazen çocukların okul başarısızlığı.
- P/A döneminde şiddet gören annenin çatışması çocuğun hayatında şiddete tanıklık ettiğinde tetiklenebilir. Babanın anneye şiddet göstermesi sonucu çocukta gelişebilir.

Örneğin:
17 yaşında bipolar teşhisi konulan genç kızın 14 yaşından beri bunu yaşadığını öğrendik. Yaptığımız incelemede P/A dönemi annenin şiddet gördüğünü tespit ettik. Çocuk 13 yaşındayken annesinin dayaktan hastanelik olduğunu, babaya çok büyük öfke beslediğini ve bu olaydan hemen sonra bipolar bozukluk kodladığını fark ettik. Hem anneye fotoğraf çalışması hem de çocuğa kamp ateşi çalışması yaparak sorunu ortadan kaldırdık.

Bitlenme

- Çok titiz bir annenin çocuğu ile hissettiği "kirlilik ve dağınıklık" çatışması.
- Çocuğun "temizlik hastası" annesine cevabıdır.
- Aile üyeleri ile temas yoksunluğu çatışması.
- Ebeveynler arası ayrılık ve öfke çatışması.

Böbrek-Toplayıcı Tübüller

- P/A dönemi içsavaş, göç, mültecilik anısı olan ebeveynlerin çocuğa yükledikleri program. Savaş mağdurlarının, mültecilerin "Artık hiç kimsem yok!" çatışması.
- Aynı dönemde ebeveynler tarafından hissedilen bütün referans noktalarını kaybetme çatışması. "Dünyayı ayaklarımın altından çektiler."
- P/A döneminde terk edilme anısı yaşandı mı?

Örneğin:
Çölde beden hayatta kalmak için günlük idrar çıkışını azaltır. Bunu su tutmak için yapar. Toplayıcı kanallar işlevsiz kalarak hastalık başlar.

Bronşit

- P/A döneminde ebeveynlerin kendi toprağındaki tehdit.
- Aynı dönemde ebeveynlerin evindeki, işyerindeki alanındaki korku çatışması.
- P/A döneminde eşler arasında yaşanan tartışmalar, eleştiriler, aile içi saldırılar doğan çocuğa bronşit kodunu verebilir.
- Yine P/A döneminde ebeveynlerin prestijinin sarsılması, başkalarının gözünde küçük düşme çatışması yaşadığı anların çocuğa aktarılması.
- Ebeveynlerin bir tehdit karşısında kaçamamaları ya da saldırıya geçememeleri. İki arada bir derede kalma programı.

Örneğin:
9 yaşında bronşit geliştiren çocuğun ailesine P/A döneminde yaşanan tehlikeli durumları sorduğumuzda, babanın silahla

tehdit edildiğini öğrendik. Anne ve baba bu durumu çocuğa anlattılar ve teşhis tamamen kaldırıldı.

Bronşektazi-Bronş Genişlemesi

Bronşektazi, akciğer içindeki hava yollarında (bronş) oluşan harabiyet sonucunda bronşların kalıcı olarak genişlemesidir.

- P/A döneminde kendi alanında tehdit edildiğini hisseden ebeveynin çatışması. "Alanımda çok fazla insan var, alanımı genişletmek istiyorum." (Bronşlar genişler.)
- Aynı dönemde bir otoriteye boyun eğmek zorunda kalan ebeveyn cevap veremediği yerlerde bu kodu çocuğa aktarabilir. "Kendi alanımda boyun eğmek zorunda kaldım."

Örneğin:
Hamileliği süresince otoriter kayınvalidesi ile yaşamak zorunda olan kadının bebeğine bronşektazi teşhisi konuluyor. Bu çatışmayı anneye anlattırdığımızda bronşlar hızla normal seviyeye döndü.

Bulimia

- P/A dönemi daha çok annenin, nadiren babanın yaşadığı tiksinti oluşturan çatışmalar.
- Aynı dönemde ebeveynlerin maruz kaldığı otoriteyi reddetme ve otoriteye cevap verememe çatışması.
- P/A döneminde ebeveynlerin veya doğan bebeğin aç kalmakla ilgili kaygıları, terk edilme ve sütten ani kesilme çatışması. "Kendimi yoksunluk sonrası yiyeceklere atıyorum." "Yaşamak için gerekli yiyeceklere saldırıyorum."

Örneğin:
Hamilelik döneminde annenin plasentası erken ayrılıyor, anne bebeğini besleyemeyeceğinden korkuyor. Bebek blumik olarak doğuyor, iştahla emdiği sütü 10 dakika sonra kusuyor. Anne bebeğe bu durumu ve yeterince yiyecek olduğunu anlattıktan sonra durum düzeliyor.

Burun Eti Şişmesi

Burun içinde yer alan alt burun etlerinin büyümesine konka hipertrofisi denir

- P/A döneminde ebeveynlerin yaşadıkları ortamda düşmanlık hissettiren deneyimler. "Düşmanlık hissettiğim bu ortamda yaşayabilmem için kokuyu almamam gerekiyor."
- Aynı dönemde yaşanan tehlikeli durumlar da bu programı başlatabilir.

Burun Kanaması

- Kan demek sembolik olarak aile demektir. Burun tehlikeyi işaret eder. Aile içindeki tehlikeli durumlara bakılmalıdır.
- P/A dönemi ebeveynlerin veya çocuğun hissettiği hayal kırıklığı. "Hissettiğim şeyden dolayı neşemi kaybettim, hayal kırıklığına uğradım."
- Aynı dönemde sembolik olarak ortamda kötü kokular almakla ilgili kaygı duyulması... "Kendi alanımda veya aile klanımda kötü kokular alıyorum."
- P/A dönemi maddi kaygılar ve bununla ilgili kötü gidişattan dolayı hissedilen suçluluk duygusu.

- P/A dönemi veya çocuğun hayatında yaşadığı aile çatışmaları. Aile içinde varlığı hissettirmek için kendini gösterme çatışması. "Ben bu aileye ait olmayabilirim, babam gerçek babam mı?"
- Beyin kanamasından ölen atalardan gelen çatışma.
- P/A dönemi kanama yaşayan veya ölüm korkusu hisseden, bebeğini kaybetme korkusu hisseden annenin çatışması çocuğa kodlanabilir.

Örneğin:
Ablası kardeşine evlatlık olduğunu söylüyor, küçük çocuk buna inanıyor ve hayal kırıklığına uğruyor. Bu durumu fark eden anne gerçeği söyleyene kadar çocukta burun kanaması devam ediyor.

Coğrafya Dersinde Başarısız Olan Çocuk

- Anne hamileyken hiç tanımadığı, bilmediği bir bölgeye taşınmış olabilir, kendini kaybolmuş hissetme çatışması.
- Hamilelik döneminde anne sevdiği birini uzak bir bölgeye uğurlamak zorunda kalmıştır.

Crohn Hastalığı

Crohn hastalığı en basit şekilde, yemek borusu, mide, incebağırsak ve kalınbağırsaklardaki bir veya birkaç bölümü tutabilen, tutulan bölümde kalınlaşma ve ülserlere yol açan bir inflamatuar bağırsak hastalığı olarak tanımlanıyor.

- P/A döneminde kendini değersiz hisseden ebeveynin çatışması. "Kendimi başkalarının yanında o kadar işe yaramaz, yetersiz, beceriksiz hissederim ki el pençe divan durmak zorunda kalırım, bu duruma isyan ederim."

- P/A döneminde veya çocuğun hayatında sindirilemez kirlilikte bir şeyle ilişkili güçsüzlük çatışması. Aile içinde yapılan pislik bir şeyi sindirememe ve kendini savunamama. Taciz, ensest anısı. "Bana yapılan şey karşısında güçsüz davrandım, kendimi savunamadım."
- Kişiye yapılan rezil bir muamele.

Örneğin:
Çocuğun babası evdeki parayı alarak metresiyle kaçar. Para bitince metresiyle eve gelir ve eski karısının ona hizmet etmesini ister. Babasının yaptığı bu aşağılık hareket sonrası çocuk Crohn hastası olur.

Cücelik

Her 15 bin çocuktan birinde görülen nadir bir genetik hastalıktır **nanizm**, kol ve bacaklardaki uzun kemiklerin, bazen de kafatasındaki kemiklerin büyüme bozukluklarına sebep olur.

- Hamilelik dönemi veya öncesi, anne veya babanın dünyaya çocuk getirmekle ilgili kaygıları. (Dünya tehlikeli bir yer!)
- Aynı dönemde insanlara güvensizlik, kendi içine dönme (ana rahmindeki gibi) çatışması yaşayan ebeveynin çocuğa aktarılan kodu.
- Hamilelik dönemi veya öncesi sorumluluktan korkan, ebeveyn olmayı, büyümeyi reddeden anne veya babanın çatışması.
- Ebeveynlerinden şiddet görme anısına sahip olan kişi kim?

Çekingenlik

- Hamilelikte veya doğum anında kişinin kendine sevgi ve saygısını yitirdiği çatışmayı bulun. Anne nerede kendini değersiz hissetti?
- P/A döneminde kendini güvensiz hissetme, garanti altına almak ile ilgili olaylar.
- Aynı dönemde yaşanan büyük bir tartışmada kendini ifade edememe, zedelenme, adaletsizce suçlanma anısı.
- P/A döneminde sürekli tekrar eden başarısızlık anıları, hedefe ulaşamamakla ilgili anılar, bu durumun tekrar etmesi.

Çene Eklemi Ağrısı

- Bir çocukta çene eklemi sorunu varsa P/A dönemi susmak zorunda kalan ebeveynin çatışmasını devralmış olabilir.
- P/A dönemi gizlenmesi gereken bir sır varsa başkalarının yanında ağzını kapatmak zorunda kalma çatışmasını yaşayan ebeveynin çatışması çocuğa kodlanabilir.
- Üstçene babayı, altçene anneyi temsil eder. Anne baba arasında sıkışıp kalan çocuğun çatışması olarak da ortaya çıkabilir. Anne baba çatışmaları.

Çıban

Deride aniden ortaya çıkar, stafilokok denilen bakterinin meydana getirdiği enfeksiyon sonucu oluşan, ağrılı ve mikrobik döküntüye verilen isimdir. Genelde, bakterilerin kıl köklerine yerleşerek çoğalmasıyla oluşur. Ani kızarıklık, şişlik, ağrı ve zonklama hissi oluştururlar.

- Aile içinde baskı hisseden ve durumun nefretini taşıyan kişinin çatışması.
- "Ailem tarafından engellendim, kendimi gerçekleştirmem baskılandı."
- Gerçekleri kabul etmemekle ilgili yaşanan çatışmalar.
- Kişinin içinde biriktirdiği, patlamaya hazır duygular.

Çıkık

- Bir şeyi yapma sorumluluğundan kurtulma isteği.

Örneğin:
Basketbol takımında oynayan genç çocuk ceza olarak şınav çekme cezası alır. Bu durumdan kurtulmak için başkasını suçlayarak cezadan kurtulur, omzunda çıkık oluşur.

Çil-Çiller

- P/A döneminde ebeveynlerin kendilerini suçlu ve kirlenmiş hissettikleri anlar çocuğa bu programı kodlayabilir.
- Aynı dönemde ebeveynlerden birinin dışlandığı, aileye uyum sağlayamadığı, insanların hayatında yer edinememek ile ilgili yaşadığı çatışmalar.
- P/A döneminde fırsatların kaçırılması. Beklentilerin gerçekleşmemesi ile ilgili olayların yarattığı hayal kırıklığı.

Örneğin:
9 yaşında yüzü tamamen çillerle kaplı bir çocuğun annesi bize başvurdu. P/A döneminde annenin evlendiği adamın ailesiyle uyumsuzluk ve kavga yaşadığını öğrendik. Bu çatışmaların çocuğa ait olmadığını anneye anlattırdık, 1 ay içinde çillerin çoğu kayboldu.

Çölyak

Çölyak hastalığı; besinlerdeki buğday, arpa ve çavdarda bulunan glüten adlı bir proteine karşı hassasiyet ile ortaya çıkar. Bir bağışıklık sistemi hastalığıdır ve her yaşta görülebilir.

- Emzirme döneminde çocuğu sütten aniden kesen annenin çocuğa yaşattığı çatışma.
- Annenin hamilelikte birden sigarayı bırakması ve bu durumla ilgili yaşadığı yoksunluk sendromu.
- Soyağacında ekmekçilik, değirmencilik, tahıllar ile ilgili hikâyeler.
- P/A döneminde annenin sperm yutma anısı ve bu durumda hissettiği iğrenme.

Örneğin:
Aile mesleği ve kendi mesleği fırıncılık olan adamın eşi hamileyken, fırında işler kötüye gidiyor. Bu çatışmayı fırında derinlemesine hissediyor. Doğan çocuk bu çatışmanın koduyla çölyak hastası oluyor.

Çocuk Felci

Çocuk felci (poliomyelit) poliovirüs denen bir virüsün sinir sistemine saldırması sonucu oluşan bir hastalıktır.

- Hamilelik dönemi veya öncesinde anne veya babanın hareket edemediği, kurtulamadığı çatışmalar.
- Acil yapılması gereken ama bir türlü yapılamayan işlerle ilgili çatışmalar.
- Hamilelik dönemi veya öncesinde terk etme, terk edilme ile ilgili korkuların yarattığı gerginlik.

Demir Eksikliği

Bir çocukta demir eksikliği varsa:

- P/A döneminde anne veya babanın kendi aileleriyle çatışmalarına bakılır. Aile içinde ne yapmanıza izin verilmedi? Aile içinde hangi konuda engellendiniz ve ilerlemeniz durduruldu?
- Aynı dönemde aile baskısıyla yapılmak zorunda kalınan olaylara bakılmalıdır. Elindeki fırsatı ailesi yüzünden kaçıran ebeveynin çatışması çocuğa kodlanabilir.

Örneğin:
Ailesinin baskısıyla istemediği bir adamla evlenmek zorunda kalan kadının ilk çocuğunda demir eksikliği görülür. 3 yaşına kadar ilaçlarla demir takviyesi yapılır. Bize başvurduğunda maruz kaldığı zoraki evliliği çocuğa uykuda anlatmasını istedik, 1 ay içinde değerler normale döndü.

Demir Seviyesi Yüksekliği-Hemakromatozis

Vücutta gereğinden fazla demir birikmesi.

- P/A döneminde ailesinden destek alamayan ebeveynin çatışması doğan çocuğa bu hastalık olarak programlanabilir. "Klanımdan daha çok sevgi görmek istiyorum."
- Aynı dönemde yapmak istediklerini yapma cesareti gösteremeyen ebeveynin çatışması. Potansiyelin hayata geçirilememesi ile ilgili değersizlik.
- P/A döneminde aşırı yükü omuzlarına alma çatışması yaşayan ebeveyn kimdi?

- Bebeğin erkek beklenirken kız çocuk olarak doğması da bu programı başlatabilir.

Örneğin:
Büyük bir ailenin oğlu evlendiğinde bütün aile oğullarının erkek çocuğu olmasını bekler. Baba bu sorumluluğun altında ezilirken bir yandan da erkek çocuğu olmasını arzu eder. Doğan kız çocuğunun kanında demir seviyesi yüksek çıkar, çatışma çocuğa anlatılır ve demir seviyesi normale döner.

Dışkı Kaçırma

- İhmal edilmiş çocuğun çaresiz çağrısı olarak görülebilir.
- Hamilelik dönemi veya öncesi zehirlenme anısı çocuğa kodlanmış olabilir.
- P/A döneminde ebeveynlerin kendi babalarıyla ilgili yaşadıkları çatışma. Bazen bebeğin babasının annesi ile yaşadığı çatışma da bu programı başlatabilir. Baba evi terk ettiğinde de görülebilir.
- Aynı dönemde evini, işini, parasını, alanını kaybeden ebeveynin çatışması olarak da kodlanabilir. Dışkı alanını işaretlemenin en güçlü simgesidir.
- Dışkı yapan yavruyu anne temizlemek zorundadır, anneyi çağırmak (sembolik). Doğumdan sonra işine dönmek zorunda kalan annenin çocuğuna aktardığı kod olarak bakılabilir.

Örneğin:
Çocuk 2,5 yaşına geldiğinde anne işe başlar, çocuk kakasını tutamamaya başlar. Bu çatışmanın farkına varan anne çocuğa gece bunu anlatır ve çocuk artık kakasını kaçırmaz.

Dışkıyı Tutma

- Doğum anında anne ıkınırken dışkıyı kaçırma korkusu yaşamıştır. Bu durumda çocuk kaka tutma programını kendi hayatına kodlayabilir.
- Hamilelikte annenin yaşadığı düşük korkusu (düşük yapmamak için bebeği/ürünü karnımda tutmalıyım) çocuğa programlanabilir.
- Saklanma, gizlenme, iz bırakmama ile ilgili çatışmalar. P/A döneminde gizlenmek zorunda kalan, bir şekilde ortaya çıkmaması gereken ebeveynin aktardığı kod.
- Doğumu aniden başlayan, acil doğuma giren annenin çatışması.
- P/A döneminde istemediği bir ayrılık yaşayan, sembolik veya gerçek anlamda birinin kaybını yaşayan ebeveyn var mı?

Örneğin:
Kayınvalidesiyle altlı üstlü oturan hamile kadın kayınvalidesi geldiği zamanlarda kapıyı açmayarak uyuma taklidi yapar. Amacı hamileliğinde kafasını dinlemektir. Bu gizlenme programı çocuğun dışkısını tutmasına sebep olur. Bu durum anlatıldığında çocuk bu durumdan kurtulur.

Dış Gebelik

- Hamilelik öncesi veya hamilelik dönemi çocuğun geleceği, bakımı ve annelikle ilgili çatışma yaşayan kadının çatışması.
- Yaşadığı evin, çevrenin, şartların çocuk yetiştirmek için uygun olmadığını düşünen annenin çatışması.

"Bu daire çocuk için uygun değil. Çocuğun evde yeri olmayacak."

- Şiddet altında deneyimlenen cinsel birleşme anısı varsa annenin bilinçaltı çocuğu doğurmak istemez ve bu programı başlatır.

Örneğin:
Birbirlerini çok seven çift büyük bir aşkla evlenir, ancak kadın bebek konusunda henüz hazır değildir. Erkek romantik bir gecede kadını ikna ederek hamile bırakır, ancak kadın bundan çok pişman olur. Dış gebelik gelişir.

Dışkulak İltihabı

- P/A döneminde annenin veya babanın duydukları bir şey yüzünden incindikleri olaylar çocuğa kodlanabilir. "Duyduğum şey beni çok incitti."
- Aynı dönemde duydukları şeyin ayrılıkla ilgili çatışma yaşatması da doğan çocukta dışkulak iltihabına sebep olabilir. "Duyduğum şey bana ayrılık hissettirdi."
- Yine P/A döneminde ebeveynler arası bir sorun olduğunda ebeveynlerden birinin suskunluğunun diğerini tedirgin ettiği dönemlerde çocuğa dışkulak iltihabı kodlanabilir. "Sevdiğim kişinin suskunluğu beni tedirgin ediyor."

Örneğin:
Yeni evli kadın eşinin bir dönem suskunluğuna şahit oluyor. Defalarca sormasına rağmen bir türlü sorunun ne olduğunu öğrenemiyor, içinde kötü bir şeyler olduğuna dair inanç geliştiriyor.

Doğan çocuğunda dışkulak iltihabı oluşunca bu anısını anlatarak çocuğun iyileşmesini sağlıyor.

Dikkat Dağınıklığı – Dikkat Eksikliği

- Epidural anesteziyi acıdan kaçmak için isteyen annenin çatışması.
- P/A döneminde otorite karşısında dinliyormuş gibi yapıp dinlemeyen annenin veya babanın çocuğa aktardığı çatışma.
- Otoriter ve sinirli bir öğretmenin veya ebeveynin karşısında çocuğun kendini korumak için bilinçaltında oluşan program.
- Hamilelik dönemi düşük tehlikesi yaşayan annenin çocuğa aktardığı kodu.

Örneğin:
Eşi askere giden kadının hamilelik döneminde ona yardımcı olmak için kayınvalidesi yanına taşınır. İyi biri olmasına rağmen her şeye karışan bir kayınvalidedir. Kadın kayınvalidesini kırmamak için onu dinliyormuş gibi yapıp, gerçekte sadece kafa sallar, söylediklerini ciddiye almaz. Doğan çocukta dikkat dağınıklığı oluşur. Bu durumu uykuda çocuğa anlattığında çocuğun teşhisi kaldırılır.

Disleksi

Aynı zamanda öğrenme güçlüğü olarak bilinen disleksi, bir bireyin normal zekâ düzeyinde olmasına rağmen dil, okuma ve yazma becerilerinde sorunlar yaşamasına neden olan bir özel öğrenme bozukluğudur.

- P/A döneminde cinsellik ile ilgili ebeveynlerin yaşadığı çatışmalar. Cinsellikle ilgili hayal kırıklığı yaşayan kadının yaşadığı çatışmanın çocuğa aktarılması.
- Evlendikten sonra aileye adaptasyon ile ilgili sorun yaşayan ebeveynin çatışması P/A dönemine denk gelirse bu çatışma çocuğa disleksi olarak kodlanabilir.
- Bazen anneler doğum anında rahat edebilmek için elinde bir dua kâğıdı ile doğuma girerler. Annenin doğum anında okumayı düşündüğü duayı okuyamaması, unutması durumunda disleksi kodunun çalıştığı gözlemlenmiştir.
- Hamilelik döneminde ebeveynlerin arasındaki anlaşmazlık. Anne evet der, baba hayır veya tersi. Anlaşamayan çiftlerin dünyaya gelen çocukları iki seçenekli olarak hayatı yorumlar ve alfaları arasında sıkışıp kalarak disleksi kodunu geliştirir.
- P/A döneminde annenin hamile kalmak isteyip kalamadığı durumlarda, her test yaptırdığında hayal kırıklığına uğradığı durumların yansıması olarak da çocuğa disleksi kodlanabilir. "Acaba hamile miyim?" sorusunu sorup hamile kalmadığı anlarda annenin yaşadığı çatışma.
- P/A döneminde anne veya babanın hayata geçiremedikleri projeler ile ilgili yaşadıkları çatışma da bu programı başlatabilir.

Örneğin:
Hamile olduğunu düşünen ve gerçekten hamile olan bir annenin, hamile olmadığı doktor tarafından yanlış bir teşhis olarak söylenir. Daha sonra hamile olduğu anlaşılır ve çocuk disleksi

geliştirir. Bu durum hızla çocuğa anlatılarak bu durumdan kurtulması sağlanır.

Dişeti İltihabı

- P/A dönemi fırsatların kaçtığı olaylar. Lokmayı ısıramama, yakalayamama çatışması.
- P/A dönemi aile içinde sözünü dinletemeyen ebeveynin çatışması çocuğa kodlanabilir. "Ailede sözüm geçmiyor, sözümün bir değeri yok."
- P/A dönemi baskıcı bir otorite karşısında susmak zorunda kalan kadının çocuğuna programladığı kodu olarak ortaya çıkabilir. "Otorite karşısında susmak zorundayım."

Diş Sıkma, Diş Gıcırdatma

- P/A döneminde ebeveynlerden birinin kimselere söyleyemediği bir sırrı var mıydı? Bu dönemde gördüğü, duyduğu bir şeyle ilgili ağzını sıkı tutmak zorunda kalan, kimselere söyleyemeyen ebeveynin çatışması doğan çocuğa yüklenebilir.
- Aynı dönemde içindeki öfkeyi dışarı atamayan, öfkesini içine gömmek zorunda kalan ebeveyn kimdi?

Örneğin:
Muayenehaneme getirilen 7 yaşındaki çocuğun geceleri diş sıktığını annesinden öğrendik. P/A dönemini sorguladığımızda annenin düğüne gelen davetliler arasında eski erkek arkadaşını gördüğünü, bu durum için çok tedirgin olduğunu ve eşinden sakladığını öğrendik. Bu olayı uykuda çocuğa anlattırarak çözdük.

Dudak-Damak Yarığı

Dudak-damak yarığı, embriyolojik dönemde çeşitli nedenlerden dolayı bebeğin yüz bölgesindeki yapıların birleşme kusuru nedeniyle ortaya çıkan bir hastalıktır. Türkçede, halk arasında tavşan dudaklılık olarak bilinir.

- **Altdudak:** Anne ile ilgili çatışmalar. P/A dönemi annesi ile ilgili sorun yaşayan ebeveynin bebeğe aktarılan kodu. Hamilelik öncesi 1 yıllık dönemde annenin hastalandığı, hastaneye kaldırıldığı durumlar da göz önünde bulundurulmalıdır.
- **Üstdudak:** Baba ile ilgili çatışmalar. P/A döneminde babasıyla sorun yaşayan ebeveynin çatışması.
- Anne veya babanın hamilelik dönemi veya öncesinde kaçırdığı büyük fırsatlar ile ilgili çatışmalar. Yakalanılan bir fırsatın aniden elden kaçması.

Dudakta Çatlak

- P/A döneminde veya çocuğun kendi hayatında ailesine derdini anlatamama çatışması. Sözlerini dinletemeyen kişinin bedeninde oluşturduğu program. "Söyleyecek çok şey var ama konuşamıyorum, konuşmak yararsız."
- Anne ve babadan duymaya ihtiyaç duyulan güzel sözlerin hiç duyulmaması. Bazen bu durum P/A döneminde ebeveynler tarafından hissedilip çocuğa kodlanır, bazen de çocuk kendi hayatında bu durumu yaşar.
- "Sözlerim ne dinlendi ne de duyuldu."
- "Benim sözlerim değersiz, ne diye konuşayım?"

Örneğin:
Sınıfta cevapları bildiği halde konuşmayı gereksiz bulup cevaplamayan çocuğun dudaklarında çatlak oluşur.

Dürtüsellik

Dürtüsel kişiler, çevredeki tehlikenin boyutunu küçümseyen ve tekrarlayıcı olarak riskli davranışlar sergileyen, yaptıkları hataları yargılamayı öğrenmede başarısız kişilerdir.

- Acil olarak doğuma alınan bebekler.
- Anne hamileliğinde düşük veya kaybetme korkusu yaşamışsa doğan çocukta görülebilir.
- Hamilelik dönemi veya öncesinde anne veya babanın otorite karşısında susmak zorunda kalması.
- Yine aynı dönemde ebeveynlerden birinin tatmin edilmeyen temas ihtiyacı.

Bu çocuklara bu çatışmanın onlara ait olmadığı anlatıldığında düzelme görülür.

Düşük

- Katliam sonrası hayatta kalan, kurtulan ataların suçluluk duygusu alt soylara düşük programı olarak aktarılabilir.
- P/A döneminde ebeveynlerden birinin veya ikisinin ebeveyn olmaya hazır olmaması.
- P/A döneminde sürekli çatışan, uyumsuz çiftler yaşadıkları anlaşmazlık yüzünden bilinçaltlarında ebeveyn olmayı reddederler. Anne baba arasındaki anlaşmazlık.

- Evliliğini kurtarmak üzere çocuk projesi yapan ebeveynin çatışması düşük kodunu başlatabilir. "Doğacak çocuk beklentiyi karşılayacak mı?"

Örneğin:
Evlilik öncesi çok güzel ilişkileri olan bir çift evlendikten sonra aileler arası çatışmalara maruz kalıyor. Kadın erkeğin çok değiştiğini ve ona artık eskisi kadar güvenemeyeceğini fark ediyor. Defalarca düşük yapıyor.

Düztabanlık

Düztabanlık, ayağın normalde olması gereken iç uzun kavsinin kaybolarak topuğun dışa doğru kayması ile karakterize bir ayak deformitesidir. Düztabanlık denildiğinde genellikle akla çocuk ayağı gelir, fakat düztabanlık sadece doğuştan olan bir durum değildir.

- Anneye temas, kaynaşma isteği, bazen hamilelikte annenin bir rahatsızlık geçirmesi yüzünden çocuk bu programı alabilir.
- Çocuk annesinin sağlığı için endişe ederse bu çatışma olur.

Örneğin:
Anne doğumdan hemen sonra apandisit ameliyatına alınır ve bir hafta yoğun bakımda yatar. Bebek hissettiği temas yoksunluğu yüzünden düztaban olur.

Egzama

Egzama kızarıklık, kaşıntı ve döküntülere sebep olan bir cilt rahatsızlığıdır. Her yaş grubunda görülebilir ve oldukça yaygın bir cilt hastalığıdır.

- Ayrılık çatışmasının tamir fazıdır. Tensel temasın kesilmesi ile ilgilidir. Bebek doğduğu anda kuvöze alınmışsa veya anneden ayrı kalmak zorunda kalmışsa anneyle bir araya geldiğinde egzama programı çalışabilir.
- Eski sevgiliden ayrılık sonrası, yeni bir temasın başlamasıyla ortaya çıkabilir, yani P/A döneminde ebeveynlerden birinin bir ayrılık hikâyesi var mı diye sorulur.
- Yalnız kalma korkusu çatışması tamir fazı. Eşler P/A döneminde ayrılıp tekrar barıştılar mı?
- Hamilelik öncesi anne veya baba ayrılığı düşünür, hamilelik haberi alınca çocuğun hatırına ayrılmaktan vazgeçer, bu çatışma bebeğe kodlanır.
- Henüz diş çıkarmadan sütten kesilmek zorunda kalınan bebeğin yaşadığı stres, onda egzama programını başlatabilir.

Örneğin:
17 yaşında egzamayla mücadele eden çocuğun annesi bizi aradı. Her türlü krem ve tedaviye rağmen yüzünde iyileşmeyen bir egzaması vardı. P/A döneminde annenin hakarete maruz kaldığı ve çocuk hatırına boşanmaktan vazgeçtiği anısını çocuğun fotoğrafına anlattırdık. 1 hafta içinde egzaması tamamen kayboldu.

Eklem iltihabı-Artrit

- P/A döneminde yaşanan değersizlik çatışması yerini değer görmeye bıraktığında, tamir fazında ortaya çıkar.
- Hamilelik döneminde düşük yapma tehlikesi geçiren, hamileliğinde çocuğu için endişelenen annenin kodu olarak aktarılabilir. Kişinin çocuklarıyla ilgili endişeleri.

- P/A döneminde ebeveynlerden birinin harekete geçmek ile ilgili endişe duyduğu olaylar. Yapılan bir işlemden pişmanlık duyulması. İki arada bir derede kalmakla ilgili çatışmalar.
- Eşi, annesi, aile fertleri için sürekli dertlenen kadının çatışması çocuğa aktarılabilir.

Örneğin:
Güneydoğu bölgesinde sürekli kız çocuğu doğurduğu için eleştirilen kadının oğlu olduğunda kutlamalar yapılır. Çocuk 1 yaşına geldiği zaman eklemlerinde iltihap başlar. Bu çatışma çocuğa anlatıldığı zaman 1 ay içinde artrit teşhisi kalkar.

Epilepsi-Sara

Sara (epilepsi), kronik bir hastalıktır. Doğum sırasında ya da daha sonra herhangi bir nedenle beyin hasarı yaşayan kişilerde gelişir. En bilinen şekliyle epilepsi nöbetleri ile kendini belli eder. Epilepsi nöbetleri, ani şekilde ortaya çıkar ve beynin tümüne ya da belirli bir bölümüne yayılır.

- Bir çocuğun yaşadığı bir korku sırasında hareket edememe çatışması. Bir aşı anında veya dişçi koltuğunda çocuğun elinin kolunun tutularak hareket edemediği anlarda yaşadığı çatışma. Hareket edememe çatışması.
- P/A döneminde çok acı verici bir ayrılık yaşayan ebeveyn kimdi? Çok korku veren olay neydi?
- Hamilelikte düşük tehlikesi yaşayan anne çocuğu için telaşlanır ve bebeğin karnında hareket edip etmediğini sürekli kontrol etmeye başlar. Bu sırada hareket etmesi için dua eder, çocuğun "Ben hayattayım" mesajı epilepsi krizi olarak ortaya çıkar.

- P/A döneminde hareketi engellenen, asansörde kalan, kelepçelenen, tutuklanan ebeveynin çatışması çocuğa kodlanabilir.
- Çocuğun doğum kanalında çok uzun kalması da bazen epilepsi sebebi olabilir.

Örneğin:
Hamileliğin 3. ayında bebeğinin hareket etmediğini hisseden anne panik olur, bebeğinin öldüğünü düşünür. Doktora gittiğinde böyle bir sorun olmadığını öğrenir. Bebek 3 yaşına geldiğinde epilepsi krizleri başlar. Bu durumu uykuda anlatarak çocuğun iyileşmesini sağlar.

Farenjit

Farenjit, yutkunma güçlüğü, boğaz yanması, acı ve kaşıntıya neden olan bir rahatsızlıktır.

- P/A döneminde ebeveynlerin yaşadığı ayrılıkla ilgili olabilir. Uzağa taşınan birinin arkasından özlem duyulan anlar bu programı doğacak çocukta oluşturabilir.
- Çocuğun kendi hayatında yaşadığı hayal kırıklıkları ve ayrılıklar bu durumu tetikleyebilir. "İstediğim notu, annemin memesini, kokusunu alamıyorum, güvende hissetmiyorum."
- P/A döneminde kendini güvende hissetmeyen, hamileliğinde tehlike hisseden annenin çatışması. Güvende hissetmek için gerekli şartları oluşturamama.
- Doğumdan sonraki 1 yıl içinde herhangi bir sebeple annenin bebekten ayrılması.

Örneğin:
Doğum yapan anne aşırı kanama yaşadığı için 2 gün yoğun bakımda kalır ve doğan çocuğunda farenjit başlar. Bu durum bebeğe anlatıldığı gün bebek rahatlar farenksleri açılır.

Friedreich Ataksisi

Friedreich ataksisi, sinir sisteminde ilerleyici hasara neden olarak yürüme bozukluğundan konuşma problemlerine kadar geniş bir semptom yelpazesine sahip bir hastalıktır. Kalp hastalıklarına ve diyabete yol açabilir ancak düşünme yeteneğini etkilemez.

- Hamile kalamamak veya istediği çocuğa sahip olamamakla ilgili endişeler.
- Ebeveynlerin beklentisini yerine getiremeyen çocuğun suçluluk hissi.
- Kendini dış dünyadan korumak zorunda kalmak ile ilgili çatışmalar, aynı zamanda çocuğuna hamile annenin çocuğunu dış dünyadan korumak ile ilgili endişesi.

Femur-Uylukkemiği

- Karşı çıkma, direniş, öz değersizlik ile ilgili konular.
- "Benden daha güçlü biri karşısında savunmasız kaldım."
- Bir hastalığın üstesinden gelemeyeceğine olan inanç.
- Cinsellikle ilgili değersiz hissetme.
- Tehlikeye karşı direnmekten vazgeçme, gücü yetememe.
- Boyun eğmek zorunda kalma.

Örneğin:
Evliliği boyunca kendini anlatmak için mücadele eden kadın menopoza girdiğinde femur bölgesinde ağrılar başlar.

Fimozis

Fimozis tanım olarak, penisi kapatmakta olan sünnet derisi (prepisyum) adı verilen deri kıvrımının, penis başının (glans penis) tepesine uyan açıklığın dar olması nedeniyle geriye doğru çekilememesi durumudur. Küçük yaşlarda erkek çocukların önemli bir kısmında görülebilir.

- Annenin veya babanın cinsellikle ilgili tabuları. Cinsellikle ilgili yaşanan suçluluk, yasaklanmış cinsellik çatışması.
- Prezervatif yırtılmasıyla dünyaya gelen bebek bu programı kodlayabilir.

Örneğin:
Çocuk doğuştan fimozisli olarak doğmuştur, kaza ile hamile kalındığı anlatılınca deride açılma görülmüştür.

FMF

- Üst soyda savaştan kurtulan ataların, ailesini koruyamamakla ilgili suçluluk anıları.
- P/A dönemi giriştiği bir işte, yaptığı bir eylemde suçluluk duyan ebeveynin çatışması. Aile bütünlüğüne zarar verecek hata yapan ebeveyn kimdi?
- Aynı dönemde yeterince sevgi hissetmeyen, annesi veya eşi tarafından desteklenmeyen ebeveynin çocuğuna aktardığı kodu.

Gastrit

Gastrit, mide zarı iltihabı türleri için ortak olarak kullanılan bir terimdir. Gastrit iltihabı çoğu zaman mide ülserlerine neden olan bakteri türünün enfeksiyonunun doğrudan bir sonucudur.

- P/A dönemi ebeveynlerin veya çocuğun hayatında sindirilmesi zor bir şeyin varlığı. "Bu durumu sindiremiyorum."
- P/A döneminde veya çocuğun hayatında aile veya arkadaşlar arasında sindirilemez uyuşmazlık, suçlanma, yargılanma anısı.
- Aynı dönemde aile içinde öfke, kızgınlık ve kin ile ilgili çatışmalar.
- P/A döneminde veya çocuğun hayatında yanlış anlaşılma ile ilgili konular.

Örneğin:
9 yaşında gastrit teşhisiyle bize başvuran çocuğun annesine P/A dönemi yaşadıklarını sorduk. Annenin isteği dışında çocuğa dedesinin isminin verildiğini ve bu duruma karşı koyamadığını anlattı. 7 yaşına geldiğinde istemediği bir okula gönderilerek tetiklenen bu çocuğun her iki çatışmasını da anneye uykuda anlattırdık. 1 ay içinde midesi tamamen düzeldi.

Gebelik Lekesi

- İstenmeyen gebelik ve bununla ilgili duyulan kin.
- Hamile kadına yüklenen ağır yük, bazen suçlanma, lekelenme anısı.
- İstediği halde kürtaj yaptıramamak. Hazır olmadığı halde hamile kalıp doğum yapan kadının yaşadığı çatışma.

Örneğin:

Kadın hamilelik haberini aldığında eşinin buna sevinmediğini görür ve eşine kin duyar. Daha sonra karnında koyu lekeler görülür. Bu çatışma ile yüzleşince lekeler kaybolur.

Gebelikte Mide Bulantısı

- Gebeliği reddetme, yanlış partner, partner tarafından desteklenmeme çatışması.
- Kendi annesini sorgulayan danışanın, annesinin hatalarıyla yüzleşmesi, anneye duyulan kin.

Örneğin:

Büyük umutlarla evlendiği adamdan hamilelik döneminde yeterli sevgi ve destek alamayan kadın hamile olduğu için pişmanlık duyar. Bu durumu reddettiği için bulantıları olur, çatışmasını çözünce bulantılar geçer.

Gebelik Zehirlenmesi

- Hamile kadının bebeği aldırmak istemesi ancak aldıramaması. "Bu gebeliği sonlandırmak isterdim" çatışması.
- Aile ağacında şiddet gösteren baba anısı var mı? P/A döneminde anne şiddet gördü mü?
- P/A döneminde ebeveynler arasındaki çatışmalar kadına bu programı yükleyebilir.

Örneğin:

Babası çok otoriter bir kadın evlendiğinde eşine sığınır ancak evlendikten sonra eşi de baskı yapmaya başlar; hamile kaldığına pişman olur. Gebelik zehirlenmesi yaşar.

Geniz Akıntısı

- P/A döneminde maruz kalınan kötü kokulara bakılmalıdır. Bazen sembolik olarak "Burası benim için kötü kokuyor" denilen yerler.
- Aynı dönemde ebeveynlerin maruz kaldığı tehlikeli durumlara bakılmalıdır.
- P/A döneminde özellikle annenin hissettiği iletişim çatışmaları da çocuğa bu kodu verebilir.

Örneğin:
7 yaşındaki çocuğunda sürekli geniz akıntısı problemi olan anne bize başvurdu. P/A döneminde tehlike yaşadığı bir anı bulduk, doğum anında son anda doktorunu değiştirmek zorunda kalmış ve yeni gelen doktoru acemi bulmuş. Yaşadığı bu tehlikeyi çocuğuna anlattığı anda geniz akıntısı durdu.

Gıda İntoleransı

- Hamilelikte anneye bazı yasaklar gelince (sigara, içki, belli yiyecekler) anne öfkesini yiyeceklere odaklar.
- Hangi yiyeceklere karşı hassasiyet olduğu bulunursa, tıpkı alerji gibi bakılabilir; P/A döneminde kötü bir haber alındığı anda ortamda hangi yiyecekler varsa bu yiyecekler tehlike programıyla bloklanabilir. Bu program çocuğa yansır.

Örneğin:
Hamilelik haberini alan anne sigarayı bırakmakta çok zorlanıyor, bu durumun acısını yiyeceklerden çıkarıyor. Doğan çocukta gıda intoleransı oluşur, bu durum anlatılınca iyileşiyor.

Göbek Fıtığı

- Göbek fıtığı sorunu olan bir bebek veya çocuk varsa, P/A döneminde ailesinin yükünü taşımakta zorlanan bir ebeveyn bulabiliriz. Ailesi ile sorun yaşayan, onların yükünü kaldıramayan, ailesi tarafından utandırılan ebeveyn kimdi?
- Yine aynı dönemde kapasitesinin çok üstünde alınan sorumluluk çatışması. Gücünü zorlayacak kadar sorumluluk alan ebeveynin çocuğa yüklediği çatışma.
- Çocuğun annesi veya babasının geçmişinden kurtulma isteği de bu programı başlatabilir. Geçmişte pişmanlık duyulan hatıralara bakılmalıdır.

Örneğin:
Yeni evlenen adam aynı zamanda annesine, babasına ve kardeşlerine bakmak zorunda kalır, bu durum zamanla ağır gelmeye başlar. Doğan çocuğunda göbek fıtığı görülür.

Göz Altı Morluğu

- P/A döneminde gece alınan kötü haberler çocuğa bu şekilde kodlanabilir. Gece gelen tehlikeye karşı uyanık olma çatışması.
- Üst soylarda madenci, tünel işçisi, gece çalışma anısı olan atalar varsa alt soylara bu kod iletilebilir.
- P/A döneminde gece çalışan ebeveynin çocuğa aktardığı program.

Örneğin:
Hamile kadının eşi gece vardiyasında çalışmaktadır ve kadın geceleri korkudan uyuyamamaktadır. Doğan çocuğun göz altı

morluğu fark edilir ve bu durum çocuğa anlatılınca iyileşme görülür.

Gözler – Güneşte Ağlama

- P/A döneminde baba ve anneyle çatışma yaşayan ebeveynin çatışması.
- P/A döneminde baba yoktur ya da çok uzaktadır. Bu dönemde anneyi yalnız bırakmıştır.
- Çocuğun kendi hayatında baba kaybedilmiştir veya ayrılmıştır. Bazen uzağa giden baba vardır.

Örneğin:
Babasını trafik kazasında kaybeden çocuğun her güneşli havada gözlerinde yaş birikir. Bu durumu fark edince yaşarma geçer.

Gözler – Blefarit

Gözkapaklarının iltihabıdır.

- P/A döneminde annenin gördüğü bir şeyden rahatsız olması, kirlenmiş hissetmesi. Kirli bir görüntü çatışması.
- Aynı dönemde ebeveynlerden birinin hayata veya birine duyduğu kin çocukta bu programı başlatabilir.

Gözler – Keratokonus

- Korneanın küresel şekli konik şekle dönüşmüştür.
- P/A döneminde içinde çektiği acıyı gizleyen, dışarıya belli etmeyen ebeveynin çatışması çocuğa yansıyabilir. "İçimde olup bitenler dışarıdan görülmemeli."

- Aynı dönemde gizlenmek zorunda kalan ebeveynin çatışması. "Sembolik olarak duvar oluşturup gizleniyorum."

Örneğin:
P/A döneminde aniden terk edilen kadın bu durumu kimselere söyleyemiyor, bir süre her şey yolundaymış gibi davranıyor. Doğan çocuğunda keratokonus gelişiyor.

Gözler – İstemsiz Göz Titremesi-Nistagmus

- Gözler yatay veya dikey istemsiz titrer.
- P/A döneminde tehlikeli bir durum yaşayan annenin çocuğa aktardığı kodu. Tehlikeden kaçmak için gözler panoramayı genişletmek için her yöne doğru hareket eder.
- Annenin P/A döneminde veya kendi hayatında yaşadığı ensest veya taciz anısı.
- Çocuğun kendi hayatında çok büyük korkuya kapıldığı olaylara da bakılmalıdır.

Örneğin:
Ağabeyi tarafından defalarca taciz edilen kadın bu durumu kimselere söyleyemiyor. Doğan çocuğunda göz titremesi olunca bize başvurdu, bu anıyı çocuğuna anlatmasını istedik. 1 ay içinde gözdeki titreme tamamen durdu.

Harfleri Söyleyemeyen Çocuklar

Çocuklar bazen konuşurken bazı harfleri söyleyemez. Hangi harfi söyleyemiyorsa o harfin sembolik anlamına bakmak çok kıymetlidir. Konuşma terapistine gerek kalmadan gece konuşması ile defalarca bu durumu düzelten anneler oldu.

- **R Harfi:** P/A döneminde babasıyla sorun yaşayan veya babasını kaybeden ebeveynin çatışması. Bazen aynı dönemde veya çocuğun hayatında babanın evi terk etmesi, uzağa gitmesi, ölmesi, hastalanması.
- **S-Ş Harfi:** P/A döneminde cinsellikle ilgili çatışmalar.
- **K Harfi:** P/A döneminde otoriteye cevap veremeyen ebeveynin çocuğa aktardığı program.
- **C-G Harfi:** P/A döneminde kapana kısılmış hisseden ebeveynin çocuğa aktardığı çatışma.
- **L Harfi:** Anne babayı bir araya getirme çatışması. P/A döneminde ebeveynleri ayrılık çatışması yaşayan çocuğun kodu.
- **T Harfi:** P/A döneminde inancını kaybeden, yaşam amacını yitiren ebeveynin çatışması.

Hipermetrop

- P/A döneminde anne veya babanın sevdiği birini uzağa göndermesi. Uzak mesafedeki bir tehlikeye odaklanmak için beyin odağını uzağa ayarlar.
- P/A döneminde çocuğun geleceği için endişelenen annenin çatışması. Bazen çocuğun kendi hayatında hissettiği gelecek kaygısı. Gelecekte başına gelecek olaylar ile ilgili kaygılanma.

Örneğin:
Yatılı okula yazılan kız çocuğu aynı sene yakın görüşünü kaybediyor ve hipermetropi teşhisi konuluyor. P/A döneminde kendi annesinin de annesinden ayrıldığını öğrendiğimizde bu durumu anneye anlattırdık ve çocuğun gözü 0 dereceye düştü.

Gözler – Gözde Et Büyümesi-Pterygium

- P/A döneminde veya çocuğun kendi hayatında yaşadığı tehlike karşısında yardım alamaması. "Kimse beni gördüğüm tehlikeden koruyamıyor."
- Ailesi için endişelen kadının P/A dönemindeki anıları çocuğa yansıyabilir. "Klanımdaki birini, bir tehlikeden korumak zorundayım."

Örneğin:
Üvey babasının kız kardeşine cinsel taciz uyguladığını gören kız çocuğu bu durumu annesine anlatsa da annesi ona inanmaz ve gözde et büyümesi görülür.

Gözler – Tavukkarası-Retinitis Pigmentoza

Retinitis pigmentosa (RP), gözün ışığa hassas olan retina tabakasının ilerleyici bir şekilde dejenere olduğu kalıtsal bir hastalıktır. Bu hastalıktan şüphe edildiği takdirde görme alanı darlığını ortaya koymak için görme alanı testi yapılmalıdır.

- Üst soylardaki atalarımızdan gelen çirkin ve kirli bir görüntüye şahit olmakla ilgili anılar.
- P/A döneminde ebeveynlerin gözü önünde birinin ölmesi. Birinin ölümüne şahit olmak ile ilgili yaşanan çatışmalar.

Örneğin:
Bir bebek tavukkarası hastalığı ile doğar, üst soyda dedesinin savaş fotoğrafçısı olduğu öğrenilir ve bu durum bebeğe anlatılır. Hatırı sayılır bir düzelme görülür.

Göz Kuruluğu

Göz kuruluğu, gözdeki nem miktarının azalması sonucu ortaya çıkan bir rahatsızlıktır. Gözler gözyaşı ile nemlenmediğinde kişide göz kuruluğu sorunu meydana gelebilir. Aynı zamanda gözyaşı kalitesinde bozulmalar meydana geldiği zamanda göz kuruluğu sıkıntısı ile karşı karşıya kalınabilmektedir.

- P/A döneminde ağlaması yasaklanan bir kişi. Bazen doğum anında annenin bağırması ayıplanmış ve engellenmiş olabilir. Aynı dönemde kadının ağladığı anlarda eşi tarafından eleştirilmesi.
- "Gözyaşlarımı kimseye göstermemeliyim" diyen ebeveynin çocuğuna aktardığı program.
- P/A döneminde veya çocuğun kendi hayatında ıslak bir ortamda deneyimlenen çatışmalar. (Yağmurlu bir havada hastayı acil hastaneye yetiştirme kaygısı gibi.)
- Otoriter bir annenin cezasından korkan çocuğun anısı astigmat programını başlatabilir.

Gözler – Göz Tembelliği-Ambliyopi

- İstemeden hamile kalan bir kadının anneliğe hazır olmadığı halde çocuğu doğurmak durumunda kalması bu programı başlatabilir.
- P/A döneminde annesinden, babasından veya sevdiği birinden ayrılmak zorunda kalan ebeveynin çatışması.
- P/A döneminde ayrılma kararı alan ebeveynlerin çocuğa aktarılan çatışması. Bazen çocuk doğduktan sonra anne ve babasının ayrılma girişimine şahitlik ettiğinde de görülebilir.
- Anneden ayrılma anısı.

Örneğin:

Hamilelik dönemi ayrılma kararı alan çift çocuğun hatırına tekrar barışır. Doğan çocukta göz tembelliği oluşur, bu çatışmanın ona ait olmadığı uykuda anlatıldığı anda gözde iyileşme olur.

Grip

- P/A dönemi kişinin kendi alanında yaşadığı tehdidin tamir fazı.
- P/A dönemi veya çocuğun hayatında deneyimlediği ani bir tiksinti.
- Ebeveynlerin geniş aile içinde eleştiriye uğramaları bu durumu çocuğa kodlayabilir.
- Sözlü mücadele, tartışma, eleştiriler.
- "Onlarla aynı havayı solumak istemiyorum" çatışmasının tamir fazı.

Guatr

- P/A döneminde veya çocuğun kendi hayatında kendini savunamayan bireyin çatışması. "Ben olanlar karşısında güçsüzüm, bu tehlike karşısında hiçbir şey yapamıyorum."
- P/A döneminde boğulma tehlikesi geçiren ebeveyn oldu mu? Bebek doğum kanalında uzun süre oksijensiz kaldı mı? Doğumda kordon dolanması oldu mu?
- Soyağacında asılma anısı olan bir ata var mı?
- P/A dönemi veya çocuğun kendi hayatında otoritenin sert ve acımasız eleştirisine karşı sembolik kalkan.

Örneğin:
Çok otoriter bir anneye cevap verirse başının belaya gireceğini bilen çocuğun beyni, konuşma organı olan gırtlağın önüne set çeker, guatr kodlar.

Gül Hastalığı-Rozasea

Rozasea (gül hastalığı/gülleme hastalığı), yüz ve göz bulguları ile ortaya çıkan kronik tekrarlayıcı bir rahatsızlıktır. Özellikle yüzün orta kısmında yer alan kızarıklık, yüzeyden kabarık sivilcemsi oluşumlar, damar genişlemeleri ile seyreder.

- P/A döneminde kendini ailesinden ayrılmış hisseden ve bu konuda acı çeken ebeveynin çatışması. Aile klanından ayrılmış hissetme.
- Annesi ile babasının boşanmasından korkan çocuğun çatışması. "Annemle babamın boşanmasını istemiyorum. Ailem dağılıyor, kurtaramıyorum."

Örneğin:
Üniversiteyi kazanıp başka şehirde yaşamaya başlayan genç kız, sosyal olarak uyum sağlayamıyor, kendini terk edilmiş hissediyor. Çocukta gül hastalığı başlıyor. Çatışma çözülünce normale dönüyor.

Havale

- P/A döneminde yaşanan otoriteden kaçmanın imkânsızlığı çatışması, bu duruma boyun eğmek zorunda kalmak.
- Aileden kaçma isteği ile evlenen ve bu durumdan dolayı yargılanan ebeveynin çatışması çocuğa kodlanabilir.

- P/A döneminde veya çocuğun hayatında aşırı sevgisiz ve değersiz hissetme çatışması.

Hemangiom

Hemangiom, kan damarlarından gelişen, iyi huylu deride tümörleridir. Kanama yoksa ve görüntü olarak rahatsızlık vermiyorsa tedavi gerekmez. Spider (örümcek) anjiyomlar ve cherry (kiraz) anjiyomları gibi çeşitli tipleri vardır ve bunlar vücudun herhangi bir yerinde görülebilir.

- Ailede evlatlık verilen bir çocuk var mı?
- P/A döneminde kendini güvende hissetmeyen ebeveynin çatışması. "Hangi yöne gideceğimi bilemem, yolumu şaşırdım, güvensiz hissederim."
- Aynı dönemde aileye uyum sağlayamayan veya kendi ailesiyle sorun yaşayan kadının geliştirdiği program, başka bir aileye ait olma isteği.
- Görülen bölge ile ilgili yaşanan değersizlik ve şiddet anısı.
- Bir bebeğin, birinin P/A döneminde kaybedilmesi.

Örneğin:
Anne hamileyken eşi tarafından şiddet görür ve yüzüne tokat yer. Doğan çocuk yanağında aynı bölgede hemanjiom ile doğar. Yaptığımız çalışma sonrası 1 ay içinde hemangiom iz bırakmadan kaybolur.

Hemofili-Pıhtılaşma Bozukluğu

- Kan demek aile demektir. Babası gözünün önünde dövülen çocuğun çatışması. Babasının kanamasına şahit olduğunda çocuk bu programı geliştirebilir.

- P/A döneminde, daha çok hamilelikte kanama yaşayan annenin ölüm korkusu veya bebeğini kaybetme korkusu bebekte bu programı başlatabilir.
- P/A döneminde ailesiyle sorun yaşayan, ailesinden ayrı düşmek zorunda kalan ebeveynin çatışması. "Ailemle birleşemiyorum, ailemi bir araya getiremiyorum." "Ailem kendim olmama izin vermiyor."
- P/A döneminde evden ayrılan, aile dağılmasın diye dönmek zorunda kalan ebeveyn kimdi?

Örneğin:
İçsavaşta bir sürü kanlı ölüme şahit olan aile başka bir ülkeye kaçıyor, doğan çocukları hemofili hastası oluyor.

Hemoroit-Basur

Hemoroit kimlik çatışması ile ilgilidir. Eğer bir çocukta görülürse:

- P/A döneminde annenin hissettiği değersizlik. "Kadın olarak yeterince değer görmüyorum."
- Beklenti dışı cinsiyetle doğan çocuğun çatışması. "Annem için kimim ben, annem bir erkek mi bekliyordu ve ben kız olarak doğdum?"
- Çocuğun otorite isteklerini mecburen yerine getirmesi. Hayır demeyi başaramama çatışması.
- Hamilelik döneminde istediği düzeni kuramayan annenin çatışması. Kendine ait alanı belirleyememe, düzenleyememe çatışması.
- P/A dönemim ebeveynlere şunu sorarız: Kimden ayrılmadınız, içinizden atamadınız?

- Çok otoriter bir annenin çocuğuna yüklediği çatışma olarak ortaya çıkabilir. "Annem tarafından onaylanmıyorum."

Örneğin:
4 yaşında hemoroit sorunu yaşayan kız çocuğunun annesi bize başvurdu. P/A döneminde eşi askere giden kadının kayınvalidesiyle yaşamak zorunda kaldığını öğrendik. Bu çatışmayı çocuğa anlattırdık ve iyileşme oldu.

Hidrosefali

Hidrosefali, beyinde ve beyin çevresinde aşırı sıvı birikmesidir. Hastalığın ismi "su" ve "kafa" anlamına gelen Latince sözcüklerden oluşur. Çocuklarda görülen ve doğuştan gelen hidrosefalinin görülme sıklığı yaklaşık 500 çocukta 1'dir.

- Hamilelik dönemi veya öncesinde annenin terk edilme anısı veya korkusu çocuğa kodlanınca bu hastalık oluşabilir.
- Yine aynı dönemde anne veya babanın acı bir gerçeği reddetmek isteği çocuğa hidrosefali olarak kodlanabilir.
- Bu dönemde anne veya babanın sabrını taşıran, ancak tepki veremediği olayların çocuğa kodlanması.
- P/A dönemi babası ile temas kuramayan ebeveyn kimdi?

Hidrosel Testis

Halk arasında su fıtığı olarak da bilinen hidrosel, testisleri çevreleyen zarlar içinde normalden daha fazla sıvı birikimi sonucu testis torbasının (skrotum) şişmesi durumudur.

- P/A döneminde ebeveynlerin kaybetmekten korktukları sevdikleri ile ilgili yaşadığı korkular. Kaybetmekten korkma çatışması.
- Aile ağacında kayıp anısı olan ebeveyn kim? Bir anda ortadan kaybolan aile üyesi var mı?
- Bir saldırıdan koruma çatışması olarak da çocuğa kodlanabilir. P/A döneminde saldırıya maruz kalan ebeveyn bu çatışmayı çocuğuna kodlayabilir.

Örneğin:
Anne hamileliği riske girince doktor tavsiyesi ile hamilelik dönemini yatarak geçirmiştir. Her gün çocuğunu kaybetme korkusu yaşar, doğan erkek çocuğunda hidrosel testis oluşur. Çatışma bebeğe anlatılınca iyileşir.

Hiperaktif Çocuk-Hiperaktivite

- Hamilelikte belli bir süreyi yatarak geçirmek zorunda kalan annenin doğacak bebeğine aktardığı çatışması.
- Annenin karnında bebek hareket etmeyince anne dua ediyor: "Tanrım ne olur bebeğim hareket etsin." Bebek alfasının isteğini yerine getirerek bu kodla dünyaya gelebilir.
- P/A döneminde asansörde kalma, bir odada kilitli kalma, hareketsiz kalma gibi anısı olan ebeveynin çocuğa aktardığı kodu.
- Hamilelik sırasında yaşanan düşük tehlikesi de bu çatışmayı çocuğa kodlayabilir.

Örneğin:
Hamileliğin altıncı ayında anne, karnında hareket hissedemez ve panik olur. Bir süre sonra tekrar hareket başlayınca rahatlar,

doğan çocuk hiperaktif olur. Bu durum çocuğa anlatılınca hatırı sayılır bir normalleşme görülür.

Hirschprung Hastalığı

- P/A döneminde annenin tehdit edildiği durumlar. Sindirilmesi imkânsız ve aşağılık şeylerin devam etmesi ve bu duruma katlanmak zorunda kalmak.

Örneğin:
Doğumdan 2 ay sonra ayrılmak isteyen kadının kocası çocuğunu ona vermemekle tehdit ediyor ve çocuğun bağırsaklarında bu hastalık tetikleniyor.

İçkulak İltihabı

- P/A döneminde ebeveynlerden birinin duymak zorunda olduğu ve katlanamadıkları fikirlerle ilgili yaşadıkları çatışmalar. "Aynı fikirde olamayacağım şeyleri duymaya artık katlanamıyorum."
- Aynı dönemde duyulan bir şeyden dolayı ayrılık travması yaşayan ebeveyn kimdi? "Kulaklarıma inanamıyorum."
- Özellikle hamilelik döneminde annenin duyma kapasitesinin üstündeki bir gürültüye maruz kalması.
- P/A döneminde ebeveynlerin bir telefon konuşması sırasında deneyimledikleri stres, kötü haber.

Örneğin:
Eşi hamile olan adama telefon gelir ve babasının hastaneye kaldırıldığı söylenir. Baba iyileşir ancak adamın doğan çocuğunda sık sık içkulak iltihabı oluşur. Bu durum çocuğa anlatılınca durum kendiliğinden düzelir.

İdrara Çıkamama

Günlük idrar miktarının 400-500 ml'nin altında olması oligüri ve 50-100 ml'nin altında olması anüri olarak tanımlanır.

P/A döneminde:

- Kişinin hayatta kendini çıplak ve savunmasız hissetmesiyle ilgili çatışması.
- Aşırı korku hissettiren bir olay sonrası kişinin kendini gizlemekle ilgili yok olma çatışması.
- Çok büyük bir üzüntü karşısında kişinin kendini ifade edememesi, bu durumu içine atması.

İdrarda Protein Kaçağı-Nefrotik Sendrom

Nefrotik sendrom, albümin adlı proteinin vücuttan idrara çok fazla miktarda geçmesi ile oluşan bir hastalıktır. Bir veya iki böbreğin hasar gördüğü anlamına gelir. Böbrekler çok sayıda küçük kan damarı içerir.

- P/A döneminde almak istediği evi, malı, arabayı alamayan ebeveynin çatışması doğacak çocuğa kodlanmış olabilir.
- Üst soylardan, atalardan gelen mültecilik anıları alt soylara protein kaçağı olarak kodlanabilir. Mültecilerin, yok oluşun çatışması.

Örneğin:
İdrarda protein bulunan çocuğun baba tarafından üst soylarının mültecilik anısı anlatıldığında kan değerleri normale dönüyor.

İmpetigo

İmpetigo genellikle yüzde, özellikle çocuğun burnu ve ağzı çevresinde, ellerde ve ayaklarda kırmızı yaralar şeklinde görünür.

- P/A döneminde veya çocuğun hayatında istenmeyen temas çatışması. Bazen taciz ve ensest anısı.
- Çocuğa konulan yasaklar ile ilgili çatışma ve değersizlik programı.
- P/A döneminde veya çocuğun hayatında yaşanan ayrılık çatışması. Anne-baba ayrılığından korkan çocuğun çatışması.
- Annesinin babası tarafından şiddete maruz kaldığını gören, bu durumdan korkan çocuğun çatışması.
- Çocuğun aile içinde yeteneklerinin geliştirilmesine izin verilmemesi ve buna bağlı olarak hissettiği değersizlik.

Örneğin:
P/A dönemi şiddet gören kadının çocuğu 5 yaşına geldiğinde annesinin şiddet gördüğüne şahit oluyor ve impetigo başlıyor. Bu iki çatışma anlatıldıktan sonra hızla iyileşme oluyor.

İnsülin Direnci-Hipoglisemi

- P/A dönemi annenin veya babanın yaşadığı bir olayda aşırı iğrenmesi ve bu durumdan kaçamaması kodu çocuğa aktarılabilir.
- İstemediği halde yemek yemeye zorlanan çocuk bu programı kendi hayatında geliştirebilir.

- Çocuk gelinlerin hissettiği deneyim, kendini savunamama çatışması çocuğa aktarılabilir.
- P/A döneminde ebeveynlerin bir tehlike karşısında kendilerini sakladıkları, ölü taklidi yaptıkları anlar. Saldırgandan korunmak için ölü taklidi yapmak (kandaki şekeri geri çekmek).

Örneğin:
16 yaşında tanımadığı biriyle evlendirilen genç kız hemen hamile kalıyor ve doğan çocuğunda insülin direnci gelişiyor. Anne bu durumu çocuğa anlattığında teşhis kaldırılıyor.

İshal

- P/A döneminde sindirilemeyen anlaşmazlık çatışması, bir otoritenin emirlerini reddetmekle ilgili çatışmalar.
- Aynı dönemde sindirilemeyen bir olayın yarattığı korku rezonansı.
- Çok pis ve tehlikeli bir şeyi hızla uzaklaştırmak istemek, bazen P/A döneminde zehirlenme anısı.
- P/A döneminde işleri hızlandırma isteği yaşayan ebeveynin travması.
- Bazen doğum öncesi lavman yapılması, çocukta sınav öncesi ishale sebep olur.

Örneğin:
Anne bebeğe mama hazırladıktan sonra bebeğin ilk lokmada yüzünü buruşturduğunu fark eder. Mamanın tadına baktığında sütün bozuk olduğunu anlar ve acilen bebeği kusturmaya çalışır. Bu çatışmayı alan bebekte kronik ishal başlar.

İştahsızlık – İştahsız Çocuklar

- P/A döneminde annesi ile çatışma yaşayan ve çatışması devam eden ebeveynin çocuğa aktardığı kod.
- Aynı dönemde ailesi ile problem yaşayan ebeveynin "yok sayılma" ile ilgili hissettiği çatışma. Aile klanı ile ilgili alan çatışması.
- Üst soyların veya ebeveynlerin yaşadığı taciz, tecavüz anısı, "Saklanmak için ufacık kalmalıyım" çatışması yaşadığı utanç içeren travmalar.
- Annenin kendince bir sebepten dolayı hamileliği gizlediği durumlar. Gizlenmiş bir hamilelik çocukta yine "yok sayılma" kodunu devreye sokar.

Örneğin:
Defalarca düşük yapan kadın nazar değmesin diye ilk zamanlarda hamileliğini eşinden bile saklar. Doğan çocuk iştahsız doğar. Çocuğu 3 yaşındayken bize başvuran danışan bu durumu çocuğa anlattığı hafta çocuğun iştahı açılır.

İşitme Kaybı-Sağırlık

Genellikle ana rahmindeki çatışmalar ile ilgilidir.

- Hamilelik döneminde gizlenen bir aile sırrı çocukta işitme kaybına sebep olabilir.
- Yine hamilelik döneminde "Duyduğum şey yüzünden acı çektim, kulaklarıma inanamıyorum" diyen annenin çocuğuna yüklediği program.
- Genelde ana rahmindeki çocuğun ebeveynlerinin kendi aralarında yaşadıkları gürültülü kavgalar.

- Gürültülü bir ortamda geçirilen hamileliğin çocuğa yüklediği program olarak ortaya çıkabilir.

Örneğin:
Hamile bir kadın her gece eşiyle tartışmaktadır. Bebekleri için daha büyük bir ev arzulamaktadır. Bu tartışmalar doğan çocukta işitme azalması olarak kodlanır. Bu durum bebeğe anlatıldığında işitme artar.

Jinekomasti

Jinekomasti, erkek meme dokusunun genişlemesi ve şişmesidir. Genişleme yağdokunun yanı sıra glandüler dokuda da görülebilir.

- Mutsuz bir evlilik yapan kadının doğurduğu çocukta ideal erkeği yaratma çatışması. Erkek çocuğu ile duygusal ensest yaşayan kadının çocuğa aktardığı çatışma (Oidipus Kompleksi).
- Pasif baba modeli alan çocuğun çatışması.
- Üst soyda erkeklere kin duyan kadın kim?
- Bir kadının oğluna sürekli babasını kötülemesi, "Baban gibi olma!" telkiniyle çocuğa iletilen çatışma.

Kabızlık

- Bir çocukta kabızlık varsa ilk bakılacak yer, P/A döneminde ebeveynlerin kaybettiği bir yakınlarının olup olmadığıdır. Ölen birinin yasının devam etmesi.
- P/A döneminde istediği evde oturamayan, istediği işi yapamayan, istediği alana sahip olamayan ebeveynin

çatışması. "Kendime ait yerim yok, alanımı işaretleyemem, bana ait alanım yok."

- P/A döneminde ayrılık, terk edilme, birini hayatından çıkarma deneyimi yaşayan ebeveyn kim? Bazen eşlerin kendi aralarında yaşadıkları ayrılık çatışması. "Ayrıldığım kişiyi gönderemiyorum, bırakamıyorum."
- P/A döneminde cinsellikle ilgili çatışmalar doğan çocuğun kabızlık çekmesine sebep olabilir. Cinsellikle ilgili yaşanan değersizlik çatışması.
- Düşük tehlikesi yaşayan annenin çocuğunda görülür. Anne ürününü (karnındaki bebeği) tutmak ister, bebeğe de ürününü tutma programını yükleyebilir.
- P/A döneminde ebeveynlerin yaşadığı affedilmeyen pislik olay, bazen aldatılma anısı.

Örneğin:
7 yaşına kadar kabızlık sorunu çeken çocuğun annesi bize başvurdu. P/A dönemini araştırdığımızda kadının cinsellik çatışmasını bulduk. Hamilelikte eşi kadını cinsel ilişkiye zorluyormuş ve kadın bebeği zarar görecek diye bu durumu reddediyor ve eşiyle tartışıyormuş. Bu çatışmayı bebeğe anlattığı gün bebek önce ishal oldu sonra hızla kabızlığı geçti.

Kalpte Delik

Kalbin sağ ve sol odacıklarını ayıran septumda delik olması sonucudur. Kalpte delik kanın delikten geçerek akciğerden tekrar tekrar geçmesine, bunun sonucunda dolaşım dengesinin bozulmasına ve kalbin gereksiz olarak daha fazla çalışıp yorulmasına neden olmaktadır.

- Çocuklarla çalışırken en çok sonuç aldığım hastalık olduğunu söyleyebilirim. Etrafınızda veya sizin çocuğunuzda böyle bir hastalık varsa atlanılmaması gereken bir çalışmadır.
- Çocukta iki atrium arasında perforasyon ailede iki kadın arasındaki çatışma ile ilgilidir (ASD). Bu kişiler annenin veya babanın akrabaları da olabilir. Anne veya babayı etkileyen bir çatışma olması önemlidir.
- İki ventrikül arasındaki perforasyon, ailede iki erkek arasındaki çatışma ile ilgilidir (VSD). Yine anne veya babanın etkilendiği aile içindeki herhangi iki erkek olabilir.
- Atrium ile ventrikül arasında bir perforasyon, delik varsa P/A döneminde bir erkek ile bir kadın arasındaki çatışmayı bulmak çok önemlidir.

Örneğin:
Bebek doğduğunda kulakçıklar arası delik ile doğar. Annenin hamilelik döneminde kayınvalidesi ile ilgili çatışmanın buna sebep olduğu anlaşılır. Bu durum bebeğe anlatıldıktan 3 ay sonra delik kapanır.

Kalpte Üfürüm

Üfürüm; kalpteki delikler, kalp kapaklarındaki ve ana damarlardaki darlıklar ile yetersizliklerin yol açtığı, kanın normal akımındaki bozulmaya bağlı oluşan ses titreşimlerinin göğüs duvarına yansımasıdır.

- P/A döneminde sevgisini yeterince gösteremediğini düşünen bireyin çatışması.

- P/A dönemi yeterince ilgi göstermeyen, buna enerji ve zaman bulamayan ebeveynin hissettiği suçluluk hissi.

Örneğin:
Kadın hamilelikte, eşinin stresli işinden dolayı eşine destek olmaya çalışıyor. Bu konuda yeterli olmadığını düşünen annenin çocuğunda 13 yaşında kalp üfürümü başlıyor. Bu konu çocuğa anlatıldıktan sonra üfürüm duruyor.

Kalça Çıkığı

- Üst soyda veya annede cinsel taciz anısı varsa bazen alt soyda doğan çocuğa kalça çıkığı kodu olarak programlanır.
- P/A döneminde eşlerin aldatma, aldatılma anısı veya şüphesi yine bu programı çocuğa verebilir. Aldatılma ile aldatılma şüphesi arasında hiçbir fark yoktur.
- P/A döneminde ebeveynlerden birinin cinsel anlamda kendini kusurlu hissetmesi, kendini yetersiz hissetmesi de bakılması gereken bir çatışmadır.

Kalp – Atriyal Fibrilasyon

- Aile ağacında kan nakli yapılan birey var mı?
- Aile ağacında kalp atışları aniden duran biri var mı?

Örneğin:
17 yaşındayken babasını aniden kalp krizi ile kaybeden kadının kızı aynı yaşa geldiğinde atrial fibrilasyon gelişir. Bu çatışma ile ilgili çalışma yapılınca düzelme görülür.

Kalp – Mitral Darlık

- Ebeveynlerin boşanma anısı çocukta bu duruma sebep olabilir.
- P/A döneminde ebeveynler arası çatışma veya çocuk büyüdüğünde ebeveynleriyle yaşadığı çatışma bu programı tetikleyebilir.

Örneğin:
Doğumdan hemen sonra boşanan çiftin bebeğinde mitral darlık görülür. Bu çatışma bebeğe anlatıldığında düzelme olur.

Kalp – Mitral Yetmezlik

- P/A döneminde babası veya annesi ile sorun yaşayan ebeveyn. "Babam beni dışarı atsa da, annem sayesinde geri dönüyorum."
- "Babamın sevgisine annem aracılık yapıyor" diyen ebeveynin çocuğuna aktardığı çatışma.

Örneğin:
Baba kızını evden atar, kız annesinin müdahalesi ile eve geri döner. Doğan çocukta mitral yetmezlik görülür.

Kamburluk

- P/A döneminde çocuğu için telaşlanan, düşük tehlikesi yaşayan, bebeğin tehlikede olduğunu düşünen annenin çatışması çocuğa kodlanabilir.

- Aynı dönemde ebeveynlerin kendi anneleriyle bağlantılı olarak yaşadıkları büyük değersizleşme. Annesi için telaşlanan, kaygı duyan ebeveynin kodu.
- P/A döneminde kendini korumak ile ilgili çatışması olan ebeveyn kimdi? "Cenin pozisyonuna girerek kendimi korumaya alırım."

Örneğin:
Çocuk ilkokula başladığı dönemde annesi acil olarak hastaneye kaldırılır. Yaklaşık 3 ay hastanede yatar, evinden ve annesinden ayrılan bu çocukta kamburluk oluşur. Çatışma anlatıldığında düzelme görülür.

Kan Uyuşmazlığı

- P/A döneminde aileden biri anne ve babanın evlenmesini istemediğinde çocukta kan uyuşmazlığı olabilir.
- Aynı dönemde anne ve baba büyük bir çatışma yaşadığında da bu durum görülebilir.

Karın Ağrısı

- P/A döneminde kendini çok yalnız hisseden, terk edilmiş hisseden ebeveynin çatışması çocuğa aktarılabilir.
- Tıpkı dışkı kaçırma kodunda olduğu gibi çocuğun anneyi çağırma şekli olarak da bedene kodlanabilir. Annesi çalışan çocuklarda daha sık görülür.
- P/A döneminde veya çocuğun kendi hayatında deneyimlenen ölüm korkusu.
- İçindekileri anlatamama, dışarı çıkaramama, içine gömme çatışması.

Kas Güçsüzlüğü-Distrofi-Miyopati

- Eşi eve getirmek için çocuğu dölleyen ebeveynin çocuğunda görülür, evliliği kurtarmak için döllenen proje bebek.
- P/A döneminde annenin hissettiği değersizlik, güçsüzlük çatışmaları. "Olduğum yere çakılıp kaldım."
- P/A döneminde pişmanlık duyulan bir olay veya davranış anısı çocuğa kodlanabilir. Pişmanlık karşısında kasın hareketi ile oluşan stresi azaltmak için beyin yıkım emrini verir.

Örneğin:
Adam bir gece kulübünde müzisyendir ve işi bittikten sonra hemen eve gelmemektedir. Bu durumdan rahatsız olan kadın adamı eve bağlamak için hamile kalmaya karar verir ve korunmayı bırakır. Doğan çocukta distrofi görülür, bu durum çocuğa anlatılınca normale döner.

Kasık Fıtığı

- Soyağacında veya kişinin yaşamında aldatma, aldatılma anısı.
- P/A döneminde ebeveynlerin yaşadığı aldatılma anısı. Bazen aldatılma şüphesi.
- P/A döneminde yaşanan cinsellikle ilgili çatışmalar, kendini cinsel olarak yetersiz gören ebeveynin çocuğa aktarılan kodu.

Örneğin:
Hamileliği boyunca eşinin telefonuna gece yarısı mesajlar geldiğini gören kadın eşinin onu aldattığını düşünür ve bebeğin hatırına sorun çıkarmaz. Bebek doğduğunda kasık fıtığı ile doğar.

Kaşıntı

- Hamilelik döneminde ebeveynlerden birinin temas eksikliği hissetmesi.
- Annenin veya çocuğun "Annem tarafından yeterince dokunulmadım" hissi ile tetiklenen çatışma.
- P/A döneminde cinsellik ile ilgili çatışmalar da çocukta kaşıntı programını başlatabilir.

Örneğin:

12 yaşında sürekli bacakları kaşınan çocuğun ailesi bize başvurdu. Doğum anında 12 gün kuvözde kaldığını öğrendiğimiz çocuğun annesi kaşıntı başlamadan 1 ay önce bir operasyon için hastaneye kaldırılmış. Çocuk P/A dönemi yaşadığı anne ayrılığını bir kez daha yaşayınca kaşıntı programı başlamış. Anne 2 hafta gece uykuda bu durumu anlatarak çözdü.

Kekemelik

- P/A döneminde kendini savunamayan ebeveyn, aynı dönemde çok büyük korku yaşayan ebeveyn veya çocuk bu kodu başlatabilir.
- Bazen P/A döneminde ebeveynlerin, bazen de çocuğun kendi hayatında ağlamasına izin verilmemesi.
- Güvensizlik, yargılanma korkusu.
- Mükemmeliyetçi bir baba karşısında yanlış yapmaktan korku çocukta kekemelik yaratabilir.
- Annenin doğum anında bağırması yasaklanmış veya ayıplanmıştır, bu durumu çocuğa kodlayarak kekemelik programını başlatmış olabilir.
- P/A döneminde cinsellikle ilgili korkular ve bunun ifade edilememesi (bazen ilk gece korkusu).

- Otorite karşısında susmak zorunda kalma çatışması.
- Doğum anında kordon dolanması varsa çocuğa kekemelik programı yüklenebilir.

Örneğin:
Naziler döneminde kadın Yahudi komşusunu askerlerden saklamak zorunda kalır. Askerlerin onu suçlayacağı korkusuyla kelimeler boğazında düğümlenir. Çocuğu 12 yaşına geldiğinde kekemelik başlar, bu durum çocuğa anlatıldığında düzelme olur.

Kelebek Hastalığı-Lupus-SLE

Kelebek hastalığı (Lupus) ya da tam adıyla Sistemik Lupus Eritematozus vücutta pek çok organı birden tutan romatizmal bir hastalıktır. Yüzde kelebek tarzında kırmızı döküntüyle karakterize olduğundan halk arasında kelebek hastalığı olarak bilinir. Lupus hastalığı otoimmün olarak tabir edilen hastalıklardandır.

- P/A döneminde ebeveynlerin yaşadığı ağır suçluluk programı. "İçimdeki suçluluk duygusu yüzünden kendimi cezalandırırım."
- Aynı dönemde kendini tükenmiş, yenilmiş, güçsüz hisseden ebeveynin çatışması. "Kendimi yenilgiye uğramış ve gücünü kaybetmiş kurt gibi görürüm."
- P/A döneminde değersizleşme çatışması, ahlaki veya fiziksel kirlenme çatışması.
- P/A döneminde sıvıların olduğu, sel baskınının olduğu, suyun eşlik ettiği travmatik olaylar çocuğa bu hastalıkla kodlanabilir. Sıvılarla ilgili çatışmalar.
- Lupustan etkilenen bölgenin sembolik anlamı.

Örneğin:
Hamilelik döneminde kadının çok istediği evi arkadaşı alır ve kadın bu duruma çok imrenir, eşinin kendisine değer vermediğini düşünür. (Ağzının suyu akar.) Doğan çocukta SLE görülür.

Keloid

Keloid, aşırı hücre üretimi sonucunda anormal yara iyileşmesi durumudur.

- Oluşan bölgede daha önce bir yaralanma anısı.
- P/A döneminde derin bir ayrılık anısı sonrası tamir fazında doğan çocukta görülebilir.
- Oluşan bölgenin sembolik anlamı (baş baba, diz ve ayak anne).
- P/A döneminde hayatın acımasızlığı karşısında tek başına mücadele etme zorunluluğu.
- Aynı dönemde yeni fikirlere kapalı olmak ile ilgili tutumlar.

Kemik Kanseri

- P/A döneminde kendini değersiz hisseden anne veya babanın değersizlik çatışmasını çözdüğü zaman çocuğa aktardıkları program.
- P/A döneminde kendini yok sayan, sembolik olarak yok olmak isteyen ebeveynin çatışması. "Ölsem geriye kemiklerim bile kalmaz."
- Bebeğin alınmasını isteyen ebeveyn kimdi? Anne bebeği düşürmeye çalıştı mı?

Kepek

- P/A döneminde yaşanan terk edilme ve kendine güvenememe çatışması.
- Ayrılık, entelektüel değersizlik çatışması yaşayan çocuk.
- Çocuğun ailesi dağılma tehlikesi ile karşı karşıya olduğunda yaşadığı, çoğu zaman babasından ayrılık çatışması. Aile ile ayrı düşme (din, hayat görüşü, siyaset).
- Baba tarafından alınması istenen çocuğun büyüdüğünde geliştirdiği program.

Örneğin:
Çocuğun annesi ile babası ayrılıyor, baba tekrar evleniyor. Anne çocuğunu babasının evine göndermeyi engelliyor. Babasıyla görüşmesine izin vermiyor. Bu durumun sonunda çocukta kepek problemi başlıyor, çatışma anlatılınca normale dönüyor.

Kıl Kurdu

- Çocuğun aşırı titiz anneye uyumlanmak için geliştirdiği program. "İtaat etmem gereken aşırı titiz bir annem var, onu memnun etmek için anüsümü bu kurtçuklarla temizliyorum."

Örneğin:
Anne sürekli evin dağıtılmasından rahatsız ve çocuklara bu yüzden kızıyor. Çocuklar bu durumdan çok rahatsız ve hepsinde kıl kurdu oluşuyor. Bu travma anlatılınca durum düzeliyor.

Kısırlık

- Ebeveynlerin yaşadığı anne baba olmaya dair korkular, psikolojik ve maddi anlamda hazır olunmayan durumlarda beynin bir çözümü olarak ortaya çıkar.
- Üst soylarda, soy klanında erken ölen çocuklar varsa alt soylara kısırlık programı yüklenebilir.
- Evde çok baskın ve otoriter babanın varlığı çocuğun "Üremek tehlikelidir!" kodunu çalıştırarak kısırlığa sebep olabilir. "Çektiğim acıları benim çocuğumun çekmesinden korkuyorum."

Örneğin:
Nakliye işiyle uğraşan bir ailenin büyük oğlu babasının kontrolünde çalışmaktadır. Babasının seçtiği kızla evlenir, bütün seçimlerini babası yapar. Beyin kısırlığı kodlayarak üremeye izin vermez.

Kıskançlık

- Annenin hamileyken "Kimse beni hesaba katmıyor, önemsemiyor" çatışması çocuğa kodlanabilir.
- Anne yeni doğan çocuğuyla çok ilgilenmek zorunda kaldığında büyük çocukta kodlanır.
- Çocuk veya ebeveynlerin bir konuda suçlanma yaşadığı çatışmalar.

Kilo

- Çocuk doğduğu zaman kuvöze alınmışsa anneden ayrılık kodu kilo programını çalıştırmış olabilir.

- Çok zayıf olarak dünyaya gelmiş bir çocuk varsa anne "Çocuğum bir an önce kilo alsın" programını çocuğa yükleyerek, kilolu bir çocuk haline gelmesine sebep olabilir.
- Çalışan anneler doğum sonrası işe dönmek zorunda kaldıklarında bebek yine anneye kavuşmak için bu programı başlatabilir.
- Hamilelikte yaşanan düşük tehlikesi de bu kodu çalıştırabilir.
- P/A döneminde ebeveynlerin yaşadığı kayıplar, yine aynı dönemde düşük, kürtaj, dış gebelik, evlat kaybı anısı.
- P/A dönemi veya çocuğun kendi hayatında yaşadığı suda boğulma tehlikesi.
- Aynı dönemde ebeveynlerin birbirleriyle kavga etmeleri "Güçlü olmalıyım!" kodunu çalıştırarak çocuğa kilo programını yükler.

Kirpik Yolma

- Doğumdan sonra anneye bazen atılan dikişler anneyi çok rahatsız eder. Annenin sürekli o dikişlerden kurtulma isteği doğan çocukta bu programı başlatabilir.
- P/A döneminde ebeveynlerde veya çocuğun kendi hayatında kızgınlık, reddedilmek, dışlanmak gibi duyguların ifadesi bazen kirpik yolma ile ortaya çıkabilir.
- Ebeveynleriyle sağlıklı iletişimi olmayan çocukta da görülebilir.

Örneğin:
11 yaşında sürekli kirpiklerini yolan çocuğun annesi doğum sırasında hastaneye tek başına gitmek zorunda kalmış, bu

duruma çok sinirlenmiştir. Hem dikişlerinin acısı hem de öfkesiyle ilgili deneyimlerini çocuğa uykuda anlatmasını istedik. 1 hafta içinde çocuk bu alışkanlığından vazgeçti.

Kistik Fibröz

Kistik fibrozis (KF), doğumdan itibaren solunum sistemi, sindirim sistemi ve üreme sisteminde yer alan mukus ve ter bezlerini etkileyen kalıtsal bir hastalıktır. Kistik fibrozis özellikle akciğerler, pankreas, karaciğer, bağırsaklar, sinüsler ve cinsel organların işlevini önemli derecede etkilemektedir.

- Üst soylarda aile ağacında alkol + kepazelik ile ilgili çatışma varsa alt soylara bu hastalıkla aktarılabilir.
- Ensest anıları, alkol ile ilgili dramlar, hamileyken yaşanan rezalet çocuğa kodlanabilir.
- Özellikle P/A döneminde bir annenin alkolik koca ile ilgili yaşadığı dramlar doğan çocuğa kodlanabilir.
- Atalardan gelen gazdan zehirlenme, gaz odası anısı, gazla intihar eden bir atanın anısı, yangında dumandan zehirlenme anısı alt soylara kistik fibröz mesajı iletilebilir.
- Annenin gebelikte çocuğu kaybetme korkusu.

Örneğin:
Soy klanında sarhoş bir adam yengesini hamile bırakır. Torunu dünyaya geldiğinde kistik fibröz hastası olur. Bu çatışmanın atalardan geldiği bu olay anlatılınca akciğer kapasitesi %30 artar.

Klostrofobi

En çok hamilelik ve doğum anı ile ilgilidir.

- P/A döneminde veya doğuma giderken asansörde kalma, yolda mahsur kalma, bir yerde sıkışıp kalma anısı bunu çocuğa programlayabilir.
- Annenin doğum sırasında yaşadığı panik, nefes alamama, ölüm korkusu. Doğum odasında panik yapma.
- Bebeğin doğum sırasında doğum kanalında sıkışıp kalması.
- Üst soylarda hapis, toplama kampı anısı alt soylara klostrofobi olarak aktarılabilir.
- Çocuğun bir yerde sıkışıp kalması, bazen bir operasyon için, aşı için, diş tedavisi için büyükler tarafından tutularak hareketsiz bırakılması.

Örneğin:
Bebek 6 aylıkken annesi bebeği arabasında uyutup komşusuna gider. Bebek hareket etmeye çalışırken arabası devrilir ve üzerine kapanır. Yarım saat havasız ve hareketsiz kalır. 17 yaşında bir otobüs yolculuğunda klostrofobi atağı geçirir. Bu durumu anne anlattıktan sonra klostrofobi kalmaz. *(Benim hikâyem.)*

Konuşamama veya Konuşma Problemleri

- P/A döneminde ebeveynin veya çocuğun hayatında konuşamama veya konuşmak istememe çatışmasıdır.
- P/A döneminde kişinin kendini ifade etmek isteyip ifade edememe çatışması. "Konuşmak zorundayım ama konuşmak istemiyorum."

- Yine Proje/Amaç döneminde veya çocuğun hayatında kişinin saklamak zorunda olduğu bir sır çocukta konuşamama programını başlatabilir.
- P/A döneminde söylediği bir şeyden pişmanlık duyan kişinin kendini veya başkalarını cezalandırma isteği çocuğa programlanabilir.
- Aynı dönemde bir otoriteye cevap verememe çatışması. Sembolik olarak yırtıcı tarafından fark edilmemek için sessiz kalma anısı.

Örneğin:
10 yaşında çocuk, 6 yaşındaki kardeşi ile şakalaşırken yanlışlıkla onu bahçe duvarının arasına düşürür. Orada sıkışıp kalan kardeşini kurtarmak yerine evden kaçar ve kardeşi saatlerce orada kalır. O günden sonra konuşmaz. Bu durumun çatışması çocuğa anlatıldığında konuşma düzelir.

Konuşurken Kelimeleri Yutma

- Hamilelik dönemi veya öncesi anne veya babanın söylediklerinden duyduğu pişmanlık.
- Aynı dönemde söylenmesi yasaklanmış, engellenmiş bir sır.
- Otorite karşısında susmanın daha güvenli olduğu bir çatışma.

Konuşurken Peltek Konuşma

- P/A dönemi dışarıdaki tehlike yüzünden (pandemi, içsavaş, ekonomik sorunlar vb.) bebeği için telaşlanın annenin bebeğine yüklediği "Büyümek tehlikelidir!" programı. Bebeğin dışarıdaki tehlike yüzünden anne karnına dönme isteği.

- Annesinden ayrılık yaşayan bebeğin anne karnına dönme, bütünleşme isteği. Doğar doğmaz kuvöze alınan bebeğin çatışması.
- Doğumdan sonra işine dönmek zorunda kalan annelerin çocuklarının çatışması.

Kordon Dolanması

- Ailede anne koruyamadığı için ölen bebek var mı?
- Gebelikte bebeği kaybetme korkusu, düşük tehlikesi.
- Bir önceki gebelikte bebek kaybı veya korkusu.
- Soy klanında iple asılma anısı alt soyda çocukta kordon dolanmasını kodlayabilir.
- Üst soyda aniden ölen bir çocuk var mı?

Örneğin:
Kadın hamile kaldığında ülkede içsavaş başlar. Bombalar altında hamileliğini geçirmek zorunda kalan anne bebeğini kaybetme korkusu yaşar, bebek kordon dolanması ile dünyaya gelir.

Kunduracı Göğsü

Pektus Ekskavatum, halk arasında kunduracı göğsü olarak da bilinen hastalık, bir göğüs duvarı deformitesidir. Deformite, sternum denilen göğsün orta hattındaki iman tahtası kemiğiyle beraber kaburgalarla bağlantıyı sağlayan kıkırdak yapının içe doğru çökmesi durumudur.

- P/A döneminde kişinin göğüs ile ilgili hissettiği değer kaybı, bazen annenin göğüsle ilgili hissettiği estetik kaygı, bazen babanın jinekomasti sorunu.

- P/A döneminde ebeveynlerin yaşadığı utanç verici durumlar. Kişinin karizmasını kaybetme çatışması.
- Kadınların memeyi aldırmak zorunda kalması sonrası yaşadığı çatışma doğacak çocuklarına kodlanabilir.
- P/A döneminde desteksiz kalan, kendini yapayalnız hisseden, tek başına zorluklarla mücadele etmek zorunda kalan ebeveynin çocuğa aktardığı çatışması.

Kurdeşen-Ürtiker

Kurdeşen ya da tıbbi adıyla ürtiker ciltte aniden ortaya çıkan ve ortası soluk kırmızı döküntülere sebep olan bir rahatsızlıktır. Halk arasında kurdeşen dökmek olarak tabir edilen hastalık vücutta genellikle belirli bir bölgede ortaya çıkar. Fakat bazen tüm vücudu kaplayan döküntüler de bulunabilir.

- Kin duygusunun devam ettiği bir ayrılma çatışması barışmayla sonuçlandığında tamir fazı olarak ortaya çıkabilir.
- P/A döneminde kişiliğine saldırı, değersizlik hisseden ve bununla ilgili öfke duyan ebeveynin çatışması. "Bütünlüğüm zedelendi, affettim ama öfkem hâlâ geçmedi!"
- P/A döneminde çok sevilen birinin kaybı ile ilgili hissedilen büyük öfke doğacak çocuğa kodlanabilir.
- Aynı dönemde aldatılma anısı veya şüphesi ve bunun yarattığı öfke.

Örneğin:
3 yaşında vücudunda ürtiker yaraları olan çocuğun annesine P/A dönemini sorduk. Eşinin aldattığını ve bu durumu affettiğini söyleyen annenin çocuğuna bunu anlatmasını istedik. Hızla deri normale döndü.

Kuru Öksürük

- P/A dönemi ebeveynlerin yaşadığı otorite çatışması. "Saldırganı, otoriteyi reddediyorum" denilen olayların çocukta başlattığı program.
- Aynı dönemde kendini ifade edemeyen ebeveynin çocuğa yüklediği çatışma.
- P/A dönemi anne veya babanın alanındaki kısıtlamaları, yabancıyı, başkalarını kabul edememe, tolere edememe, reddetme ile ilgili yaşadıkları çatışmalar.

Örneğin:
Evlenip hamile kalan kadın kendini çok ilgisiz hisseder ve bu durumu eşine anlattığında eşinden sert tepkiler alır. Zaman içinde yaşadığı yalnızlığı içine gömer ve doğan çocuğun sürekli öksürdüğü görülür. Anne bu durumu uykuda anlatarak çocuğun tamamen iyileşmesini sağlar.

Kusma

- Bir reddedişin, geri çevirmenin dışavurumudur. P/A döneminde anne veya babanın yutmak zorunda kaldığı cümleler bu programı başlatabilir. "Bana dayatılan şeyi yutamıyorum, reddediyorum."
- Korku, panik anksiyete hisseden çocukların çatışması. Bazen aynı duyguları P/A döneminde anne hissetmiştir.
- Hamileliğini sürekli kusarak geçiren annenin doğacak çocuğuna bu kodu yüklemesi de sık görülür. Aynı dönemde annenin tiksindiği ve midesinin bulandığı olaylar.

Örneğin:
7 yaşındaki çocuk sürekli kusuyor. Annesinin bir hamilelik anısı aklına geliyor; yeni aldıkları evlerinde sürekli barbekü partisi düzenledikleri dönemde kokudan midesi bulanıp sürekli kusuyor. Bu anıyı çocuğa anlattığında kusma kesiliyor.

Larenjit

- P/A döneminde otorite karşısında susmak zorunda kalan ebeveynin çatışması. "Patronumla yüz yüze geldiğimde söylemek istediklerimi söyleyemiyorum."
- P/A döneminde veya çocuğun kendi hayatında özgüven sorunu, değersizlik yaşanan durumlar. Hata yapmaktan korkulan anlar. "Konuşurken hata yapmamak için kısık sesle konuşuyorum."

Örneğin:
Sınıfta bir tiyatro oyunu sergilenir, 10 yaşındaki kız çocuğu bu oyun sırasında kendi rolünün gerektirdiği cümleleri unutur ve rezil olmuş hisseder. 2 gün sonra sesi kısılır, larenjit geliştirir. Anne çocukla bu durumu uykuda konuşarak hızla çözer.

Lenf Bezi İltihabı-Adenit

- P/A döneminde veya çocuğun hayatında deneyimlediği gereğinden fazla büyütülen önemsiz bir olay.
- Anne baba çatışması yaşayan çocuğun kendini güvende hissetmediği anda yüklenen program.
- Çocuğun sorumluluklar altında ezildiği, altından kalkamadığı yüklerle mücadele ettiği çatışmalar.

Örneğin:
Annesi ve babası boşanma eşiğindeyken çocuğun yaşadığı gelecek kaygısı lenf bezlerinin şişmesine sebep oluyor. Anne bu çatışmayı gece anlattıktan 2 gün sonra iltihap kayboluyor.

Lenfoma

P/A dönemimde:

- Değersiz hissetme çatışmasının tamir fazıdır.
- Lokmayı yakalayamadığımız ve bununla ilgili kaygılandığımız olaylar.
- Yakalanan fırsatı elde tutamama kaygısı.
- Büyük bir korku çatışması ve etkilenen beden bölgesinin sembolik anlamı.
- Aşk ve cinsellikle ilgili büyük korku, suçluluk, umutsuzluk.
- - Kendini bir gruba ait hissetme ihtiyacı.

Örneğin:
Evlendiği günden beri sürekli aşağılanan kadın hamile kalınca eşi tarafından önemsenmeye başlanır. Kadın bu durumdan mutlu olur ancak doğan çocuk lenfoma geliştirir.

Liken Planus

Liken Planus, stres gibi nedenlerle ortaya çıkan iyi huylu bir cilt problemidir. Kol, bacak, ağız, genital bölge, yemek borusu, geniz ve dilde görülen liken planus, kaba, pullu plaklar halinde veya küçük, düz tepeli yumrular ile karakterizedir. Kalıtsal bir hastalık olmadığı gibi bulaşıcı da değildir.

- P/A döneminde yaşanan temas ve ayrılık ile ilgili çatışmalar.
- Aynı dönemde kendini savunma ile ilgili yaşanan değersizlik çatışması.
- P/A döneminde yaşanılan ayrılıkla ilgili pişmanlık, bunu engelleyememekle ilgili yetersizlik duygusu.
- Çocuğun kendi hayatında annesinden ayrılık yaşadığı anların bedende kodlanması.

Lökoplaki

Beyaz damak anlamına gelen Lökoplaki hastalığı, ağız içinde yanak, damak, dil ve yutakta meydana gelen bir hastalıktır. Hastalıkta mavimsi ve beyazımsı çıkıntılı ve sertleşmiş bir tabakalaşma söz konusudur. Özellikle yanak ve dilde oluşan beyaz tabakalar, Lökoplaki'nin en belirgin özellikleri arasında gelmektedir.

- P/A döneminde ebeveynlerden birinin başkalarının kendileri hakkında dedikodu yapılması karşısında duydukları rahatsızlık, kişilerin ağzında geveledikleri bilmek isteme ile ilgili duyulan istek. Bazen aynı durum çocuğun kendi hayatında da gelişebilir.
- P/A döneminde bir sırrı saklamakla ilgili yaşanan çatışma, gerçeği söylemek için yaşanan rahatsızlık verici durum. Çocuğun kendi hayatında saklamak zorunda kaldığı sır.

Örneğin:
Sınıfa yeni katılan çocuğun arkasından konuşulanlar ve çocuğun bunları bilmek istemesi, cevap verme ile ilgili yaşadığı çatışma.

Lösemi

- Aneminin tamir fazında ortaya çıkabilir.
- Çok önemli bir değer kaybı çatışmasının tamir fazı.
- P/A döneminde aile içinde yaşanan değer kaybı yerini değer görmeye bırakırsa bu sefer bebekte anemi yerine lösemi gelişebilir.
- Yıllarca erkek bebek doğuramayan kadının erkek bebek doğurduğunda yaşadığı değer görme ve tamir fazı, doğan çocukta lösemiyi kodlayabilir.
- Kendine özsaygı geliştiren bireyin, eski anılarından kalan çatışmaları tamir etmesi ile ortaya çıkar.

Örneğin:
P/A döneminde maddi durumu iyi olmayan adamın kayınbabası tarafından aşağılandığı ve bu duruma çok üzüldüğü bilgisini adamın eşinden öğrendik. Bir süre sonra işleri düzelen adam bu sefer kayınbabası tarafından takdir görmeye başlamış, hissettiği değersizlik tamir fazına girmiştir. Doğan lösemili çocuğa bu durumu anlattırarak teşhisi kaldırdık.

Mantar

- Çocukta mantar oluşmuşsa bir ölümün yasını tutuyor olabilir. Nemli ve rutubetli bir ortamda yaşadığı travmatik olaylara bakılmalıdır.
- P/A döneminde düşük, kürtaj, dış gebelik, evlat kaybı varsa doğan çocukta mantar gelişebilir.
- P/A döneminde veya çocuğun hayatında çok ani bir ayrılık çatışması oldu mu? Hiç beklenmedik bir anda terk edilme anısı.

Örneğin:
Doğumdan 1 ay sonra aniden hastalanan anne hastaneye kaldırılır. Bebek hem anneden ayrılığı hem de memeden ayrılığı deneyimler ve ağzında mantar oluşur. Anneye bu durumu uykuda anlattırdıktan 3 gün sonra mantar tamamen iyileşir.

Matematik Sorunu Yaşayan Çocuklar

- Matematik bir semboller bilimidir. Söz, nişan, düğün, yüzük gibi âdetlerin sırası karışmışsa doğacak çocuk matematik dersinde zorlanır.
- Gebelik âdet döngüsünün yanlış hesaplanması yüzünden oluşmuşsa doğacak çocuk yine hesaplama hataları yapabilir.
- Anne baba ayrılığı yaşayan çocuk aritmetik işlemlerini yapmakta zorlanır.
- P/A dönemi baba hesaplarla ilgili stres yaşarsa bu çocuğun kodlarına yansır.

Örneğin:
Ailelerini ikna edemeyen çift kaçarak evlenir ve çocuk olana kadar aileler onları affetmez. Çocuk doğduktan sonra ailelerin isteği ile düğün yaparlar, çocuk büyüdüğünde matematik ve geometride çok zorlanır.

Mavi Bebek

- P/A döneminde kalbini sevgiye kapatan ebeveyn kimdi? Kalbi kırılan ebeveynin çocuğuna aktardığı program.

Melanom/Melanosarkom

- P/A döneminde ayrılık yaşayan ebeveynin yaşadığı çatışma çocuğa aktarılmış olabilir. "Değer verdiğim ve izini kaybettiğim birinden koparıldım."
- P/A döneminde kişinin bütünlüğüne saldırı, biçiminin bozulması korkusu, kirletilme çatışması çocuğa kodlanabilir.

Örneğin:
Genç bir kız yatılı okulda arkadaşları ile duş alırken spor öğretmeni içeri girer ve "Daha bitirmedin mi?" diye sorar. Kız saldırıya uğramış hisseder ve cildinde kahverengi lekeler meydana gelir. Travma çözülünce azalma olur.

Meme Reddi

- Meme demek anne demektir. P/A döneminde annesiyle çatışma yaşayan ebeveyn kimdi?
- Aynı dönemde annelikle ilgili yaşanan çatışma, anne olmaya hazır olmayan annenin hamilelikle ilgili yaşadığı çatışma.
- P/A döneminde maddi sıkıntı yaşanması, ani para kaybı.

Menenjit

Beyin ve omuriliği çevreleyen zarların iltihaplanması olarak tanımlanan menenjit, acil tıbbi müdahale gerektiren bir hastalıktır. Ateş, baş ağrısı ve kusma menenjitin temel belirtileridir; ancak bu belirtiler kimi başka hastalıklarda da saptanabilmektedir.

- P/A döneminde anne veya babanın bir konu üzerine aşırı kafa yorması sonucu gelişebilir. İçinden çıkılamayan, çözüm bulunamayan olayların çocuğa aktarılan programı.
- "Başım, beynim için korkuyorum" diyen ebeveynin çocuğuna aktardığı program. Sürekli baş ağrısı çeken ebeveynin bu durumla ilgili kaygısı, ölüm tehlikesi ve korkusu.
- P/A döneminde babası tarafından adaletsizce yargılanan ebeveynin çatışması. Babayla yaşanan iletişim çatışması.
- Yeni evlenip hamile kalan kadın eşinin aile baskısının üstesinden gelemez; beyin cerebro-spinal sıvıyı artırarak duygusal çatıyı korur.

Örneğin:
Eşi hamile olan adamın kafasına biri silah dayamıştır, adam bu durumdan kurtulur ancak doğan çocukta menenjit gelişir.

Mide Hastalıkları

- P/A döneminde aile içinde yanlış anlaşılma ile ilgili yaşanan olaylar çocuğa mide rahatsızlığı olarak kodlanabilir. Kişinin ilişkide olduğu kişilerle yaşadığı çatışma.
- Aynı dönemde alanını, işini, evini kaybeden ebeveynin çatışması. Alanla ilgili hayal kırıklığı.
- P/A döneminde veya çocuğun kendi hayatında otoriteye cevap veremediği çatışmalar.

Mide Ülseri

Midenin iç yüzündeki belirli bir kısmın aşınması sonucu meydana gelen yaraya mide ülseri denir. Midenin iç kısmında mukusu üreten hücrelerden oluşan bir tabaka bulunur. Mukus, mideyi mide asitlerinden ve sindirim sıvılarından korur. Bu koruyucu tabaka zarar gördüğü zaman ülser ortaya çıkabilir.

- P/A döneminde kendi alanında huzuru kaçan, özel hayatına müdahale edilen ebeveynin çocuğa aktardığı çatışma. "Bölgeme zorla girenler var."
- Aynı dönemde istemediği halde boyun eğmek zorunda kalma ile ilgili çatışmalar. Sindirilemeyen öfke çatışması. "Katlanamadığım biri tarafından zorlanıyorum."

Örneğin:
Hamileliğinde kayınvalide zorbalığına uğrayan kadının bebeği doğunca mide ülseri geliştirir. Bu durum bebeğe anlatılınca düzelme olur.

Migren

Migren entelektüel seviyedeki bir değersizleşme çatışmasının tamir fazıdır.

- P/A döneminde kusursuz olmaya çalışmak ile ilgili çatışma yaşayan ebeveynin programı.
- P/A döneminde kıyaslanma çatışması. "Ben onlar kadar iyi değilim, onlar kadar becerikli değilim" diyen ebeveynin çocuğa aktardığı kodu.
- Aynı dönemde babası ile çatışma yaşayan, babasını kaybeden, babasını hayatından çıkaran ebeveynin çocuğuna aktardığı program. "Babamın babam olmasından utanıyorum, beni rezil ediyor."
- P/A döneminde tehlikeye maruz kalma. Tehlike tarafından fark edilme, görülme korkusu.

Örneğin:
12 yaşında migren atakları yaşayan çocuğun ailesi bize başvurdu. Çocuğun babasının kendi babasıyla P/A döneminden beri görüşmediğini, baba-oğul çatışması yaşadığını öğrendik. Bunu anneye uykuda anlattırdık, gündüz fotoğraf çalışmasıyla destekledik. 3 hafta içinde migren teşhisi kaldırıldı.

Miyop-Miyopi

- Tehlike yaklaştıkça, gözler yakına odaklanır, uzağı kaybeder. P/A döneminde veya çocuğun hayatında burnunun dibine kadar gelen tehlike neydi?
- Yine P/A dönemi veya çocuğun hayatında yakında, evde yaşayan bir otoritenin şiddetinden korunmak için beyin yakına odaklanma programını başlatabilir.

Örneğin:
Çocuk alkolik babasının eve gelmesinden korkmaktadır. Baba eve geldiğinde çocuğa yaklaşıp bir tokat atmaktadır. Çocuk yakınındaki bu tokada yoğunlaşarak küçük yaşta miyopi geliştirir. Bu çatışma çözülünce gözde yarı yarıya derece düşer.

Mongolizm-Down Sendromu

- Her ne kadar bugüne kadar bu hastalıkla ilgili çözüm bulunamamışsa da istatistik olarak verilere bakıldığında bulunan çatışmalar şunlardır:
- "Çocuk doğurmak için çok kötü bir döneme denk geldim. Evladım için bir gelecek planlayamıyorum."
- Anne olmak ile olmamak arasında kalan, hamile kaldığında hazır olmadığını hisseden annenin çatışması.

Multiple Skleroz-MS

MS (Multiple Skleroz) beyinde ve omurilikte, mesajları taşıyan sinir telleri etrafındaki koruyucu kılıfın (miyelin kılıfı) hastalığıdır. Bir çocukta bu tanı var ise 3 temel çatışma görülür:

- P/A döneminde ebeveynlerin yaşadığı bir düşme anısı. (Sembolik de olabilir.)
- Aynı dönemde yaşanan aşırı değersizlik hissettiren çatışmalar.
- P/A dönemi ayrılık çatışması yaşayan partnerin eşini evde tutmak için bir bebek projesi yapması. Bu amaçla döllenen bebek MS kodunu hayatına alabilir.
- Soyağacında zimmete para geçirme hatırası varsa atalardan bu çatışma aktarılmış olabilir.
- P/A döneminde veya çocuğun hayatında doktorda, dişçide aşı, iğne yapılırken kıpırdamadan durma çatışması.
- P/A döneminde baba bebeği aldırmak istedi mi? Aynı dönemde babasının korumasını kaybeden, bir erkek tarafından şiddete uğrayan ebeveyn var mı?

Örneğin:
Adam karısını aldatmaktadır ve kadının gitmesine müsaade etmemektedir. Kadın daha fazla dayanamaz ve evi terk etmeye karar verir ancak tam o dönemde adam karısını evde tutmak için zorla hamile bırakır. Doğan çocuk annesinin yaşına geldiğinde MS teşhisi konulur.

Nefrit

Akut nefrit, böbrekleriniz aniden iltihaplandığında ortaya çıkar. Böbrek fonksiyon bozukluğuna neden olan böbreğin iltihaplanmasıdır.

- P/A döneminde veya çocuğun hayatında öfke, başarısızlık, hayal kırıklığı yaşanan ani şoklar karşısında çaresiz kalınan durumlar.
- Aynı dönemde kendini ifade edememe ve "hayır" diyememe çatışması.
- Kişinin hayatındaki büyük bir sırrın varlığı, içine atmak zorunda olduğu gizli bir olay. Bazen tacize uğrayan bir çocuğun kimselere söyleyemediği sırrı.

Örneğin:
Küçük kız 6 yaşındayken dayısı tarafından tacize uğrar. Bu durumu kimselere anlatamaz, olaydan 1 hafta sonra ağır bir nefrit geçirir.

Nöroblastom

Nöroblastom (ya da nöroblastoma), sinir hücrelerinden çıkan tümördür. Genellikle 1 yaş altı bebeklerde görülen bu ur (tümör), çocuk yaşlarda görülen kanser türlerinin yaklaşık %10'luk bir kısmını oluşturur.

- P/A döneminde kendini güvende ve korunmuş hissetmeyen ebeveynin çatışması. "Hayatımın bu zorlu döneminde korunmuş hissetmiyorum."
- Aynı dönemde güvendiği kişi tarafından yalnız bırakılan, hayal kırıklığına uğrayan ebeveyn. "Bana yardım etmesi gereken kişi yanımda değil."
- P/A döneminde ebeveynlerin yaşadığı desteksiz kalma çatışması. Blast teriminin geçtiği hastalıklarda her zaman desteksiz kalma çatışması aranmalıdır.

Örneğin:
P/A döneminde bir anda iflas eden ve bu durumu kimselere anlatamayan adamın çocuğu nöroblastoma tanısı ile dünyaya gelir. Anneye bu durumu gece anlattırdık, çocuğun teşhisi kaldırıldı.

Okuma Problemi

- P/A döneminde otoriter birine karşı öfkelenen, otoriteyi reddeden ebeveynin çatışması. Bazen bu durum doğum anında otoriter bir doktor veya hastane personeline karşı hissedilebilir.
- Yine P/A döneminde okuduğu bir belgenin içeriği ile ilgili şok yaşayan ebeveynin çocuğa aktardığı kodu. (Bir haciz belgesi, tebligat, kredi kartı ekstresi, ceza tutanağı vs.)
- Çocuk okula başladığında çok otoriter ve baskın bir öğretmen tarafından korkutulursa bu durum kodlanabilir.

Örneğin:
Okula başlamadan önce evde ablasının yardımıyla yeni yeni okumaya başlayan çocuk, okula başladığı hafta bütün bildiklerini unutur. Öğretmenin çok sert bir öğretmen olduğunu öğrendiğimizde hem öğretmenine çocukla bir konuşma yaptırdık hem de anneye uykuda çalışma yaptırdık. Kısa bir süre sonra çocuk okuma sorununu hızla aştı.

Obsesif Kompulsif Bozukluk (OKB)

Obsesif kompulsif bozukluk (OKB), insanların obsesyon adı verilen sürekli tekrar eden düşüncelere sahip olması ve bu düşüncenin kendisini rahatsız etmesinden ötürü, genellikle rahatlamak amacıyla ritüel veya kompulsiyon adı verilen sürekli tekrar eden davranışlarda bulunmasıyla karakterize bir durumdur.

- P/A döneminde bir kişiyi hem çok sevmek hem de ondan nefret etmek arasında kalan ebeveynin veya çocuğun çatışması. Zıt duyguları aynı anda hissetmek ile ilgili çatışmalar.
- Korkular yüzünden çok istediği şeyleri erteleyen kişilerin çatışması.
- Ebeveynlerin P/A döneminde veya çocuğun hayatında gerçeklerden duyulan acı yüzünden gerçeği reddetmek ile ilgili düştükleri ikilem. (Şizofreninin alt tonu.)
- P/A döneminde ebeveynlerin veya çocuğun kendi hayatında kendini kirlenmiş, suçlanmış hissetme çatışmasının beyindeki çözümü. (Aşırı titizlik, temizlik, sürekli el yıkama vs.)
- Çocuğun hayatında anne-baba arasındaki bitmeyen kavgalar yüzünden hissettiği zıt duygular. Annesinin şiddet gördüğüne tanık olan çocuğun çatışması.

Omurilik Menenjiti

Beyin ve omuriliği çevreleyen zarların iltihaplanması olarak tanımlanan menenjit, acil tıbbi müdahale gerektiren bir hastalıktır. Ateş, baş ağrısı ve kusma menenjitin temel belirtileridir; ancak bu belirtiler kimi başka hastalıklarda da saptanabilmektedir.

- P/A döneminde ebeveynlerin aile içinde hissettikleri aşırı uyumsuzluk ve öfke çatışması.

- Aynı dönemde yaşanılan ortamda hissedilen kızgınlık ve öfke, bu durumu değiştirememenin verdiği çaresizlik çatışması.
- P/A döneminde kendini desteksiz ve yapayalnız hisseden ebeveynin çatışması.
- Aynı dönemde kişinin içdünyasında yaşadığı içsel gelgit ve karmaşalar.

Onikiparmakbağırsağı Hastalıkları

Duodenum ülseri (onikiparmakbağırsağı) üst incebağırsağın mideye komşu olan yerinde gelişen yüzeysel yaralardır. Nasıl oluşur? Mide asidi ve sindirim enzimleri tarafından onikiparmakbağırsağı tabakalarının tahrip edilmesiyle gelişir.

- P/A döneminde aile içinde iki erkek arasındaki çatışmayla ilgilidir. Bu kod doğan çocuğa aktarılır.
- Aynı dönemde yaşanan yoksunluk ve adaletsizlik konularına bakılmalıdır.
- P/A döneminde ebeveynlerin aile fertleri, iş arkadaşları ile parayla ilgili çatışmalarına bakılmalıdır. Yemekle, parayla, gelecekle ilgili kaygılar.

Obsesif kompulsif bozukluk (OKB). 16 yaşında duodenum ülseri geliştiren çocuğun P/A döneminde babasıyla dedesinin kavga ettiğini öğrendik. Çocuk 15 yaşına geldiğinde kendi babasıyla giriştiği tartışmadan sonra tetiklendiğini ve ülserin başladığını tespit ettik. Anne fotoğrafa konuşarak bu sorunu çözdü.

Ortakulak Kolesteatomu

Kolesteatom, ortakulakta, kulak zarı arkasında gelişebilecek anormal, kanserli olmayan bir cilt büyümesidir. Bir doğum kusuru olabilir, ancak sıklıkla tekrarlanan ortakulak enfeksiyonlarından kaynaklanır.

- P/A döneminde ebeveynler arasında bir kavga çocuğa kodlanmış olabilir.
- Aynı dönemde kocasının sessizliğinin acısını çeken bir anne.
- Çocuğu ağır hasta olan annenin, en küçük seste bile umutlanması.
- Gebelik sırasında ebeveynlerin boşanmaktan bahsetmesi.
- P/A döneminde ebeveynlerin kulakla yakalamaya çalıştıkları sırlar, bilgiler ile ilgili yaşanan çatışmalar.

Örneğin:
Hamile annenin çocuğu hastanede yoğun bakımda kalp yetmezliği yüzünden yatmaktadır. Annenin gözüne uyku girmez, monitörden çocuğunun kalp atışlarını dinler. En ufak bir artış duymak için dikkat kesilir, doğan çocuğu kolesteatom geliştirir.

Ortakulak İltihabı

Çocukların istemedikleri bir şeyin zorla yaptırılması.

- P/A döneminde veya çocuğun kendi hayatında yaşadıkları çok büyük korku çatışması.
- P/A döneminde ebeveynlerin bir sırla ilgili çatışmaları, öğrenmek istedikleri bilgiye ulaşamadıkları çatışmalar. "Çok önemli bir bilgiyi duyamadım." Lokmayı yakalayamama çatışması.

Örneğin:
Kadın hamileyken eşinin ortağıyla yaşadığı bir sorun olduğunu fark eder. Bu durumu anlamak için telefon konuşmalarını gizli gizli dinler bir şey duyamaz (lokmayı yakalayamama). Doğan çocukta ortakulak iltihabı gelişir, bu durum çocuğa anlatılınca düzelme olur.

Otizm

Çok yönlü araştırılması gereken zor bir konudur. Otizmli çocuk kara delik gibidir, her uyaranı alır, vermez. Sorulması gereken sorular:

- Doğum anında annenin deneyimlediği ölüme yaklaşma anısı var mı? Annenin hayatında ölümle burun buruna gelme deneyimi var mı?
- Üst soylarda veya akrabalar arasında evlilik dışı doğan veya evlatlık olan çocuk var mı?
- Çocuk doğum anından 2 yaşına kadar olan döneminde çok büyük bir korku yaşadı mı?
- P/A döneminde "Kusursuz olmak zorundayım, aksi halde hiç konuşmamalıyım" diyen ebeveyn kimdi?
- P/A döneminde anne veya babanın büyük bir sırrı oldu mu? Bu sır ile ilgili sıkıntı yaşandı mı?
- Çocuk kardeşi doğduktan sonra huy değiştirdi mi, kardeş kıskançlığı yaşadı mı?

Örneğin:
Anne doğum anında şoka girer, acil olarak bebek alınır ancak annenin tansiyonu sıfıra düşer. Doktorların çabasıyla anne

hayata döndürülür ancak bebek tam bu ölüm deneyimi anında doğmuştur. Çocuk otizmli doğar.

Öfkeli Çocuklar

- P/A döneminde öfke sorunu yaşayan ebeveyn kimdi? Çocuklar bazen ebeveynlerinin öfkesini devralarak dünyaya gelir.
- P/A döneminde düşük, kürtaj, dış gebelik, erken doğum anısı varsa bu çatışmalar da çocukta öfke sorununu oluşturabilir.
- Memeden süt gelmediği durumlarda aç kalan bebek öfke çatışması ile kodlanabilir. Bazen de memeden ani kesilen bebeklerde görülür.

Örneğin:
6 yaşında sürekli agresif davranan, arkadaşları ile kavga eden çocuğun annesine P/A döneminde ne yaşadığı sorulur. Annesinin kayınvalidesine duyduğu öfke olduğu ortaya çıkar ve anne bu durumu hem gece uykuda hem de gündüz fotoğrafa anlatarak sorunu çözer.

Öpücük Hastalığı-Mononükleoz

Öpücük hastalığı, enfeksiyöz mononükleoz veya kısaca mono hastalığı, Epstein-Barr virüsünün neden olduğu yaygın bir bulaşıcı hastalıktır.

- P/A döneminde kendini yalnız hisseden, ailesinden destek alamayan ebeveynin çatışması. "Ailemde yalnız hissediyorum."

- Aynı dönemde cinsellikte yetersiz hissetmek, cinsellikten korkmak ile ilgili duyguları barındıran ebeveynin çatışması.
- Cinsel ilişkiye kendini hazır hissetmemek.

Örneğin:
Kadın kocasını haksız yere evden atar. Bir süre sonra barışırlar ve baba eve döner. Çocuklarda mononükleoz oluşur.

Özefagus Spazmları-Yemek Borusu

- P/A döneminde veya çocuğun hayatında çözümsüz kalınan yerlerle ilgili çatışmalar. Çaresiz hissedilen bir durumda: "Bir şeyi (çözümü) yakalamak istiyorum, başaramıyorum."
- Aynı dönemde kişiye zorla dayatılan emirler, davranış şekilleri bu çatışmayı tetikleyebilir. "Yutmak istemiyorum ama yutmuş gibi yapmak zorundayım. İstemesem de bunu yutmak zorundayım."

Örneğin:
Bütün gün okulda derslikte kalan öğrenci, ders bitiminde basketbol oynamak ister ancak büyük sınıflar sahayı çoktan kapmıştır. Çocukta yemek borusu spazmları başlar.

Özsaygı Eksikliği

- Çocuk doğduğu anda kendisine aile veya doğum ekibi tarafından yöneltilen ilk bakış, temas, söz çok önemlidir. Bebek beğenilmediğinde bunu hisseder, özsaygıyı kaybeder.

- Doğum anında anneye kendini değersiz hissettiren çatışmalar. Bazen doktor tarafından, hemşire tarafından azarlanma. Bazen acısı küçümsenen, bağırdığı için eleştirilen annenin çatışması.
- P/A döneminde ebeveynlerden birinin kendini çok değersiz hissettiği travmalar.

Örneğin:
Küçüklüğünden beri özsaygı sorunu yaşayan çocuğun annesi bize başvurdu. 16 yaşındaki çocuğun arkadaş edinemediği, topluluğa karışamadığı ve ders aralarında kimseyle iletişim kurmadığı bilgisini aldık. Annesine doğum anında bebeği kimin beğenmediğini sorduğumuzda, kayınvalidesinin bebeği beğenmediğini, kucağına verdiklerinde almak istemediğini anlattı. Bu veriyi kullanarak çocuğun fotoğrafına 21 gün fotoğraf çalışması yaptık ve çocuk çok daha özgüvenli hale geldi.

Pamukçuk

- P/A döneminde daha çok annenin yaşadığı ölüm kalım meselesi olan yoğun stres ve korku deneyimi.
- P/A dönemi ebeveynlerin kendi anneleri ile ilgili yaşadıkları ayrılık çatışması.
- Bebeğin doğum sonrası bir sebeple anneden ayrılma anısı. Bazen kuvöze alınan bebeğin deneyimi. Anneden ayrılık çatışması. "Ağlamam annemi getirmeye yetmiyor. Annemi çağırmak için pamukçuk geliştiriyorum."
- Meme demek anne demektir, ilk doğduğunda memeden süt gelmeyen durumlarda da bebek anne ayrılığı deneyimleyebilir.

Örneğin:
Hamileyken eşi ile annesi arasında kalan kadın bu duruma çok içerler, annesiyle rahatça görüşemez. Annenin bu çatışması doğan çocuğa kodlanır, çocukta pamukçuk çıkar. Bu durum bebeğe anlatıldığında normale döner.

Panik Atak

- P/A döneminde ebeveynlerin şahit olduğu bir ölüm oldu mu? Çocuk birinin ölümüne şahit oldu mu?
- Annenin veya çocuğun hayatında taciz, ensest anısı var mı?
- P/A döneminde ebeveynlerin hayatında veya çocuğun hayatında boğulma tehlikesi anısı, bir süre nefessiz kalma, ölüme yaklaşma deneyimi var mı?
- Baba ile ilgili korku çatışması: "Babam için endişelenirim ama aynı zamanda ondan çok korkarım." Bunu P/A döneminde ebeveynler de hissetmiş olabilir, çocuk kendi hayatında da deneyimlemiş olabilir.

Parmak Emme

- Başparmak: Tat duygusu, yargılanma (iyi/kötü).
- İşaretparmağı: Koku, burun, otorite, baba, tehlike.
- Ortaparmak: Yasak dokunuş, cinsellik çatışması.
- Serçeparmağı: Duyma, aile sırları.
- P/A döneminde cinsel olarak tatmin hissetmeyen, yeterince temas ve dokunulma hissetmeyen ebeveynin çocuğa aktardığı çatışma.

- Aynı dönemde babasıyla yeterince iletişim kuramayan, babasıyla ilgili sorun yaşayan ebeveynin çatışması olarak da çocuğa kodlanabilir. Çocuk başparmağını damağa bastırıyorsa baba, dile bastırıyorsa anne çatışması aranır.
- P/A dönemini tehlikeli bir ortamda geçiren annenin güvende hissetmediği durumlar çocuğa parmak emme olarak kodlanabilir.

Örneğin:
Pandemi öncesi hamile kalan kadın haberleri izlediğinde, hastanelerde yer kalmadığını öğrenir ve doğacak çocuğunun güvenliği ve doğumu için endişelenmeye başlar. Çocuk doğduktan sonra parmak emmeye başlar, anneye bu çatışmayı anlattırdığımızda hızla bu alışkanlığından vazgeçer.

Parmak Ucunda Yürüme

- P/A döneminde annesi veya kayınvalidesi tarafından suçlanan ebeveynin çatışması.
- Aynı dönemde aileye kabul edilmekle ilgili sıkıntılar. Aile tarafından adaletsizce suçlanan annenin çocuğa aktardığı kodu.
- P/A döneminde eşi tarafından desteklenmeyen, suçlanan, kendini güvende hissetmeyen kadının çocuğa aktardığı çatışması.

Örneğin:
P/A döneminde eşinin ailesi tarafından kabul görmeyen kadın çocuğu yürümeye başladığında ayak uçlarına bastığını fark eder ve bize başvurur. Aileyle ilgili bu çatışmayı anlattırdığımızda 1 hafta içinde çocuk normal yürümeye başlar.

Pelteklik

- P/A dönemi dışarıdaki tehlike yüzünden (pandemi, iç-savaş, ekonomik sorunlar vb.) bebeği için telaşlanan annenin bebeğine yüklediği "Büyümek tehlikelidir!" programı. Bebeğin dışarıdaki tehlike yüzünden anne karnına dönme isteği.
- Annesinden ayrılık yaşayan bebeğin anne karnına dönme, bütünleşme isteği. Doğar doğmaz kuvöze alınan bebeğin çatışması.
- Doğumdan sonra işine dönmek zorunda kalan annelerin çocuklarının çatışması.

Perikardit-Kalp Zarı İltihabı

Perikardit, kalp zarı iltihaplanmasıdır. Perikardit genellikle akuttur, yani aniden gelişir ve birkaç ay boyunca devam edebilir. Eğer görebilseydiniz ve dokunabilseydiniz, kalbi çevreleyen bu zarın tıpkı cildinizdeki iltihaplanmış bir kesik gibi kızardığını ve şiştiğini görebilirdiniz.

- P/A döneminde kişinin kendi kalbi veya yakınlarının kalbindeki bir sorun ile ilgili hissettiği endişe çocuğa bu kodu verebilir.
- Aynı dönemde bir saldırı korkusu, ebeveynler arası kalp kırıcı davranışlar, sevgi konusuyla ilgili bir kayıp.

Örneğin:
Hamileyken kadının babası üçüncü kez kalp krizi geçirir ve ölümden döner. Doğan çocuğunda kalp zarı iltihabı görülür. Bu durum çocuğa anlatılınca düzelme olur.

Plasenta – Yapışık

Plasentanın yapışması rahim duvarındaki kas tabakasına ulaşacak kadar daha derin olursa plasenta inkreata denir, rahim duvarının dışına geçecek kadar hatta çevredeki mesane gibi organlara ulaşacak kadar derin yapışma durumuna plasenta perkreata denir.

- Annenin hamilelikte bebeği için çok endişelenerek bebeğini sembolik olarak içinde tutma isteği. Dünyanın tehlikeli bir yer olduğu, bebeğinin güvensiz bir ortamda büyüyeceği endişesi taşıyan annenin çatışması.
- P/A döneminde maddi olarak sıkıntı yaşayan annenin bebeğini nasıl besleyeceğini bilememe korkusu.
- Üst soyda bebeğini ihmal etmiş ve ölümüne sebep olmuş bir kadının suçluluk anısı.

Plasenta Previa

Plasenta previa, bebeğin eşi olarak bilinen plasentanın rahim içinde doğum kanalını kapatacak şekilde yerleşmesi durumudur.

- P/A döneminde annenin yaşadığı cinsellik çatışması. Bebeği babanın cinsel organından koruma isteği (hamilelikte seks yapmak isteyen babaya karşı annenin çözümü).
- Annenin kendi hayatında dayakçı bir baba anısı var mı? P/A döneminde şiddet anısı var mı?

Örneğin:
Hamileyken eşinin beraber olma isteğini reddetmek isteyen kadının çatışması. Çocuğa zarar geleceğinden korkan anne

plasentayı kalkan olarak kodlar (plasenta bebekle doğum kanalı arasına yerleşir).

Polip-Nazal – Burun İçi

- P/A döneminde veya çocuğun hayatında yaşanan tehlikeli durumlar. "Yaklaşan tehlikenin kokusunu almak zorundayım."
- Aynı dönemde ailesi tarafından dışlanan ebeveynin öfke çatışması. Klanından dışlanma ile ilgili kaygılar.

Örneğin:
Kötü kokan bir çoban çocuğu, okulda diğer çocukların kokusunu almamasını arzular. Burnunda polip gelişir, çatışma çözülünce düzelme olur.

Polisitemia Vera

Polisitemia vera (PV), herhangi bir uyaran olmadan ve ekstramedüller hematopoeze eğilim yaratmadan morfolojik olarak normal kırmızı kan hücreleri, beyaz küre hücreleri ve trombositlerin aşırı üretimi ile karakterize, edinsel klonal hematopoetik bir kök hücre hastalığıdır.

- Üst soyda birinin kanamadan ölmesi doğan çocuğa bu hastalığı kodlayabilir.
- P/A dönemi annenin kanama geçirmesi, kan kaybından ölme korkusu, çocuğunu kanama yüzünden kaybetme korkusunun çocuğa kodlanması.

Örneğin:
Büyükannesi kanamadan ölen bir çocuğa bu teşhis konulmuştur.

Rahmin Ters Dönmesi

Rahim ile vajina arasındaki açısal ilişkiye versiyon denir. Klinikte en çok rastlanan pozisyon bozukluğu retroversiyon adı verilen rahmin arkaya doğru devrilmesidir. Rahim tamamen arkaya yatıp açıda da bükülme oluşabilir. Bu durum kadınların %10'unda görülür.

- P/A dönemi evliliğinden pişmanlık duyan kadının çatışması. "Doğru adamla üremedim."
- Aynı dönemde isteği dışında hamile kalan kadının çatışması. Hamile kalmayı istememek ile ilgili çatışma.
- P/A döneminde bebeğine iyi bakamayacağını düşünen, bu durumla ilgili tedirginlik yaşayan kadının geliştirdiği program.

Raşitizm

Raşitizm, çocuklarda görülen, uzun süreli ve aşırı miktarda D vitamini eksikliğinden kaynaklanan bir hastalıktır. Raşitizm hastalığı çocukların kemiklerinin yumuşamasına ve zayıflamasına neden olur.

- Duygusal olarak kötü beslenme ya da beslenememe. Anne hamileliği veya öncesinde yeterince ilgi görememişse, doğan çocuğuna bu hastalığı kodlayabilir. Sevgi ve güvenlik eksikliği ya da yokluğu. Aile içinde hissedilen değersizlik.

Raynaud Hastalığı

Raynaud hastalığı, el ve ayak parmaklarını etkileyen bir kan dolaşımı bozukluğudur. Parmaklarda kangrene kadar gidebilir. El ve ayak atardamarlarında aşırı büzülme ve buna bağlı belirtiler olur.

- Çocuğun yaşadığı evdeki büyük tehlike neydi? Ensest veya taciz anısı var mı?
- P/A döneminde ebeveynlerin hayatında veya çocuğun hayatında yaşadığı anne baba çatışması. Kişinin anne babasıyla ilgili iletişim sorunları. "Annem ve babamla bağlantım ölü gibi."
- Aynı dönemde aile içinde kendini savunamayan kişinin çatışması. Kendini savunmada yetersiz kalma.
- Üst soylarda ilgili organın kaybı ile ilgili anılar (parmakları kopan bir ata anısı).
- El bölgesinde oluşmuşsa baba ile ilgili, ayak bölgesinde oluşmuşsa anne ile ilgili kayıpları ilgilendirir.

Örneğin:
Küçükken dayısı tarafından defalarca taciz edilen küçük kız, ilk partneri ile ilişkiye girdikten hemen sonra Raynaud hastası oluyor. Bu çatışma ile ilgili çalışma yaptıktan sonra damarların dolaşımı düzeliyor.

Reflü

Reflü hastalığı asit, safra ve mukustan oluşan mide salgılarının yemek borusu veya ağza kadar yer değiştirmesidir. Reflü hastalığı, ağza kadar gelen acı tat ve yiyecek hissi ile kendini göstermektedir.

- P/A dönemi annesi ile sorun yaşayan ebeveynin çocuğuna aktardığı program. "Benim annem hiçbir zaman doğru sözleri, güzel sözleri söylemedi. Bunları duymak için kapıyı (sembolik olarak mide ağzı) açık bırakıyorum."
- P/A dönemi anne partnerini üzmemek için ağzını kapalı tutar, bu çatışma bebeğe geçer.

- P/A döneminde ebeveynlerin söylemek isteyip de söyleyemedikleri, midelerine oturan şey ne?

Örneğin:

Kadın hamileyken kayınvalidesi tarafından hakarete uğruyor ancak bu durumu eşine söylemiyor. Evin huzurunu bozmamak için kayınvalidesine saygılı davranmaya devam edip, ondan anlayış bekliyor. Ancak hiçbir şekilde duymak istediği güzel sözleri duyamıyor ve bu çatışmayı bebeğine kodluyor. Bebek doğuştan reflü hastası ve bu çatışma bebeğe anlatılınca çok kısa bir süre içinde düzelme oluyor.

Rinit-Alerjik Rinit-Saman Nezlesi

Alerjik rinit, halk arasında bilinen adı ile saman nezlesi; bağışıklık sisteminizin nefes yoluyla vücudunuza aldığınız maddelere (polen gibi) aşırı tepki vermesiyle ortaya çıkan alerjik bir reaksiyondur.

- P/A döneminde veya çocuğun hayatında kişinin uzaklaştırmayı istediği bir zorluk ya da problemin çatışması.
- Aynı dönemde ebeveynlerin veya çocuğun yaşadığı kötü kokulu bir ortama katlanmak zorunda kalma. Bir başkasının kokusuna dayanamama.
- P/A döneminde yaşanan ayrılığın sonucu tehlikede hissetme çatışması çocuğa rinit olarak kodlanabilir.
- Anne babasının kavgasına şahit olan çocuğun yaşadığı korku bu hastalığı kodlayabilir.

Örneğin:

6 yaşındaki çocuğuna alerjik rinit teşhisi konulan anne bize başvurdu. Hamileliğin 6. ayında annenin evde bulduğu ölü

farenin kokusundan çok etkilendiğini öğrendik. Bu çatışmayı çocuğa anlatmasını istedik, aynı hafta çocuğun burnu açıldı.

Saç Dökülmesi

- P/A döneminde suçluluk hissettiren çatışmalar.
- Aynı dönemde erkeklerde "Doğru partneri bulamam!" çatışması.
- P/A döneminde kadınlarda yuva kuramama, yuvayı kaybetme çatışması. "İstediğim gibi bir yuva kuramadım, hayal ettiğim evlilik bu değildi!" diyen kadının çocuğuna aktardığı program.
- P/A döneminde cinsellik, temas ve iletişim ile ilgili travmalar.

Örneğin:
Genç çocuk kız arkadaşından ayrıldıktan hemen sonra saçları dökülür, bu durum aylarca devam eder. Kendini mutlu hissettiği yeni ilişkisi başlayınca dökülme durur.

Saçkıran

- Çocuğun hayatında hissettiği bir yol ayrımında olma, ayrılık, değersizlik, korunmanın kaybı ile ilgili çatışmalar.
- Çocuğun hayatında çok korktuğu, donakaldığı, korumasız kaldığı anlarla çok ilgilidir. "Biri ya da bir şey saçlarımın diken diken olmasına sebep oluyor." Anne baba çatışmasına şahit olan çocuğun yaşadığı stres.
- P/A döneminde eşlerin yuvalarının dağılma tehlikesi yaşandı mı? Yuvayı kaybetme, güzel bir yuva kuramama çatışması. Çok büyük öfkenin eşlik ettiği ayrılık çatışması.

Örneğin:
Genç kız âşık olduğu adamın evli olduğunu öğrendikten sonra yuva çatışması yaşar. Öfkeyle başka bir adamla evlenip hemen hamile kalır. Doğan çocuk 3 yaşında saçkıran olur, bu durum anlatıldığında 1 ay içinde tamamen iyileşir.

Sağırlık

Genellikle ana rahmindeki çatışmalar ile ilgilidir.

- Hamilelik döneminde gizlenen bir aile sırrı çocukta işitme kaybına sebep olabilir.
- Yine hamilelik döneminde "Duyduğum şey yüzünden acı çektim, kulaklarıma inanamıyorum!" diyen annenin çocuğuna yüklediği program.
- Genelde ana rahmindeki çocuğun ebeveynlerinin kendi aralarında yaşadıkları gürültülü kavgalar.
- Gürültülü bir ortamda geçirilen hamileliğin çocuğa yüklediği program olarak ortaya çıkabilir.

Örneğin:
Hamile bir kadın her gece eşiyle tartışmaktadır. Bebekleri için daha büyük bir ev arzulamaktadır. Bu tartışmalar doğan çocukta işitme azalmasıyla kodlanır. Bu deneyim bebeğe anlatıldığında işitme artar.

Sarılık

- Çocuğun kendi hayatında birine karşı hissettiği aşırı kin çocukta bu programı başlatabilir.
- P/A döneminde veya çocuğun hayatında yaşadığı yoksunluk çatışması. Aynı dönemde maddi olarak yaşanan

sıkıntılara bakılmalıdır. Yoksun kalma, geleceği garanti altına alamama çatışması.

Örneğin:
5 yaşındayken babası aniden evi terk eden çocuk hiç kimseden bilgi alamaz. Annesi bu konuda soru sormasını yasaklar ve babasının bir daha gelmeyeceğini söyler. Annesine ve babasına duyduğu kin ile sarılık geçirir.

Seboreik Dermatit

Seboreik dermatit, egzama çeşitlerinden biridir. Genetiktir. Saçlı derimizde, kaşlarda, burun kenarlarında, kulak içlerinde ve arkalarında, erkeklerde sakal bıyık varsa sakal içlerinde hatta göğüs ortasında, kimi zaman sırtta ortaya çıkabilir. Kaşıntılı kızarıklık, kabuklanma, pullanma şeklinde görülür.

- P/A dönemi veya çocuğun hayatında yaşadığı tehlikeli olaylar, bu olaylarla ilgili sürekli tetikte kalma. "Başıma her an bir şey gelebilir, bu yüzden kendimi korumak için tetikte olmalıyım."
- P/A döneminde kişinin hayatında katlanmak zorunda olduğu, istemese de susmak zorunda olduğu çatışmalar.
- Aynı dönemde yaşanan yargılanma korkusu. Kişinin yaptığı bir hatadan dolayı yargılanma korkusu, bu durumun açığa çıkacağı ile ilgili yaşanan tedirginlik.
- P/A döneminde kendi için yaşamayı bırakıp, başkalarının ihtiyaçları için kendini feda eden ebeveynin, bu durumdan hoşnutsuz olmakla ilgili çatışmaları. Ortaya çıkan bölge ile ilgili fiziksel hoşnutsuzluk, estetik değersizlik çatışması.

Sedef

Sedef hastalığı, cilt hücrelerinin normalden birkaç kat daha hızlı çoğalmasına neden olan bir cilt bozukluğudur. Bir diğer adı da psoriasis olan sedef hastalığı sırasında ciltte beyaz pullarla kaplı engebeli kırmızı lekeler görülmeye başlanır.

- P/A döneminde anne ve baba ayrı ayrı ayrılığı düşünür birbirlerine söylemezler. Çocuk hatırına ayrılıktan vazgeçtikleri zaman bu program çocuğa sedef olarak yüklenir.
- Daima çifte ayrılık çatışması (iki kişi, iki ayrı olay, aynı anda olmak zorunda değil). İki çatışmadan biri aktif fazda, diğeri tamir fazındadır. P/A döneminde çifte ayrılık yaşayan ebeveynin çatışmalarından bir tanesinin çözüme ulaşması ile oluşabilir.
- Bazen aynı kişiyle iki defa ayrılık olabilir. P/A döneminde defalarca ayrılıp barışan ebeveynlerin çocuğa aktardıkları kod.
- Aynı dönemde kişinin kendisiyle, kimliğiyle, özgüveniyle ilgili hissettiği çifte çatışma.
- P/A döneminde istemediği halde temasa zorlanma çatışması yaşayan ebeveyn kimdi? Bir tür zorlama ile temasa zorlanan ebeveynin çatışması.
- Aile ağacında üst soylarda yakılma anısı, yanarak ölme veya yaralanma anısı araştırılmalıdır.

Örneğin:
Başında sedef lekesi ile doğan çocuğa annesi P/A döneminde defalarca yaşadığı ayrılık çatışmasını anlatarak tamamen iyileşmesini sağladı.

Serebral Palsi

Serebral palsi, yani beyin felci insan vücudundaki kasların hareketlerini, tonusunu veya vücudun duruşunu etkileyen bir grup fiziksel engel durumuna verilen isimdir. Serebral palsi çoğunlukla doğumdan önce olmak üzere olgunlaşmamış beynin gelişmesi sırasında meydana gelen hasardan kaynaklanır.

- Bebeğin anne karnındayken yaşadığı büyük korku... "Annemin karnındayken kendimi tamamen kapatmama sebep olan büyük bir çatışma yaşadım."
- Hamilelik döneminde ebeveynlerin istemedikleri bir yolda zorla ilerlemek zorunda kalması.
- Hamilelik döneminde ebeveynlerin kaybettikleri itibarlarını kazanma mücadeleleri.
- Hamilelik döneminde babanın içinden çıkamadığı, çözüm bulmak zorunda kaldığı durum.

Sezaryen Doğum

- Doğumda ağrıdan kaçmak için sezaryen ameliyatı isteyen anne çocuğa dikkat dağınıklığı kodu yükleyebilir. Ayrıca çocuk hep başkalarının desteğiyle hareket eder.
- Doğum normal başlayıp sezaryene dönmüşse çocuk başladığı işleri yarım bırakabilir, hayatta hep daldan dala atlayan bir çocuk olabilir.
- Annenin isteği dışında sezaryen yapılmışsa, çocuk otorite karşısında kendini savunamayabilir.

Örneğin:
Okul hayatında sürekli ebeveyn ve öğretmenlerin ittirmesi ile ders çalışan çocuğa sezaryen çatışması anlatıldığında sorumluluğunu almaya başlar.

Sınav Kaygısı

Bilinçaltında çocuğun sınav anı annenin doğum anıyla eşdeğerdir. Doğum bebeğin ilk sınavıdır.

- Doğum anında çok korkan, bir şeyler ters gittiği için endişe duyan annenin çocuğu sınavlara girdiğinde çok kaygılanabilir.
- Beklenmedik bir anda acil bir doğum başlarsa, çocuk sınavlarda panik yapabilir.
- Doğum anında doktorun veya hastane personelinin ters davranışı doğan çocukta okul ve sınav kaygısı yaratabilir.

Siğil

- Bazen P/A döneminde bazen de çocuğun kendi hayatında utanç, suçluluk, derin pişmanlık çatışmasının tamir fazında ortaya çıkar.
- Kıyaslanma yaşayan çocuğun "Arkadaşlarım kadar iyi değilim" dediği yerlerde tetiklenebilir.
- Bölgesine göre anlamı değişir:
- Ayak-kökler
- Sırt geçmiş
- Ön-gelecek
- Yanlar günümüz
- Yüz kişinin kendi görüntüsü
- Sol taraf dişil
- Sağ taraf eril
- El-elle yapılan işler

- Her iki el çatışma çok yoğun olduğunda
- Boyun ve boyuna temas içeren ayrılık (mesela sevgili bir kolye vermiş ve ayrılık yaşanmıştır, yeni sevgili bulduğunda boyunda siğil çıkar).
- Burun-baba çatışması

Örneğin:
Küçük çocuğun elyazısı kötüdür, sınıfta öğretmen kâğıdını arkadaşlarının önünde kaldırarak ne kadar kötü yazdığını gösterir, çocuk yerin dibine girer. Hırslanan çocuk zamanla elyazısını düzeltir, bu sefer öğretmen kâğıdını alır ve çocuğu alkışlatır. O gün çocuğun parmağında siğil oluşur. Bu çatışma anlatılınca çocuğun siğili geçer.

Sinüzit

Sinüzit yüz kemiklerinin içerisindeki boşlukların iltihaplı doku ile dolmasından ortaya çıkan hastalıktır. Burun tıkanıklığı, sarı-yeşil renkte burun akıntısı, geniz akıntısı, baş ağrısı ve koku almada güçlük ile kendisini göstermektedir.

- P/A döneminde ebeveynlerin yaşadığı koku ile bağlantılı korkular, kaygılar, çatışmalar.
- Aynı dönemde sembolik veya fiziksel olarak hissedilen "Burası benim için kötü kokuyor" denilen çatışmalar.
- P/A döneminde evinde, alanında, işyerinde isteği dışında birinin varlığından rahatsız olan ebeveynin travması. "Alanımdaki davetsiz misafirden kurtulmak istiyorum."

- Yine P/A döneminde evinde, işyerinde, alanında tehlikenin kokusunu almak, tehlikeli durumlara maruz kalmak.

Örneğin:
8 yaşında sürekli sinüzitle mücadele eden çocuğun annesi bize başvurdu. P/A döneminde annesi işyerinde lağım kokusuna maruz kaldığı anısını bize anlattı. Bu anıyı çocuğa anlattırdığımızda çocuk sinüzitle tamamen vedalaştı.

Sivilce

- Bir çocuğun içine attığı büyük öfke çatışması. "Kendime ya da diğer insanlara yönelik öfke, eleştiri, kırgınlık, reddetme, korku, utanç ya da güvensizlik gibi duyguların gözle görülebilir bir ifadesidir, kendimi çirkin hatta iğrenç bulduğumun göstergesidir."
- Çocuğun bir hakaret karşısında lekelenmiş, estetik değersizlik hissettiği anıları.
- Doğduğunda bebeğin aldığı ilk bakış, beğenilmeme sözleri çocukta hayat boyu sivilce çatışmasını tetikler.
- İlk flörtte hakarete uğrayan çocuk da bu kodu geliştirebilir.
- Arkadaşlarının önünde utandırılma yaşayan çocuğun anısı.
- Aynada sivilceli bölgeye her bakıldığında sivilce programı tekrar tetiklenir. Aynaya 3-4 gün bakmayıp, sivilcelere temas etmezse yüzde 50 oranında iyileşme görülür.

Örneğin:
Anne ergen çocuğunun odasına aniden girer ve ne yaptığını sorar. Çocuk apar topar izlediği açık saçık videoyu kapatır,

ne yaptığı anlaşılmasın diye yüzünde bir kalkan gibi koruma programı geliştirir. Anne özür dileyip çıkar ve bir daha odasına izinsiz girmez, bunun üzerine sivilce gelişir. Anne çocuğa kamp ateşi yaparak sivilcelerden arınmasını sağlar.

Siyah Noktalar

Siyah nokta, cildinizdeki foliküllerde tıkanma meydana geldiğinde oluşur. Her folikül, bir kıl ve yağ üreten bir yağ bezi içerir. Sebum adı verilen bu yağ cildinizi yumuşak tutmaya yardımcı olur. Ölü cilt hücreleri ve yağlar, cilt folikülüne açılan boşlukta toplanır ve komedon olarak adlandırılır.

- Çocuğun kendini içsel olarak kirli, pis, değersiz hissettiği travmatik olaylar.
- Çocuğun kendini küçük gördüğü, kendinden utandığı ve insanlardan kaçmasına sebep olan utanç verici çatışma.
- Çocuğun yaşadığı annesi tarafından terk edilme anısı ve bu durum sonrası gelişen yalnızlık duygusu.

Sjögren Sendromu

Sjögren Sendromu, kuru göz ve kuru ağza neden olan otoimmun (bağışıklık sisteminin kendi kendine yaptığı) bir hastalıktır.

- P/A döneminde ağlaması yasaklanan bir kişi var mı? Annenin doğum sırasında bağırması yasaklandı mı? "Gözyaşlarımı kimseye göstermemeliyim."
- Çocuğun yemek yemeye zorlanma anısı, taciz anısı bazen bu hastalığı tetikleyebilir. P/A döneminde annenin cinsellik çatışması, oral sekse zorlanma anısı var mı?

- Etkilenen beden bölgesinin sembolik anlamı ile ilgili değersizlik. (El baba, ayak anne ile ilgili.)
- P/A döneminde ıslak bir ortamda deneyimlenen çatışmalar (yağmurlu bir havada hastayı acil hastaneye yetiştirme kaygısı gibi).

Örneğin:
17 yaşında Sjögren Sendromu teşhisi alan çocuğun annesi bize başvurdu. Çocuğun 16 yaşında tacize uğradığını, P/A döneminde annenin istemeden eşi tarafından cinsel ilişkiye zorlandığı anısını öğrendik. Çocuğa kamp ateşi yaptırarak bu teşhisin kaldırılmasını sağladık.

Skolyoz

- Çocuğun ergenlik döneminde ne çocuk ne genç hissetme ile ilgili kimlik çatışması.
- P/A döneminde anne veya bebeğin ağır sorumluluk altında ezildikleri çatışmalar. "Taşımayı beceremediğim ağır yükün altında eziliyorum."
- Yine aynı dönemde kendini feda eden, kendini yok sayan, başkaları için istemediği hayatı yaşayan ebeveynin çatışması. "Başkaları için kendimi feda ediyorum."
- Çocuğun annesinin ensest, taciz anısı varsa bu durum çocuğa skolyoz olarak kodlanabilir.
- Anne-baba ayrılığında çocuğun seçim yapmak zorunda kalması, omurga hem eril hem de dişil tarafa doğru eğilerek skolyoz programını başlatabilir.
- Çocuğun başkalarıyla, yaşıtlarıyla kıyaslanma çatışması.

Örneğin:
Kız çocuğu uyurken ağabeyi tarafından taciz ediliyor. Bu durumu kimseye söyleyemiyor ve beden skolyoz geliştiriyor. Bu çatışmayla yüzleşince kısmi düzelme sağlanıyor.

Solunum Yolu Spazmı

- P/A döneminde ebeveynlerin yaşadığı şiddetli bir yağmurda kalma anısı çocuğa solunum spazmı olarak kodlanabilir.
- Üst soylarda boğularak ölme veya kişinin deneyimlediği boğulma tehlikesi alt soylara aktarılmış olabilir.

Spina Bifida

Spina bifida, anne karnında oluşan bir hastalıktır. Hamileliğin ilk ayında oluşan bu anomalide, bebeğin omurgası şekillenirken tam olarak kapanmaz ve bu nedenle halk arasında "ayrık omurga hastalığı" olarak da bilinir. Türkiye'de her bin bebekten 3'ünde görülür.

- Hamilelik öncesi veya döneminde annenin çok yaralayıcı bir şey yaşaması. Yaşadığı çatışmada ailesinden destek alamaması.
- Hamilelik öncesi veya döneminde çok güvendiği kişi tarafından yarı yolda bırakılan, ihanete uğrayan annenin çocuğa aktardığı program.
- Hamilelik öncesi veya dönemi çiftlerin ayrılık çatışması, anlaşmazlık yaşadığı durumlar.

Suçiçeği

Suçiçeği genellikle bir çocukluk çağında görülen ve varicella zoster virüsünün (VZV) sebep olduğu, vücutta kaşıntılı, kırmızı döküntüler, yorgunluk ve ateş ile kendini gösteren bulaşıcı bir hastalıktır.

- Çocuğun anne ve babasıyla ilgili veya onlarla kendi arasında yaşadığı iletişim çatışması.
- Anneden veya babadan ayrılmak zorunda kalan çocuğun çatışması.
- Çocuğun ihtiyaçlarını giderecek birinin kalmaması korkusu (yemek, banyo, bakım vs.).

Şalazyon

Gözkapaklarının kenarlarında bulunan bezlerin tıkanması sonucu gözkapağında oluşan kistler, şalazyon veya gözkapağı kisti olarak adlandırılır.

- P/A döneminde eşinden ayrılan partnerin yaşadığı özlem çocuğa bu durumu kodlayabilir. "Onu görmek istiyorum, göremiyorum."
- Aynı dönemde yaşanan ilişki, evlilik, birliktelikle ilgili sorunlar.

Örneğin:
Evlendikten hemen sonra eşi askere giden kadın eşini çok özler. Doğan bebeğinde şalazyon gelişir, bu çatışma bebeğe anlatılınca hızlıca düzelme görülür.

Şaşılık

İçe Şaşılık: P/A döneminde çok yakındaki tehlikeye odaklanmak, bazen çocuk doğduktan sonra kuvöze veya ışın tedavisine alındığında gözünün kapatılması ile yaşadığı çatışma.

- P/A döneminde veya çocuğun kendi hayatında her an gelecek bir saldırı korkusu içe şaşılık programını başlatabilir.

Örneğin:
Diş hekiminde ağzına iğne yapılacak çocuk şaşılık geliştirir, çatışma çözülünce şaşılık biter.

Dışa Şaşılık: P/A dönemi ebeveynlerin veya çocuğun kendi hayatında uzaktaki tehlikeye odaklanmak için, panoramayı genişletmek üzere dışa şaşılık oluşur.

- Aynı zamanda P/A dönemi annenin veya çocuğun ilgi, şefkat arayışı.

Örneğin:
Bakıcıya emanet edilen çocuk, anne evden gidince evin bahçesinde oynamaya başlar. Ancak bahçe görevlisi çocuğu taciz eder ve hiç kimsenin haberi olmaz; dış şaşılık gelişir. Çocuk bu durumu anlattığında düzelme görülür.

Yatay Şaşılık: Önden gelen bir saldırıya karşı tetikte olma durumu.

- Anne ve baba arasında kalan çocuğun içinde bulunduğu çatışma.

- Hamilelik dönemi veya öncesinde anne veya babanın tehlike karşısında aldığı kodun çocuğa aktarılması.
- Aşırı otoriter bir anne veya babanın çocuğa yüklediği kod

Şeker Hastalığı-Tip I Diyabet

- Üst soylarda, aile klanında donarak ölme, Sibirya, Rusya gibi soğuk bölgelerde herhangi bir çalışma kampı anısı var mı diye araştırılmalıdır.
- P/A dönemi baba bebeği aldırmak istemiş mi? Hamilelik haberini kötü karşılamış mı?
- P/A döneminde veya çocuğun hayatında birinin ya da bir hayvanın ölümüne şahit olmak da diyabet programını başlatabilir.
- Çocuğun hayatında bir enjeksiyon veya ameliyat anısı varsa kan şekeri yükselebilir.

Örneğin:
Geçim sıkıntı yaşayan bir ailede kadın kazayla altıncı çocuğuna hamile kalır. Baba ısrarla çocuğu aldırmak ister ancak annenin dini inançları buna izin vermez. Doğan çocuk 6 yaşına geldiğinde Tip I diyabet teşhisi konulur.

Terleme-Hiperhidroz

- P/A döneminde bir yangın anısı olup olmadığına bakılmalıdır.
- Tuzaktan kurtulmaya çalışan alabalığın kendini kayganlaştırarak, tuzaktan kurtulma çatışması gibi P/A

döneminde tuzaktan kendini kurtarmaya çalışan ebeveynin anısı.

- **Eller:** İşinde kaygılı olma, ellerle yanlış bir şey yapma çatışması, çocuğunun elinden alınacağı korkusu yaşayan annenin çatışması. P/A döneminde hırsızlıkla suçlanan ebeveynin anısı.
- **Ayaklar:** P/A döneminde annesiyle sorun yaşayan ebeveynin anısı. "Annemle ilgili yıkamaya çalıştığım nedir? Annem çok otoriter ve acımasız, beni incitiyor." Aynı dönemde yanlış yere bastığını düşünüp yıkamayı istemek, gittiği bir yer ile ilgili hissedilen pişmanlık.
- **Boyun:** P/A döneminde veya çocuğun kendi hayatında bir işin yanlış yapılması ile ilgili suçlanma, haksızlığa uğrama karşısında kendini temize çıkarma isteği. Adaletsizliğe uğrama.
- **Koltuk altları:** P/A döneminde düşük tehlikesi yaşandı mı? Çocuğunun sağlığı ile ilgili telaşlanan ebeveyn oldu mu? "Annelik ettiğim ya da korumam altındaki biriyle ilgili yaşadığım çatışma."
- **Baş:** P/A döneminde babasıyla sorun yaşayan veya babası için telaşlanan ebeveynin çatışması. Baba çocuğu aldırmak istedi mi? Aynı dönemde baba anneyle ayrı düştü mü? Bir hastalık geçirdi mi?

Örneğin:

12 yaşına kadar sürekli başında terleme olan çocuğun ailesi bize başvurdu. P/A döneminde hamileyken babasını kaybeden annenin bu çatışmasını hem uykuda anlattırdık hem de fotoğrafa anlattırdık. Çalışmanın üçüncü günü terleme tamamen geçti.

Tırnak Yeme

- P/A döneminde içindeki öfkeyi bastırmak zorunda kalan ebeveynin çocuğa aktardığı kodu. "Öfkemi kontrol etmeliyim yoksa başım belaya girer."
- Yine aynı dönemde bitirilmemiş yas, sevilen birinin ölümü. (Toprağa vermeyi reddetme.) Bazen çok sevilen bir ev hayvanının kaybı da olabilir.
- Doğum sırasında epizyotomi (doğumun kesi atılarak gerçekleşmesi) anısı olup olmadığı veya amniyosentez yapılıp yapılmadığı sorulmalıdır.
- P/A döneminde ayrıldığı kişiyi unutamama, sembolik yas programı çocuğa aktarılabilir.
- P/A döneminde şiddet karşısında kendini savunamayan ebeveyn kimdi?
- **Tırnak eti yeme:** Bir kayıpla ilgili kendini suçlu hissetme. "Yapmam gerekeni yapamadım, yapmamam gerekeni yaptım."

Örneğin:
4 yaşında tırnak yemeye başlayan çocuğun çatışmasını bulduk. Kuzeninin gömülmesine şahit olmuştu. Bu çatışma çocuğa anlatılınca tırnak yemesi sonlandı.

Tikler

- Bir otorite karşısında susturulan çocuğun tepki vermesi yasaklanmış, engellenmişse, çocuk korkutulmuşsa bu tepkiler tik olarak ortaya çıkar.
- P/A dönemi ebeveynlerin maruz kaldığı fiziksel veya psikolojik saldırılar karşısında susmak zorunda kalması.
- "Tiklerimle başka türlü söyleyemediğim şeyleri söylerim."

- P/A dönemi yaşanan yasak aşk ile ilgili olabilir, bu durumda çocuk aktarılan kodu tik olarak bedeninde taşır.
- P/A dönemi yapmak isteyip, yapılması yasak hareketle ilgili çatışma.
- **Gözler:** "Birisi tarafından görmem engellendi" ya da "Gördüklerimden dehşete kapıldım, incindim."
- **Yüz:** "Birine bakacak yüzüm yok" ya da "Onun önünde küçük düştüm." Yüze atılan tokadın acısı...
- **Burun delikleri:** "Koklamaktan uzak durduğum bir şey var" ya da "Özlediğim hissedemediğim koku nedir?"

Örneğin:
Hamile bir kadın bir trafik kazasına şahit olur ve gözünün önünde bir adam ölür. Doğum yaptıktan sonra çocuğun gözlerinde tik oluşur. Bu durumun farkına varan anne gece konuşması yaparak tiklerin kaybolmasını sağlar.

Tiroit Sorunları

- Üst soylarda iple asılma anısı çocukta tiroit sorunları başlatabilir.
- P/A döneminde işleri yetiştiremeyen, sembolik olarak zamanı durdurmak isteyen, hayatın sorumlulukları altında ezilen ebeveynin çatışması. "Zaman kazanmaya ihtiyacım var."
- P/A döneminde yuvası dağılmasın diye öfkesini içine gömen ebeveynin çatışması. "Ateş püskürmek isterken aile birliğine zarar vermemek için kendimi frenlerim."
- Aynı dönemde anne veya babanın bir yakınının çok az ömrü kaldığında yaşadığı "zamanı durdurma" programı.

Örneğin:
P/A döneminde annesinin hastalandığını öğrenen anne annesi için telaşlanır. Doğan çocuğu hipotiroit hastası olarak dünyaya gelir. Bu çatışma çocuğa anlatıldığında hızla tiroitler normale döner.

Topuk Dikeni

- Ana çatışma yanlış yöne gitmektir. P/A döneminde istemediği işi yapan, istemediği bir yere gitmek zorunda kalan ebeveyn kimdi?
- Olayların kontrolden çıktığını düşünen ebeveynin hissettiği yavaşlama ihtiyacı.
- P/A döneminde annesiyle iletişim çatışması yaşayan ebeveynin çocuğa aktardığı kodu. "Annemle temas beni incitiyor ama temas istiyorum."

Örneğin:
6 yaşında çocuğunun topuk dikeni tanısıyla bize başvuran anneye sorduğumuzda, kendi annesi ile kavgalı olduğunu öğrendik. Çocuğa bu durumu anlattığında ameliyatsız olarak bu durum düzeldi.

Tourette Sendromu

- Annenin hamilelik döneminde sevdiği birini kaybetmesi çocukta bu programı başlatabilir. Bazen kendi bebeğini kaybetme korkusu da olabilir.
- Bir önceki hamilelikte bebeği kaybetme korkusu yaşayan annenin taşıyıp çocuğuna aktardığı program.
- Kordon dolanması yaşayan çocuk sembolik olarak kordondan kurtulma hareketi yaparak bu sendromu kodlar.

- P/A döneminde ebeveynlerin kendilerini kısıtlanmış hissettikleri çatışmalar. Kısıtlanmalardan kurtulma çatışması.
- Doğum anında bebeğin ilk nefesi almada yaşadığı zorluk çocuğun panik yaşayarak nefesi kolaylaştırma hareketi olarak kodlanabilir.
- P/A döneminde annenin veya babanın suda boğulma tehlikesi yaşaması yine bu durumu tetikleyebilir.

Örneğin:
Çocuk 7 yaşına geldiğinde boyun hareketleri yapmaya başlar, bu durum araştırıldığında, annesinin hamilelik döneminde erkek kardeşini kaybettiği anlaşılır. Bu durum çocuğa anlatılınca boyun hareketleri kalkar.

Tükürük Bezi Tıkanıklığı

- Çocuğun kendini güvende hissetmediği, ailenin maddi sıkıntıya girdiği çatışmalar.
- P/A döneminde çocuğuna iyi bakamayacağı endişesi yaşayan annenin çocuğuna aktardığı program. Çocuğunu besleyememe, besin sağlayamama korkusu.
- P/A döneminde kaçırılan fırsatlar, bu durumun yarattığı hayal kırıklığı.

Tüp Bebekler

- Tüp bebekler genelde zaman hesaplamada hata yaparlar. Bazen matematik dersinde hesaplama hatası da yapabilirler. Çünkü sperm ve yumurta farklı zamanlarda oluşmuş, farklı asit ortamda ve farklı ısılarda döllenmiştir. Bu yüzden bu çocuklar aidiyet duygusu eksik olarak dünyaya gelirler. Onların bu eksiğini kapatmak için, çocuklar uykuya daldıktan 1 saat sonra, 1 yıl boyunca "Annen baban seni çok seviyor, seni isteyerek dünyaya getirdik, ikimiz de seni çok istedik" şeklinde konuşma yapılmalıdır.

Tüylenme

- Üst soylarda savaş, siperde saklanma, sürgün anısı varsa bu durum alt soylara yaygın tüylenme olarak aktarılabilir.
- P/A döneminde eşlerin birbiriyle veya aile üyeleriyle yaşadıkları iletişim çatışmaları çocuğa kodlanabilir.
- Aynı dönemde büyük bir yanlış anlaşılma veya suçlanma yaşayan ebeveynin anısı.
- P/A döneminde yeterince temas hissetmeyen kadının programı çocuğa tüylenme olarak aktarılabilir.

Örneğin:
7 yaşında aşırı tüylenme sorunu olan erkek çocuğunun annesi bize başvurdu. Çocuğun babasının görevi yüzünden P/A döneminde 1 yıl boyunca ülke dışında olduğu ve annenin bu dönemde çok yalnızlık çektiği bilgisini aldık ve bu durumu anneye uykuda anlattırdık. 1 ay içinde tüylerinin yarısının hızla döküldüğünü fark ettik.

Uçuk

- Çocuğun yaşadığı terk edilme anısı. Çocuğun yeterince temas edilmediği, sevilmediği çatışmasının dışavurumu. "Ben istediğim şeyi elde etmek için yalvarmak zorundayım."

- Çocuğun yaşadığı anne veya baba ayrılığı acısı. Ayrılığı kabul edememe, temasın yoksunluğu ile ilgili duyulan öfke. Bu öfkeyi dışa vuramayan çocuğun programı.
- P/A döneminde yeterince temas hissedemeyen, cinsellikte doyuma ulaşmayan, terk edilme deneyimi yaşayan ebeveynin çocuğa aktardığı program.
- Cinsel organlarda: P/A döneminde ayrılık sonrası tekrar birleşme, cinsel teması ilgilendiren ayrılık.
- Çocuğun yaşadığı taciz, istenmeyen temas, istenmeyen öpücük.

Örneğin:
Dudağında sürekli uçuk çıkan kız çocuğunun annesi bize başvurdu. Araştırdığımızda çocuğun bir tacizi olduğunu öğrendik. Bu durumu uykuda anneye anlattırarak uçukla ilgili iyileşme sağladık.

Uyku Apnesi

Uyku apnesi, uyku esnasında solunumun durması olarak tanımlanabilir. Uyku apnesi sendromunda, uyku sırasında birkaç saniye süren geçici boğulmalar yaşanabilir. Bu boğulma anında kandaki oksijen seviyesi düşerek, beynin uyanmasını sağlar. Beyin solunum fonksiyonlarının durduğunu haber vermek için vücudu uyandırır.

- P/A döneminde veya çocuğun kendi hayatında gece yarısı yaşanmış bir tehlike. Gece alınan kötü bir haber.
- Hamilelikte annenin yaşadığı düşük tehlikesi. Aynı dönemde yaşanan tehlike ile ilgili çocuğun kendini güvende hissetmek için anne karnına dönme isteği. "Duygularımı tanımlayamasam da tehlikenin varlığını biliyorum."

- P/A döneminde ebeveynlerin yaşadığı, yaşamın içinde istediklerini yapamama duygusunun getirdiği sembolik "ölüm" programı. *(Nefesimi kesen mutsuzluk.)*

Uyurgezerlik

- P/A döneminde yaşanan veya annenin hayatında, çocuğun hayatında gece yarısı taciz anısı bu programı başlatabilir.
- Üst soyda veya ailede gece yatakta öldürülen kim? Bu durum alt soylara uyurgezerlik programı olarak kodlanabilir.
- P/A döneminde veya çocuğun kendi hayatında gece gerçekleşen büyük dram var mı?

Örneğin:
Kadın hamileyken gece telefon geliyor ve annesinin yatağında öldüğü söyleniyor. Bu çatışma çocuğa kodlanır ve çocuk 7 yaşında uyurgezer olur. Bu çatışma çocuğa anlatılınca durum düzelir.

Ülseratif Kolit

Ülseratif kolit; sadece kalınbağırsağı tutan bir hastalıktır. Bağırsağın iç yüzeyinden başlayan ve de rektum denilen alt kısımdan giden bir hastalık olarak bilinir. Bu rahatsızlık akut alevlenme periyotları ve ishal belirtileri arasında görülür. Kronik bir hastalıktır.

- P/A döneminde veya çocuğun hayatında kendini baskı altında ve reddedilmiş hissetme çatışması.
- Aynı dönemde aile üyelerinden birine karşı hissedilen sindirilemeyen öfke çatışması.

- P/A döneminde daha çok annenin yaşadığı sindirilemeyen fikir ayrılığı, kavga. Bir saldırı veya otorite karşısında pasif kalmanın getirdiği boyun eğme çatışması.
- "Annemin sevgisini geri kazanmak istiyorum" diyen ebeveynin çocuğa aktardığı program. Bazen çocuğun annesiyle çatışması.
- P/A döneminde annesini kaybeden ebeveynin vedalaşamaması. "Annem son ana kadar berbat davrandı, son ana kadar umut ettim düzelmesi için, şimdi artık öldü/gitti/yok." Bazen sevilen birinin bu dönemde kaybı.

Örneğin:
16 yaşında ülseratif kolit tanısı alan bir çocuğun ailesi bize başvurdu. 15 yaşındayken annesinin evi terk ettiğini, çocuğun bu duruma çok sinirlendiğini bulduk. P/A döneminde annenin evi bir kez daha terk ettiğini de öğrendik. Bu iki çatışmayı fotoğraf çalışmasıyla anneye anlattırdık. Teşhis tamamen kalktı.

Üşüme

- P/A döneminde bir yas var mı? Yası tamamlanmayan bir kayıp çatışması çocuğa yüklenmiş olabilir.
- Aynı dönemde sevgisizlik hisseden ebeveynin çatışması çocuğa yüklenebilir. İnsan sıcaklığından yoksun olmak.
- Ebeveynlerin veya çocuğun anne baba sevgisinden yoksun kalmaları. Anne baba sevgisi alamamak.

Örneğin:
Babasını aniden kaybeden çocuğun ellerinde üşüme başlar. Yas sonlandırma ve çatışmanın çözülmesi ile düzelme görülür.

Wolff Parkinson White Sendromu

Wolff Parkinson White (WPW) Sendromu, kalbin doğumsal bir hastalığıdır.

- Yeterli sevgi hissetmeme ve bununla ilgili yaşanan iletişim eksikliği.
- P/A dönemi ebeveynler arası iletişimsizlik yüzünden sevgiyi hissetmeme.

Vajina Kapanması

- Üst soylarda kadınların kin duyduğu otoriter bir erkek varsa, alt soylara bu çatışma aktarılır. Erkekleri cezalandırma çatışması.
- Döllenme anında yaşanan şiddet, tecavüz, zorlama anısı. Bazen annede veya üst soyda tecavüze uğrama anısı.
- P/A döneminde ailesinin rızası dışı evlenen veya cinsellikle ilgili çok büyük utanç yaşayan kadının aktardığı program.
- Erkek beklenirken kız olarak dünyaya gelen veya aldırılması düşünülen çocuğun çatışması. Hamileliğin reddedilmesi.

Varikosel

Varikosel, erkeklerde testisleri koruyan gevşek cilt torbası olan erbezi torbalarında, yani diğer adıyla skrotumda yer alan toplardamarların şişerek genişlemesi ve büyümesi durumunun tıbbi adıdır.

- P/A döneminde ebeveynlerin anne baba kaybı çocuğa bu kodu aktarabilir.
- Anne baba ilgisi alamayan çocuğun kendini kimsesiz, desteksiz hissettiği çatışma. Bazen anne veya babanın erken kaybı bu çatışmayı tetikler.

Verem-Tüberküloz

- P/A döneminde veya çocuğun kendi hayatında hissettiği ölüm korkusu. Ölüme çok yaklaşma deneyimi. Ölmekten korkma çatışması.
- Aynı dönemde kişinin kendini çok yalnız hissettiği, ailesinden destek alamadığı durumlar da bu hastalığı kodlayabilir. "Kendimi bu dünyada hiçbir yere ait hissetmiyorum."
- P/A döneminde kendini güçsüz hisseden, sorunların üstesinden gelemeyen ebeveynin çocuğa yüklediği program. "Artık yeter, daha fazla dayanamıyorum!"

Vitiligo

Vitiligo, kesin sebebi bilinmemekle birlikte deride pigment kaybına bağlı olarak açık renkli alanların oluştuğu bir tür deri hastalığıdır. Halk arasında ala veya alaca hastalığı olarak farklı şekillerde adlandırılabilen bu hastalık, her yaşta görülebilse de büyük oranla 20 yaşından önce belirti vermeye başlar.

- P/A döneminde veya çocuğun hayatında çok sevilen birinde çirkin ve beklenmedik bir şekilde ayrılık. Sevilen birinin ölümü.

- P/A döneminde anne veya babanın kendini temize çıkarmayı istedikleri suçlamalar, çatışmalar.
- Annenin kendi hayatındaki taciz anısı. İzinsiz dokunuşlardan temizlenme çatışması.
- P/A döneminde kadının durmadan cinsel istekte bulunan kocasından saklanma çatışması. *(Beyaz çarşafın rengine bürünme.)*
- **Vajinada görülürse:** Tecavüz, ensest, taciz anısı
- **Ağız:** Oral seks anısı
- Üst soyda zimmete para geçirme anısı
- **Kollar:** "İstemediğim biri tarafından kollarımdan tutuldum, kirlenmiş hissediyorum."
- **Uyluklar:** Cinsel organlara zorla dokunulma

Örneğin:
Ailesini ikna edemeyen genç kız 16 yaşındayken sevdiği adamla kaçarak evleniyor. Hamileliği boyunca suçlanma ve kendini temizleme çatışması yaşıyor. Çocuğu 16 yaşına geldiğinde bu çatışma bedende vitiligo olarak gelişiyor.

Yenidoğan Sarılığı

- Hamilelikte annenin çok öfkelendiği durumlar yenidoğanda sarılığın uzun sürmesine sebep olur.
- P/A döneminde annenin yaşadığı ayrılık çatışması çocuğa programlanır. Annenin ayrılma ile ilgili duyduğu kin.

Örneğin:
Doğuma giden anne kayınvalidesi tarafından incitilmiştir. Doğuma gözyaşları ile giren annenin bebeğinde sarılık görülür. Çatışma çocuğa anlatılınca iyileşme olur.

Yılan Dil

- P/A döneminde istemediği halde oral sekse zorlanma anısı çocukta bu hastalığı programlayabilir.
- Aynı dönemde zorla yemek zorunda kalınan yemekler, ilaçlar. İstemediği halde tatmak zorunda kalınan yiyecekler.

Yılancık

Yılancık hastalığı olarak da bilinen erizipel; deride ağrı, kızarıklık, şişlik ve ısı artışı ile ortaya çıkan en çok bacaklarda görülen bir deri enfeksiyonudur. Tedavide gecikilirse enfeksiyon vücuda yayılabilir. Bu nedenle ihmal edilmemeli, erken dönemde tedavi için hekime başvurulmalıdır.

- P/A döneminde ailesi tarafından dışlanan kişinin çocuğuna aktardığı program. "Politik ve dini olarak farklı düşündüğüm için dışlandım."
- Erizipelin bulunduğu yerle ilgili kirlenmişlik hissi. Eller baba, ayaklar anne ile ilgilidir.
- Üst soyda din ve inanç sistemini değiştiren var mı? Bunun için aileden aforoz edilen kişinin alt soya aktardığı çatışma.

Yol Tutması

- Çocuğun anne-baba arasında kalması, anne-babası kavga ederken çocuğun yaşadığı korku. İki ayrı referans noktası arasında kalmak.
- P/A dönemi babasını kaybeden ebeveyn var mı?

- P/A döneminde yaşanan dayak, şiddet anısı doğan çocukta yol tutması programını başlatabilir.

Örneğin:
Anne ve babasının kavgaları yüzünden sürekli planlarını değiştiren çocuğun çatışması.

Yumru Ayak

- Anne karnındayken bebek vibrasyonlu (testere, matkap) bir sese maruz kalmış olabilir. Bu sesi tehlike olarak kodlar.

Örneğin:
Anne hamileyken dişlerini yaptırır, çocuk dişçideki aletlerin sesini tehlike olarak algılar ve yumru ayaklı olarak doğar.

Zatürree

- P/A döneminde anne veya babanın kendini korumasız hissettiği çatışmaların çocuğa programlanmasından kaynaklanabilir.
- Yine aynı dönemde ebeveynlerin yaşadığı ölüm korkusu veya sevdiklerini kaybetme korkusu ile ilgili korkuların çocuğa programlanması ile de görülebilir.
- Ebeveynlerin işyerinde, evinde, alanında incitilme, korkutulma, kızdırılma, zulmedilme çatışması.
- P/A döneminde annesi ile sorun yaşayan ebeveynin çocuğa aktardığı kodu. "Annemin sevgisini hissedemiyorum" çatışması. Bazen doğumdan sonra anne ile çocuğun bir süre ayrılmak zorunda kaldığı durumlar.

- Ebeveynlerin aileleriyle ilgili yaşadığı bazı çatışmalar. "Ailemin bana biçtiği yaşamı, evliliği, mesleği reddediyorum" diyen ebeveynin çatışması. Zorla evlendirilip hamile kalan kadının çocuğuna yüklediği çatışması.

Zona

- P/A döneminde lekelenmiş hissedilen durumlar, otoriteye boyun eğmekle ilgili çatışma yaşayan ebeveynin çatışması.
- Çıkan bölgede fiziksel şiddet anısı olabilir. Bazen çocuğun şiddet görmesi bu programı başlatabilir.
- P/A döneminde şiddet anısı. Cerrahi operasyon geçiren ebeveynin çocuğa aktardığı çatışması.

Örneğin:
Hamile kalmadan önce burnuna estetik ameliyat yaptıran kadının çocuğu 3 yaşına geldiğinde burun bölgesinde zona görülür. Bu durum gece uykuda anlatılır, 2 günde zona tamamen kaybolur.

Memeyle Vedalaşma ve Bebeğin Altını Açma Çalışması

Hastalıkların travmalarla ilişkisi konusuna eklemek istediğim çok önemli iki başlıktan daha söz etmem gerek. Her ne kadar bir hastalık sayılmasa da çocuğun memeyi bırakma dönemiyle tuvalet eğitimi öncesi bezini açma dönemi arasındaki geçişte birtakım travmalar yaşamaması için bazı küçük yardımcı çalışmalar yapmak çok işinize yarayabilir. Birçok çocuğun bu dönemlerle ilgili çok fazla çatışma yaşadığını görmekteyiz. Alerjiler, deri hastalıkları, öfke, uykusuzluk, gaz sancısı, kabızlık, alt ıslatma ve bunun gibi birçok hastalık bu dönemlerdeki sert geçişle ilgili olabilir. Bu bağlamda küçük bir gece konuşmasıyla yaşanan çatışmalardan tamamen arınmak ve bu zorlu geçişleri kolaylaştırmak mümkün.

Memeyle Vedalaşma

Bebek dünyaya geldiği andan itibaren 1 yıl boyunca annenin temasına ihtiyaç duyar. Bugün modern tıbbın da kabul ettiği gibi bebek için meme demek, anne demektir. Bir bebek için P/A dönemindeki en büyük çatışmalardan biri memeden ayrılma deneyimidir. Bebek memeden ayrılırken, anne ayrılığını deneyimler ve çoğu bebek bu çatışmayı atlatamaz, hayatında bir ayrılık travması taşır. Bebek diş çıkarana kadar memeye hem duygusal hem de fiziksel olarak ihtiyaç duyar. Bu dönemde çalışan anneler haklı olarak sütlerini sağıp çocuğa vermek zorunda kalırlar. Ancak gerçek şudur ki bebeğin sütün içindeki kaloriden çok, sütü anne memesine temas ederek almaya ihtiyacı vardır. Çünkü anneye temas etmeden aldığı süt aslında memeyi bırakmak gibi bir terk edilmişlik duygusu verir bebeğe. Çalışan annelerin de, memeyi bıraktıracak annelerin de çok işine yarayacağını düşündüğüm bu çalışma bebeğin hayatında yaşadığı ayrılık çatışmasını ortadan kaldıracaktır. Eğer şartlar müsaitse her türlü bebeğin diş çıkarana kadar memeyi emmesi en idealidir. Bu durum mümkün değilse veya anne bir sebepten dolayı bebeği memeden ayırmak zorunda kalırsa bu durumun geçişini bir hazırlık çalışmasıyla kolaylaştırabilir.

Memeden ayırmadan önce 1 haftalık basit bir çalışma hem bebeğin hem annenin hayatını kolaylaştırabilir. Bebek uykuya daldıktan 1 saat sonra yine ona temas etmeden şu konuşmayı yapabilirsiniz:

"Canım yavrum seni çok seviyorum. Senin sağlığın için, büyüyebilmen için, daha güçlü ve dirençli olabilmen için artık memeyle ayrılmak zorundasın. Bunu büyüyebilmen ve bizimle yıllarca sağlıklı kalabilmen için yapmak zorundayız. Bu asla benden ayrılman anlamına gelmiyor, ben hep senin yanında olacağım. Bu benim için de zor bir vedalaşma olacak ama bana istediğin zaman sarılabilir, dokunabilirsin. Sadece büyüyebilmen için bunu yapıyoruz ve ben senin hep yanındayım. Bunu yaşattığım için senden özür dilerim, lütfen beni affet, seni çok seviyorum, benim yavrum olduğun için sana teşekkür ediyorum. Ailenin yanında güvendesin, baban da ben de senin yanındayız. Değişik lezzetleri tatmak senin için daha keyifli olacak, ilk başlarda ayrılık gibi algılasan da aslında daha özgür olacaksın. İstemeden omurgana yüklediğim açlık, anne ayrılığı, temas yoksunluğu, yalnızlık duygularını dilinden, boynundan,

omzundan, kollarından, ellerinden, sırtından, göğsünden, karnından, kalçandan, bacaklarından, ayaklarından toprağa akıp gitmesi için serbest bırakıyorum. ***(Omurgayı en az 3 defa boşaltın.)*** *Seni özgürleştiriyorum."*

Bu çalışmayı yaparken kendi omurganızdan simsiyah bir sıvının aktığını hayal edin, böylece sizdeki çatışma karşılığı da boşalacaktır. 1 hafta bu çalışmayı yaptıktan sonra bazı bebekler artık memeyi reddetmeye başlayabilir. Bazen siz memeyi vermemeye başladığınız ilk gün çocuk biraz ağlayabilir. Ağlamaya devam ettiği durumlarda çalışmayı 2-3 gün daha uzatabilirsiniz. Bu çalışma sonrası emin olun bebeğiniz memeden ayrılma ile ilgili hiçbir çatışma yaşamayacaktır. Sizin de daha huzurlu bir şekilde bu dönemi atlatacağınızı söyleyebilirim.

Bebeğin Altını Açma Çalışması

Çocuğunuzun altını açmakta zorlandığınızda, çocuğunuz sizinle inatlaştığında bu çalışma çok işinize yarayacaktır. Çocuklar bazen kakalarını tutarlar, bezi açtıktan sonra yapmak istemezler ve bu duruma günlerce direnebilirler. Bazen tuvaleti reddederler, çişlerini tutarak ebeveynini zora düşürebilirler. Bu tip durumlarda çocuğa ceza vermek, ona bağırıp kızmak sağlıklı bir çözüm olmayacaktır.

Burada yine imdadımıza yetişecek olan çözüm küçük bir çalışmadır. Çocuğunuzun bezini açmadan 1 hafta önce çalışma yapmaya başlamanız onu bu geçişe hazırlayacaktır. Yine uykuya daldıktan en az bir saat sonra şu konuşmayı yapabilirsiniz:

"Canım yavrum seni çok seviyorum. Artık büyüdün ve bizler gibi bazı alışkanlıkları edinme vaktin geldi. Tıpkı bizim gibi artık sorumluluğunu alıp kakanı, çişini tuvalete yapman seni daha

da özgürleştirecek. Okula gittiğinde, dışarı çıktığında daha özgür olacaksın ve altında koca bir bezle gezmek zorunda kalmayacaksın. Biliyorum bu duruma hemen alışmak zor geliyor, bu sıkıntıyı yaşattığım için senden özür diliyorum, lütfen beni affet. Bu geçişi sağladığımız zaman çok daha mutlu olacaksın. Benim evladım olduğun için sana teşekkür ederim. Kakanı, çişini tuvalete güvenle bırakabilirsin, bu durum ilk başta zor olsa da güvende olduğunu bilmeni isterim.

Bezini ilk açtığımda güvenli alanını kaybettiğini hissetsen de bu geçici bir durum. Baban ve ben seni çok seviyoruz, güvendesin. Annen ve baban her an yanında, evinde huzur içindesin. Bezinden ayrılmak asla güvende olmadığın anlamına gelmiyor, büyümen ve okula gidebilmen için sadece küçük bir geçiş yaşayacaksın. Omurgana yüklenen güvensizlik, alanını kaybetme, ayrılık, yalnızlık duygularını boynundan, omzundan, kollarından, ellerinden, sırtından, göğsünden, karnından, kalçandan, bağırsaklarından, bacaklarından, ayaklarından toprağa akıp gitmesi için tamamen serbest bırakıyorum, bu akışa izin veriyorum. ***(En az 3 defa omurga boşaltın.)*** *Seni özgürleştiriyorum."*

Bu çalışmayı 1 hafta yaptıktan sonra artık bezinin açılmasına çok fazla itiraz etmeyecektir. İtiraz ederse de 2-3 gün daha bu çalışmayı uzatabilirsiniz. Bu geçişi kolayca atlatacağınızı söyleyebilirim.

Aile Büyüklerinin İsmini Çocuklara Vermeyin

Son olarak Proje/Amaç dönemi ile ilgili çalışmaları yapmak kadar önemli olan bu konuyu sizlere açıklamak isterim. İsim konusu bir çocuğun hayatını değiştirecek çok önemli bir konudur. Bir çocuğa alfası (anne babası) tarafından verilen ismi, çocuğun alfasının aslında onu nasıl gördüğünün de sembolüdür. Çocuklar alfalarının onlara verdiği isme dönüşürler. Bu yüzden çocuklarınıza mümkünse çirkin takma isimler vermeyin. Elmalı turtam, bon bon şekerim, ayıcığım, minik kurbağam vs.

Emin olun çocuğunuz zaman içinde taktığınız isme dönüşme programı alacaktır. Yıllarca kızını "küçük ayıcığım" diye seven babanın çocuğu hızla kilo aldığı için, çocuğun annesi bize başvurdu. Ne Proje/Amaç döneminde ne de çocuğun hayatında kilo almasına sebep olabilecek herhangi bir travma bulabildik. En sonunda babanın kullandığı bu takma ismin çocuğa kilo aldırdığını fark ettik ve anneye bu durumu çocuğa uykuda anlatmasını önerdik. Şaşıracaksınız ama sadece bu takma isimle ilgili çatışması çalışılarak çocuk hızla kilo verdi. Bununla ilgili kilo eğitimlerimizde çok fazla örnek bu konunun önemini ön plana çıkardı.

Aile büyüklerinin ismini çocuğunuza verdiğinizde onların döngülerini de çocuğunuza yükleyebilirsiniz. Çok sevdiğiniz bir aile büyüğünün adını vermek belki sizi mutlu edecektir ama o aile büyüğünüzün deneyimini, programını çocuğunuza yüklemeniz, çocuğunuzun yaşamında bir engel teşkil edebilir. Belki çok saygıdeğer, çok başarılı bir büyüğünüzün ismini vermek çocuğa yapılan bir iyilik gibi düşünülebilir ama unutmayın evladınız da kendi deneyimini yaşamak için bu dünyaya geldi, sağlıklı olan herkesin kendi deneyimini yaşadığı bir hayata geçmesi. Bu durumu değiştirmek için nüfus dairesine gidip çocuğunuzun ismini değiştirmeniz gerekmiyor. Bir gece konuşması ile bu durumun kodunu tamamen devre dışı bırakabilirsiniz. Örneğin bir çocuğa babasının kendi babasının ismini koyduğunu düşünelim. Bu durumla ilgili döngüyü kırmak için annesinin bir hafta boyunca şu şekilde bir gece konuşması yapması yeterli olacaktır:

"Canım yavrum ... yılının ... ayında öğrendim ki biz sana dedenin ismini vererek istemeden sana ait olmayan bir döngüyü yüklemişiz. Dedeni çok sevsek de bu programı sana yükleyerek istemeden senin kendi deneyimini yok saymışız. Bunu yaşattığımız için senden baban ve ben özür diliyoruz. Lütfen bizi affet, seni çok seviyoruz. Bizim evladımız olduğun için sana çok teşekkür ediyoruz. Omurgana yüklediğimiz bu döngüyü, sana ait olmayan yaşam deneyimini, dedenin çatışmalarını boynundan, omzundan, kollarından, ellerinden, sırtından, kalbinden, göğsünden, karnından, kalçandan, bacaklarından, ayaklarından toprağa akıp gitmesi için tamamen serbest bırakıyorum. Bu akışa izin veriyorum. ***(Omurga boşaltımını en az 3 kez yapın.)*** *Dedeni onurlandırıyorum, seni özgürleştiriyorum. Sana ait olmayan bu döngüyü devre dışı bırakıyorum."*

Bu şekildeki gece konuşmasını bir hafta boyunca yaparsanız çocuğun dedesinden aldığı döngüyü tamamen devre dışı bırakabilirsiniz. Belki görünür bir değişim olmayacaktır ama çocuğunuzun yaşam deneyiminin önündeki engeli kaldıracağınızdan emin olabilirsiniz.

Sevgili anneler babalar. Çocuklarınıza vereceğiniz en güzel hediyenin kodlarından arınmış bir yaşam deneyimi olduğunu hatırlatmak isterim. Onlara bırakacağınız en güzel mirasın onları özgürleştirmek olduğunu lütfen unutmayın. Size sunmaya çalıştığım bu bilgiler umarım size ve çocuğunuza çok faydalı olur. Sizlerden tek isteğim bu bilgileri hayatınıza katmanız. Lütfen sadece deneyin, çocuğunuza bir zarar vermezsiniz, fayda görme ihtimaliniz çok fazla. Deneyimlerinizi etrafınızdaki insanlarla paylaşın ve onların da hayatına dokunun. Hepinize sağlıklı, huzurlu, mutlu ve özgür bir yaşam diliyorum...